Gaea

Gaea

繪／紅麟

特殊傳說

THE UNIQUE LEGEND

護玄／著

vol.7 新版

特殊傳說 7

目錄

特殊傳說
THE UNIQUE LEGEND

登場人物介紹

姓名：褚冥漾（漾漾）
年級/班別：高中一年級/C部
性別：男
袍級/種族：無/人類
個性：非常普通的男高中生，個性有點怯懦，不太敢與人互動。

姓名：冰炎（學長）
年級/班別：高中二年級/A部
性別：男
袍級/種族：黑袍/？
個性：脾氣暴躁、眼神銳利。不過是標準刀子口豆腐心的好人～

姓名：米可蕥（喵喵）
年級/班別：高中一年級/C部
性別：女
袍級/種族：藍袍/鳳凰族
個性：個性爽朗、不拘小節，喜歡熱鬧。非常喜歡冰炎學長！

姓名：雪野千冬歲
年級/班別：高中一年級/C部
性別：男
袍級/種族：紅袍/？
個性：有點自傲，知識豐富像座小型圖書館；討厭流氓！

姓名：西瑞．羅耶伊亞（五色雞頭）
年級/班別：高中一年級/C部
性別：男
袍級/種族：無/獸王族
個性：個性爽朗、自我中心。出身於暗殺家族，打扮像台客。

姓名：萊恩．史凱爾
年級/班別：高中一年級/C部
性別：男
袍級/種族：白袍/人類
個性：個性隨意，存在感低、經常超自然消失在人前，執著於飯糰！

登場人物介紹

Atlantis 學院

姓名：藥師寺夏碎
年級/班別：高中二年級/A部
性別：男
袍級/種族：紫袍/人類
個性：個性淡泊，不喜過多交談，是個溫柔的好哥哥。

Alis 學院

姓名：伊多．葛蘭多
年級：大學一年級
性別：男
袍級/種族：白袍/水之妖精
個性：成熟穩重且平易近人，性格溫和。先見之鏡的守護者。

姓名：雅多．葛蘭多
年級：大學一年級
性別：男
袍級/種族：白袍/水之妖精
個性：不愛講話，外在冷淡繃著一張臉，不過卻是個好人。

姓名：雷多．葛蘭多
年級：大學一年級
性別：男
袍級/種族：白袍/水之妖精
個性：極具冒險精神，永遠都掛著笑臉，喜歡搗蛋，對五色雞的頭髮異常執著。

其他

姓名：褚冥玥
身分：一般的大一生，漾漾的姊姊
性別：女
種族：人類
個性：直率強硬，很有個性的冷冽美女。異性緣爆好！

第一話　除夕夜

地點：Taiwan
時間：下午三點十六分

船板底下的事情就這樣暫時擱下了。

於是，就在我個人覺得上船之後一直處於一片混亂當中還來不及反應過來的時候，今年的除夕夜宣告正式到達。

「漾～聽說今天除夕夜，遊樂場會開通宵，你吃完飯之後要不要去啊？」坐在共用的床鋪上正在掀背包裡的衣服，五色雞頭發出很隨性的問句。

「喔，你自己去吧，我要去一下圖書室。」其實是想要去船底下赴約，我總覺得那票村守神很怪，有種莫名的怪，所以想來想去覺得還是去赴約比較好。

反正要是眞的有事情，至少還有米納斯跟老頭公可以幫忙……大概可以吧。

「欸，除夕夜幹嘛去圖書室。」五色雞頭抓著一件讓我很想從陽台丟出去的金光閃閃花襯衫跳下床直接朝我走過來：「不是要守歲然後把那個叫作年的傢伙給揍得爬回家嗎！」

是說你是幾零年代的人啊？

居然還相信有年會來的神話！等等……該不會是真的會來吧？

我突然有種莫名的驚悚感。

應該不可能會有那種東西來吧？

「西瑞，應該沒有年這種東西吧？」不管如何，我決定還是先求證再說，反正要是沒有頂多被笑一笑而已。

五色雞頭轉過來看我，用一種很詭譎的視線：「漾～你們這邊都說沒有年嗎？」

「當然沒有啊！根本沒有半個人看過好不好！」如果有的話早就引起大騷動了吧，接著就是恐龍與軍方的鬥毆傳說上場。

就在他好像想說點什麼的時候，那扇聽說是電子鎖的門被人打開，一整個早上不知道消失到哪邊去的學長踱著腳步走進來，「你們兩個在講什麼？」

「我們在講年。」看到學長進來，我立即放棄詢問五色雞頭：「學長，應該不可能有這種東西吧？」那種東西明明就是在故事裡面才會出現的，出來就完全不正常了啊！

學長盯著我看了一下，冷哼了一聲：「有啊。」

我聽到某種心靈破碎的聲音。

「你看，本大爺就說有。」五色雞頭很爽地咧了笑給我看，「每年過年就是要把牠揍得用爬的回家才叫過年。」

……我不想知道那個東西是存在的，誰來給我一個否定句？

還有把牠揍到爬回家才不叫過年，這根本叫作霸凌！人家是說放鞭炮把牠嚇回家啊不是揍牠！

「你想看應該也看不到，年已經很久不到人類世界了。」學長坐到沙發上，然後拿了不曉得什麼東西一小罐地倒在手帕上慢慢擦著手指：「不過現在在守世界人跡罕少的地方還可以看到一點，如果你有興趣的話可以找千冬歲他們一起去看。」

學長，請相信我，我絕對不會有興趣的！

然後，我注意到學長正在擦手的那塊手帕不知道爲什麼整條原本是白色的，突然就好像染上顏料一樣慢慢變成黑色。

……學長你是身中劇毒嗎？

黑色的眼睛凶狠地瞪過來。

呃，你可以把我想的忽略掉沒有關係，我不介意、眞的我完全不會介意，感謝。

「學長你剛剛去抓什麼啊？」顯然也注意到手帕的顏色，五色雞頭很好奇地開了口，順便把我想問的也問了。

「路過時看到一些東西爬進來，順手清掉。」說著，學長攤了一下手，那條手帕在他掌心上直接凌空被燒得連灰都不剩了。

我突然發現讀異能學院的好處了，要是以後失業還可以去應徵當環保不留渣的人體焚化爐啊！

叩一聲，我被飛過來的罐子砸個正著，整個腦袋一個暈。

「漾～你要不要上去遊樂場玩啊？」無視我剛被罐子打到正在昏頭的五色雞頭湊過來旁邊，撿了罐子有一下沒一下地上下拋，「聽說俱樂部有很多表演喔，今天除夕，到處都可以玩。」

我也知道今天除夕到處都可以玩，因爲早上我老媽還警告我們不可以進去未成年禁止場所咧。

「其實要進去還是可以。」學長突然爆出驚人的一句話：「你只要給他們看你的學生證就行了，通常會配合讓你進去。」

……這是來自於學校可怕的勢力嗎？

我突然覺得我們學校其實跟公會一樣都很黑。

「學校學生因爲要實習所以經常會出入特殊場所，只要不鬧事的話通常都能自由進出。」學長很正經地這樣告訴我。

難不成你這個意思是叫我未成年進去限制區嗎！

你想害我被我老媽打死嗎！

「哼哼，那種地方去到不想進去了，有夠無聊的，還是去看表演比較好一點。」顯然已經在成年區打滾很久的五色雞頭用一種完全不屑的態度說道，「漾～我們去看表演吧，反正放除夕飯的地方要六點才可以入場。」

我看了一下手錶，現在差不多三點半左右。

「學長要一起去嗎？」我看了一下好像也沒事情可以做的學長，小心翼翼地詢問著。

「……嗯。」意外地，學長居然點頭了。

「說走就走！」五色雞頭抓著我的肩膀，直接打開了門往外跑。

喂！也太快了吧！

完全不顧旁人的眼光，我直接被拖過兩層樓，然後傳說中的表演廳就出現在我們面前，大概遲了不到幾秒，學長也出現在我們後面了。

我看見大門旁邊擺了一塊寫有現在正在表演節目的名稱。

大致上就是某個馬戲表演，感覺上好像很有名，因爲上面廣告畫得很漂亮。

「好像才剛要開始。」稍微看了一下裡面，五色雞頭這樣告訴我們。

反正也沒有其他事情做，我們很自然就進場了。

表演大概就是一些魔術之類的東西，可能是船上有限制，所以沒有出現大型猛獸之類的。倒是配合魔術表演的歌舞不少。

整個室內黑壓壓的一片，只有舞台區是大亮的。

服務人員在黑暗中穿梭著，然後幫我們帶位到空桌，桌上有擺放小點心及茶水和節目表可任取自用。

然後台上的表演在不到十分鐘之後正式開場。

我突然在想叫學長他們來看魔術好像是多此一舉啊！他自己還比變魔術的人厲害……對了，

搞不好以後失業的話還可以去當魔術師咧，重點是完全抓不到破綻、多強！

於是大概很快地世紀第一魔術師就要換人了。

啪一聲，我的後腦再度被巴掌重擊。

「看個表演是在囉唆什麼！」

加上某人無良的冰冷語句。

※

那場魔術秀其實說眞的應該是很精采。

假使我沒有看過可怕的學院和競技賽的話，我眞的會覺得它很精采。可是不曉得爲什麼，在台下的我看著台上的魔術師，居然靈異地覺得他的動作其實並不如想像中快，而且隱約好像也可以看見機關所在的地方。

……我眼睛沒問題吧？

「你在學校待久了，如果看東西還是和以前一樣，你就該反省了。」坐在旁邊的學長橫了我一眼，用很理所當然的語氣說著：「所有事情都是會改變的。」

意思是說我已經開始邁向火星人計畫了嗎？

「我不想在大庭廣眾下動手扁你。」叩地一聲，學長放下了手上的瓷杯。

當我失言……

台上表演完畢之後下面響起了轟然的掌聲。

「你們還在這裡玩喔？」就在表演秀要進入第二段時，突然有人拍了一下我的肩膀，轉過頭就看見冥玥不知道什麼時候已經出現在我們旁邊了，「老媽在找人了，說什麼帶了很多新衣服叫你們過去試穿，今天晚上要去吃飯用的。」

「啊？不可以穿平常的嗎？」好麻煩喔還要穿新衣服。

「不可以，快點到老媽他們房間集合，不然小心被扁。」向學長打過招呼之後，我姊連坐也沒有坐下來就直接離開了。

欸……這樣還要繼續看下去嗎？

「褚、西瑞，走吧。」顯然已經沒有興趣的學長站起身，五色雞頭也跟著蹦了起來。既然他們都要走了，那我也沒啥好繼續接著看。

出了表演廳之後，外面還圍繞著一些人，有的是剛到的有的是即將要離開的，熱熱鬧鬧地來回穿梭了有一下子。

順著樓梯，我們到了另層樓，我老媽他們所住的雙人房。

原本應該是我和學長他們住的那間看起來應該是有別的旅客補上了，剛好在我們過來的時候走出了另外一對男女，有說有笑地往樓梯走去。

我在門上敲了兩下，我老媽很快就開門了：「咦？小玥咧？我不是叫她要跟你們一起過來嗎？」她左右張望一下，疑問很大。

「呃，大概是去逛一下吧。」我注意到房間裡沒有其他人：「老爸人呢？」

「去買紀念品了，你們先進來吧。」

等五色雞頭他們都進到房間之後，我才看見房間裡的雙人床上攤開了很多嶄新的衣服，襯衫、T恤一件都不缺，花花彩彩的很多顏色，大部分看起來都很有過年的感覺。

……妳外出帶那麼大一包就是帶這些衣服喔？

「來來來，全部都有份，每個人都試穿看看。過年就是要穿新衣服才可以，去餐廳也比較好看。」我老媽拿起了一件白底藍色的衣服，笑容可掬地朝我們招手。

「沒有閃一點的喔！」五色雞頭看著床上很正常的衣服開始抗議。

「去餐廳是吃飯的你穿那麼閃幹嘛。」我媽回過去這句。

實際上去餐廳應該要穿比較正式的衣服吧……

「我自己有衣服。」學長看了一下攤開的一堆衣服，這樣說著。

失禮了學長，可是你這樣跟我老媽抗爭是沒有用的，我媽的能耐非常強的……你還是乖乖試穿比較好一點，我是說真的。

學長瞥了我一眼，冷哼了一聲。

「你們這些小孩子不盯好都會亂穿，現在每個人過來都給我試看看，沒試完不准隨便亂跑！」我老媽發出了絕對命令，然後就揪住最靠近的五色雞頭開始比對衣服。

「我自己會穿啦——」

那邊開始了人與雞的爭鬥。

結果當然是抗爭無效，我們三個人個別都換了嶄新的衣服之後被踢出房間，我老媽很樂地兀自哼著歌開始打扮。

時間是四點近五點。

其實話說回來我和學長的衣服沒有變多少，就是平常的衣服變色變花紋加上變成新的，五色雞頭就變很大。

「西瑞，其實你穿平常衣服也滿好看的啊，幹嘛都要穿花襯衫？」我在五色雞頭旁邊轉了一圈，也不是沒看過他穿平常衣服啦，不過好好穿整套起來眞的也挺帥的。

五色雞頭朝著我扮了鬼臉：「這才不是正常衣服！」

「是、是，如果不是看在火鍋的份上你早就撕爛它塞到垃圾筒裡面了是吧。」我已經很習慣五色雞頭的花襯衫至上宣言。

「廢話！」五色雞頭哼哼地往樓梯處走，「如果不是要去吃飯本大爺才不會——」

「好啦好啦，我們先去飯廳前面等。」推著五色雞頭，我直接往樓梯過去。

說眞的，相處一段時間之後我反而覺得五色雞頭好像變得挺好應付的，沒有之前那麼難相處就是了。

原本預計在甲板上舉行的除夕大會因爲風大太冷所以改爲在兩個公用餐廳，整個大餐廳全開放了。

每桌都是按照房間編置的，因爲我們是一家的聽說就給發到大桌，小家庭就是小桌子。另外有些不想在公用餐廳擠的就往付費餐廳去悠閒地過節。

時間還沒到，就有好幾家像我們家一樣已經在外面等待了。

「先去喝點東西。」學長指了指附近的飲料吧台，這樣說著，「我請客。」

看了一下，是付費飲料。

因爲是付費的所以人潮少了一點。

「你們先去，我要去一下廚房。」聽說最近和廚房處得很好的五色雞頭一溜煙就跑了。

「褚，過來吧。」

學長朝我招了手。

❀

其實那個吧台很安靜。

在旁邊揀了座位坐下之後，學長向侍者點了飲料，接著黑色的眸子就一直盯著我看，看到我快冒冷汗了他還在看。

我最近應該沒有做過什麼惹到他的事情吧？

然後我就一直被這樣盯到飲料上桌。

「褚，你……身上有個奇怪的東西。」拿著攪拌棒在杯子邊繞著，學長發出會讓我冒足冷汗的話。

我身上有奇怪的東西？

除了米納斯、老頭公和夏碎學長的護符之外我身上還有什麼奇怪的東西我不知道啊……？

……

啊，該不會是瑜縭的鱗片……

！

糟糕！

注意到我自己腦袋露餡，我想僞裝沒想過也來不及了。

「你什麼時候拿到村守神的鱗片？」顯然就是在等我自己用腦袋掘墳墓的學長悠悠哉哉地勾起了詭異的冷笑，問道。

「呃……就是從船艙回來之後……」一切都已經來不及了，我只好硬著頭皮把半蛇人的邀請給講了一次。

學長的表情一點變化都沒有，看起來更讓人覺得可怕。

該不會其實那個邀請眞的不是什麼好事情吧……我開始有點爲了個人性命安危擔心了。

「那個不能去嗎？」爲了確認，我還是問了一下。

「不，可以去，沒什麼害處。只是我想不通他找你幹什麼，對這件事你沒有特別可以幫上忙的地方。」學長用一種很理所當然的口氣說著，深深刺傷了我的心靈。

「吃火鍋吧……」我好像可以聞到裡面飄來的火鍋沙茶香氣，不自覺就這樣說了。

學長用一種像是在看白痴的表情看我。

別對火鍋有意見啊！

搞不好他們覺得太無聊了眞的想吃火鍋啊……

「你要去的時候記得把夏碎的護符和老頭公都帶上，如果他們眞的想對你動手，一時間不會有辦法得逞。」學長喝了口飲料，說著。

意思就是說還是有可能會得逞是嗎！

我突然又不太想去了。

就在我們兩個沉默著各自喝飲料的時候，那個跑去廚房又拿著一個大盒子跑出來的五色雞頭非常自動地跑過來，直接往空位一坐：「你們要感謝本大爺，我去拿了一堆廚師老頭的好料，外面這邊吃不到，是他們裡面自己要吃的。」

他咧著笑，很獻寶地把那個大盒子打開。

我看見裡面塞滿了海鮮食材和一些肉，看起來都很新鮮、品質不錯。

「廚師給你這麼多他們要吃啥？」我深深覺得那個廚師是個怪人，明明五色雞頭就是廚房大敵還這麼欣賞他，見鬼了。

「嘖，他們裡面自己的材料還多得很，沒差這一些啦，我本來是要多拿一點的，可是盒子裝不下就算了。」五色雞頭用一種很可惜的語氣說著。

你拿這些根本就已經値回票價了吧！

哪家人上船還可以到廚房包吃包喝還包拿一堆的，我看只有你了吧！

「時間差不多了。」學長站起身，這樣說著。

「咦？」我才想說時間好像還沒到，就先看到我老爸他們出現在上面的樓梯口。

我們出了飲料區之後，剛好我老媽、老爸到達餐廳外，冥玥隔了幾分鐘之後才到。

於是時間到之後，餐廳開放，許多服務人員領著不同遊客進入找到位子就坐，而我們被安排到大圓桌邊。

除夕夜，船上大餐廳爲所有旅客準備的是大火鍋套餐，整張桌上擺滿了新鮮食材，而使用的是不會起火的安全爐。

滿場服務人員交替著，食材不夠會隨時再幫忙補上食物，也可以自行到自助食材區取用。

「還好不是眞的在甲板上舉行火鍋大會，不然肯定會冷死。」冥玥同樣穿著嶄新的套裝，翻著桌上的菜單這樣笑了下。

如果在外面舉行我想應該會很精采。

冷熱交替的地方啊……

「廢話少說！本大爺要先開動了！」

※

其實我沒有在這麼多人的地方過年的經驗。

以前聽說很多同學都會回爺爺奶奶家，然後整個大家族都一起過除夕、吃火鍋什麼的。

因爲我本身的問題，所以這種機會幾乎等於零，有幾次老爸的兄弟也帶上堂兄弟，不過在幾次差點跟著倒楣之後就不太喜歡過來了。

學長坐在我旁邊，拆開筷子。

四周轟地一下整個沸騰吵鬧起來，室內播著同樣很有氣氛的熱鬧音樂，遠一點的台子上主持人帶來了除夕夜特別節目，好幾個女性出現在台上。

「漾漾跟西瑞和漾漾的學長，你們要多吃一點。」我老爸用公筷把一整盤蔬菜什麼的給掃進去大的鴛鴦鍋裡，一邊是正常口味一邊是中辣，發出了嗆人的香氣。

「我也要這個！」完全不客氣的五色雞頭開始把大量食材往鍋子裡丟，整個室內都是熱騰騰的白煙，隔壁桌的小家庭一家三口正在攪拌著鍋裡的小龍蝦。

然後我注意到學長依舊沒有動筷子。

他該不會連火鍋也沒吃過吧……等等，不對啊，之前在伊多那烤肉時不是大家都有煮過了？

拿著筷子，學長的視線好像不在這邊。順著方向看過去，我看見了遙遠處有張多人桌邊坐著一個半生不熟的面孔，就是那個我不知道他是誰可是他好像跟我很熟的怪人。

「學長，你和他有認識？」對方同樣注意到我們，還揚起手打招呼。

「一點也不熟。」冷哼了一聲，學長皺著眉轉回來挾了桌上的糕點，「少靠近他。」

「喔……好。」摸摸鼻子，我有種學長可能跟他處不是很好的感覺。

「漾～吃這個！」已經和我老爸當起火鍋王的五色雞頭拿著大杓子撈了一大堆火鍋料往我的碗一倒，接著依樣畫葫蘆地往學長的碗一丟，我們的碗裡同時堆出了各種詭異東西的小山，「這個好。」

隨便你怎麼好也不要把龍蝦頭放到我碗裡啊！

我把蝦頭丟回去五色雞頭的盤子裡面。

船上供給的火鍋料很多都長得太奇怪了，我是標準的正常料愛好者，給我芋頭跟肉和菜就可以了啊。

「西瑞，我自己盛就可以了。」學長皺著眉從碗裡挾出一整顆長年菜，上面還連著根。

長年菜是這樣用來煮火鍋的嗎？

「啊——你們挾太慢會吃不到啦。」造成東西快速消失的元凶整張嘴都是滿的，然後很詭異地直接吞下去。

「沒關係，不夠還可以再去拿。」我老爸笑呵呵地說著，大概是很久沒這麼熱鬧了所以他很高興。

「小玥也多吃一點喔。」老媽拍拍旁邊的冥玥，笑笑地說。

「嗯。」

完全隔絕了外界一切紛鬧，我老姊很我行我素地優雅吃著東西。

表演舞台上出現了傳說中的民俗表演團，一大堆火鍋中只見厲害的舞者團團轉著圈，然後拉了好幾個圍觀的小朋友一起上去玩，接著不少家長拿著相機用力拍。

「唉唉，如果漾漾再小一點的話也可以這樣拍，多可愛啊。」我媽用一種很可惜的語氣看著舞台，發出了謎之感想。

眞不好意思我已經長很大了。

而且我很肯定要是上去絕對會發生點什麼意外。

大概開鍋之後不用半小時，整張桌子被一掃而空然後又快速地補上新的食材。

「是說等等吃完之後要幹什麼？回房看新年節目嗎？」冥玥戳著碗裡的菜根，隨口問著。

「好像十二點一到甲板上會放煙火，大家一起上去看吧。」我老媽拿著節目單這樣說著。

「欸，我略過。」想起和蛇身人有約，我馬上舉手。

「我也是。」五色雞頭咧著嘴在笑，「剛剛廚師叫我去和他們吃第二攤。」

我突然覺得這艘船上的廚師一定不怕死，不曉得整船都沒糧食時的可怕。

「那好吧，我跟你爸爸一起去看。」

號稱來二次蜜月的夫婦很甜蜜地對看了一眼。

「我看我去遠一點的地方看好了。」冥玥朝我眨眨眼，小聲地說著。

「噗──」

「漾漾，你們在笑什麼？」老媽的目光飄過來。

「沒、沒事。」

於是，就在這樣的氣氛下，當舞台上節目表演到最高潮時，整艘船體狠狠震動了一下。

有人發出尖叫聲。

※

「請各位不要驚慌！」

震動僅僅維持了幾秒，很快地，拿著廣播器的工作人員開始四處走動，「根據報告，剛剛只是大浪而已，請各位不要緊張。再重申一次，剛剛只是浪太大，請各位不用驚慌，現在已經沒有事情了。如果位子上有湯水打翻，請告知最近的服務人員幫您處理──」

我捧著手上的碗，剛剛震了一下連我們這邊的沙茶都打翻了，整張桌上被畫出一圈圓，還好五色雞頭吃得很快，湯剩不到半鍋所以沒噴出來。

服務員迅速地過來幫我們把桌子上的混亂給整理過，立時桌上又乾淨回來，好像剛剛的騷動完全不曾發生一樣。

「唉呀，眞是可怕的浪，還好不是在甲板上吃，不然這下就有得玩了。」我老媽拍拍被醬料噴到一、兩滴的袖子，半是慶幸地說著。

「繼續繼續。」食慾完全沒有因爲震動而受到干擾的五色雞頭轉眼又翻了一堆料下鍋，整個湯鍋開始大滾起來，餃子火鍋料和肉片什麼的到處滾動著。

我看了一眼旁邊的學長，他放下筷子好像在想些什麼事，表情整個變得很嚴肅。

該不會剛剛那個眞的不是海浪吧？

傳說中冰山和美麗的鐵達尼號在我的腦袋中浮現。

「你以爲世界上有那麼多冰山給船撞嗎！」黑眼冷橫過來，讓我打了個冷顫。

比、比喻而已，不用太當眞……我說眞的，做人輕鬆一點會比較好。

「漾～你想撞冰山嗎？」五色雞頭靠了過來，咧了笑問著。

「不想，謝謝。」

如果我說我想，你是打算弄個冰山過來給船撞是嗎！

「你們在說什麼冰山啊？不快點吃料就快煮爛了。」老媽從鍋子裡挾出一大堆肉片放在旁邊的小盤子上，馬上就被搶光了。

時間過得相當快，大概在自助區提供的食材逐漸告罄時，也差不多快要將近十二點。

我看了一下手錶，有點急著想要離席。

與半蛇人約定的時間快到了，希望不要遲到比較好，如果遲到的話對方不知道會怎樣……

就在我吃飽有點腦袋放空時，一個紅色的東西出現在我眼前。

抬頭剛好看到老媽大大的笑臉：「漾漾，新年快樂。」

我瞪大眼睛看著我眼前的紅包，突然有種打從心中冒出來的感動。沒想到我在學院出來之後還可以活著拿到紅包……

「不然你是很想拿到白包是嗎。」學長冰冷的話語從旁邊傳來。

「啊哈哈……當然是紅包好。」我馬上收了老媽和老爸給的大紅包，喜孜孜地放到口袋裡面，「謝謝老爸老媽。」偷瞄了一下，冥玥也剛好在收她剛拿到的過年包。

「要節省一點不要亂花喔。」老媽如是說。

我立即拚命點頭。放心吧老爸老媽，就算我要亂花，我還得先把郵局那些賣命錢都給花乾才會花到這筆錢啊！

坐在旁邊的學長發出很不以爲然的冷笑聲。

眞對不起啊，比起你的超級金庫，我只要這樣一點點就夠了，錢太多反而是自己被嚇死，有多少用多少就很滿足了。

「漾漾的學長還有西瑞，這是你們的。」我老爸拿出另外兩個紅包遞過來。可能沒想到我老爸會連他們的份都準備了，學長好像有一瞬間錯愕了半晌。

五色雞頭整個眼睛發亮起來：「這就是傳說中要壓在枕頭底下睡的那個紅包嗎？」他很樂地馬上接過去，看著那個紅色的袋子頭上開花。

其實你根本不在乎裡面有錢只是要那個袋子吧……包張假鈔給你就行了對吧！

「謝謝。」斟酌了一下，學長接過了紅包袋，很有禮貌地道了謝。

「原本想說要過了十二點再給你們的，不過大家等等都各自有活動，所以就提前囉。」我老媽眨眨眼，微笑地這樣解釋。

「紅包好，今日承蒙恩澤，本大爺來日必定報答！」左右看著那個一包二十塊會有好幾個的紅包袋子，五色雞頭咧了大大的笑語焉不詳地說著。

你為了一個紅包袋想報恩是吧？

台上的活動告一段落，我這才注意到不只是我們，好幾桌的父母都當眾發紅包給自己的小孩們，到處都有歡呼的聲音和此起彼落的「新年快樂」。

於是，為了今夜最高潮，台上的主持人拿出了大大的竹筐猛然一撒，好幾百個船上特別準備的大紅包四處飛散。台前的人馬上搶成一團，搶到之後打開又是一陣驚呼。

「聽說最大獎好像是免費搭乘輪船七日遊。」看著漫天紅包飛舞，完全沒有興趣去接的冥玥咬著筷子，然後看著一個飛過來的紅包慢慢掉在她桌前，「這啥鬼？」到手的紅包不拆也說不過去，她拉開了上面的透明膠帶把袋子倒過來——

叩地一聲，一條漂亮的銀色項鍊掉下來。

原來紅包可以這樣包！

我突然領悟到下次如果五色雞頭人來瘋想玩紅包遊戲的話絕對要離他遠一點，要是他又包塊金子叫作免死金牌的亂丟，可能會被打得頭破血流！

「純銀的耶！小玥妳好幸運喔！」在看見裡面有張保證書跟著掉下來之後，我老媽很樂地搓搓她女兒的臉頰。

……我姊還真的是幸運得見鬼。

整個玩樂過後，開始有人離席。

坐在我旁邊的學長是第一個站起來的：「不好意思，我要先出去逛逛了。」說著，很有禮貌地將椅子靠好，這才走掉。

「我們也差不多要上去甲板看煙火了，漾漾和西瑞，你們自己在船裡逛要小心喔，不要去不該去的地方，也不要隨便跟陌生人走掉。」第二站起身的是我老爸、老媽，要離開之前還不忘語重心長地這樣告訴我們。

如果五色雞頭和陌生人走掉，我覺得應該擔心的根本是那個陌生人吧！

在老爸老媽離開之後，我也匆匆向五色雞頭和我姊招呼了一下，越過層層人群往外走去。

時間將近十二點，船上甲板有著過年煙火，所以很多人一股腦地要離開餐廳往樓上走，要閃避還眞有點不容易。

幸好越往下走人就越少。

直到走到下面的客艙區，整座樓梯和走廊已經完全沒有半個人了。底下很安靜。

走廊的燈光依舊有點搖晃，半蛇人所在的那層客艙照例還是給我一種不太好的感覺。

放出老頭公在樓梯做了簡單的結界以防有人誤闖之後，我深深吸了口氣硬著頭皮往上次跟學長來時、遇到他們的那個房間走。

四周很安靜。

我站在那個房間前，伸出手，正想鼓起最大勇氣敲門的時候——

門開了。

第二話　深夜的約定

地點：Taiwan
時間：晚上十一點五十四分

「來了！客人來了！」

在進門之前，我已經做好三百種準備，例如像是一開門就有嘴巴和尖牙撲過來的話我就會先賞他一槍，如果是很大一團東西衝過來要揪著我拖進去分屍的話我就直接用那個無法控制的爆符對付他們——雖然我的下場應該也會很慘就是了。

可是我完全預料不到的是，門一開，有一團拉炮花直接砰地一聲飛過來砸上我的臉然後糾結在一起滾到地上去。

搞什麼鬼啊！

門一開，映入我眼中的不是記憶中那個小房間，而是詭異地變成了已經拓展了不知道幾倍的超級大房間，房間裡有張可以容納好幾個人的大床，那個半蛇青年就趴在上面半閉著眼睛像在睡眠，長長的蛇尾盤據著整張床上的空間。

「瑜緺，來了！」之前跑來找我的那個狗耳小孩一手拿著空拉炮然後蹦到床上，咚咚跳了幾下把那個蛇身青年給吵醒了。

我眞的有種想倒退一步然後轉頭逃逸的衝動。

這該不會眞的是傳說中的鴻門宴吧？

微微睜開狹長的眼睛，在我還來不及逃逸之前那個叫作瑜縭的蛇身青年已經看向我這邊了。有那麼一秒我眞的可以感受到被蛇盯著的青蛙是什麼感覺，滿頭冷汗外加逃跑不能，眞是淒慘。

「嗯……請他進來。」蛇身青年小小聲地說著，然後又倒回去床上。

「喔、好。」狗耳小孩跑過來，一把拽住我的袖子：「快點進來。」

我可不可以站在這裡就好啊！

完全沒得讓我選擇，那個小孩的蠻力出乎意料之外的大，直接一扯就把我給扯飛進去，還差點往前跌倒。

砰地聲，不用回頭我也知道身後的門被關上了。

加大版的房間裡多了很多人……不對，應該是多了很多東西。有上次看到的那些奇怪的人，狗耳貓頭什麼的，也有一些是動物的樣子，像是我的腳邊就跑過一隻不知道是天竺鼠還是啥玩意的大隻老鼠。

等等！應該不會是田鼠吧！

我總覺得來到船上之後我看到了很多奇妙的東西。

「呃……請問你們找我來有什麼事情嗎？」看著滿屋子很像寵物園和奇幻世界的產物，我硬著頭皮開始提出發問。

蛇身青年趴在床上，懶懶地瞇起眼睛看了我一下：「煮火鍋吧。」

「啊？」有那麼三秒鐘，我覺得我的耳朵可能有抽筋聽錯。

他伸出手指著那個蹦來蹦去的狗耳小孩：「小鬼們要火鍋，問我可不可以找人類來煮。」

……意思就是你們找我來煮火鍋？

我有種好像跟學長開玩笑然後成眞的感覺。

你們不是討厭人類嗎！找個人類煮火鍋是怎樣！

「如果你不要也沒關係，我本來就有打算你不來的話我會隨機在路上抓一個人進來這，煮完再把他記憶消除。」蛇身人用一種很平穩的語氣說著可怕的事情。

不要隨便漠視個人安全啊！

「我、我也不是很會，可是餐廳不是有現成的湯和鍋子嗎？好像自己再放料就可以了。」

就在我話說完之後，那個狗耳小孩跟個有貓耳的大姊端著還在冒熱煙的大鍋子看著我，旁邊還有瓦斯爐、一大堆不用想也知道應該是從廚房偷來的火鍋料。

這麼齊全你們自己煮應該很快了吧！

我有種不知道爲什麼會被叫到這裡來的感覺。

「東西都有了，再來呢？」趴在床上的人蛇……不是、蛇身人依舊用很懶的語調問著。

再來就是丟下去煮然後吃掉啊，這要人教嗎？

「呃、開火煮沸湯，然後把想吃的東西放下去煮到熟就可以了。」我用很委婉的用詞告訴把安全爐打開的狗小孩。

為什麼我要在除夕夜連跑兩趟火鍋場？

「來煮來煮。」狗耳小孩把我拖離床邊跑到房間另外一頭，接著貓大姊把火鍋移往另一邊的桌上，一大堆可愛的鄉村寵物跟著圍過來：「對了，我叫布達。」

「喔……你們好。」看著圍過來的寵物和各種怪東西，我硬著頭皮打過招呼。

「阿卡．莉絲。」貓耳大姊這樣說著。

「妳好。」

……等等，阿卡？

「妳是不是認識一位阿卡．里里啊？」我怎麼記得好像某位管理圖書館的也是類似叫這樣？

貓耳大姊看了我一眼：「我們是同一個地方來的，算有親戚關係，你認識？」

「喔，之前在學校有遇過，她是我們圖書館的管理員。」其實我也才見過一、兩次而已。學校裡的行政人員沒事都會亂逛，所以偶爾會遇到。

「管理員啊……」貓大姊像是喃喃自語了一下，然後突然勾起一抹笑：「那就好。」

我總覺得她的表情好像是某程度地鬆了一口氣。

掛著狗耳的布達把東西都丟入火鍋裡，在沸騰之後開始傳出香味，旁邊一堆怪生物也跟著騷動了起來，剛剛我見過的田鼠居然用鼻子頂著個小碗在桌上靠過來。

「那個……瑜縭不過來嗎？」偷偷瞄了一下那張大床，半蛇人趴在上面似乎沒有要過來參加火鍋場的樣子，我只好小聲地詢問了布達。

狗小孩仰起頭看著我：「瑜縭已經很久不吃東西了。」

不吃東西？

這是什麼意思？

「瑜縭的時間已經不多了，他在這裡的時間比我們任何人都還要久，已經是最後一次了，所以才應了布達的要求在這邊一起煮火鍋。」貓大姊這樣看著我然後說道：「你們人類除夕不是一定都要吃火鍋嗎，那個原因。」

除夕吃火鍋是因爲要團圓……

我想，我大概知道爲什麼我會被叫來這裡了。

※

「汽水來了！」

就在火鍋沸騰到讓我不得不把安全爐轉小一點時，布達突然很歡樂地這樣喊了一聲，我這才注意到不曉得什麼時候，一整箱的家庭號汽水出現在距離我十一點鐘五步遠的方向，幾隻小動物撲過去，又是咬又是啃著紙箱子，完全無法承受攻擊的箱子在幾秒之後化爲殘破的垃圾，裡面的汽水瓶乒乒乓乓滾了一地。

「喂！不要這樣喝汽水！」在一隻很像狐狸的動物衝過去要咬破汽水瓶之前我馬上把牠整個提起來：「拜託你們用杯子好不好，汽水要用杯子！」

那隻很像狐狸有五條尾巴的動物睜著綠色的大眼瞅了我半晌才左右扭動掙脫、跳到地上去；不過這次倒沒有撲過去咬汽水了，而是幾隻動物不知道從哪邊滾出一串塑膠杯。

我突然覺得你們叫我來這邊該不會是叫我當臨時的動物園志工吧……不對，根本就是，而且連基本的時薪都沒有！

看著被關起來的房門，我很認命地蹲下去拆著那串塑膠杯，然後把汽水一杯一杯地倒滿然後放在地上，不用幾秒，滿地就出現了一堆奇怪動物巴著杯子喝汽水的奇觀。我敢打賭這個如果照下來上傳到網路上，一定很快就會破最高寵物點擊。

布達和貓大姊把火鍋裡滾了半天的料全都撈出來放在一個很大的盤子上，我原本想告訴他們要吃的時候再挾就好了，可是東西一擺上去馬上就被好幾個不是人類的人給瓜分了，這讓我覺得其實先撈出來也沒差了……

早一點已經吃撐的我稍微退出一點那個被團團包圍的桌子範圍……當你看見有豬跟老鼠擠過去趴在桌邊的時候，不離開也不行了。

「喂，你！」

在我很認真地考慮既然已經沒有地方需要我，還是及早逃逸比較好時，有個人突然拍了我的肩膀。

一轉回過頭，我看到一雙綠色的眼睛。

是個大男生，可能年紀看起來比我大一點點而已，全身都是白色的衣服上頭印著藍色的花朵紋。他拿著一個裝滿汽水的杯子遞給我：「這是你的份。」在我接過汽水時，他又突然平空拿出一個特大號的碗公，裡面塞滿了火鍋料。

眞的不是我要說，整碗看起來亂七八糟的，如果不是有熱煙，有那麼一秒我還眞會以爲他拿廚餘來賞給我了。

「呃、謝謝。」我接過那個還滿燙手的大碗，有點奇怪船上廚房怎麼會有這種超大碗公。灰白灰白的，下面還是圓滑看起來很特別……

……等等！

我猛然意識到這個好像不是碗公。

灰白灰白的半圓形裝盛物上面還有紋路，感覺上像是有打磨過，整體上這玩意和材質看起來讓我聯想到一個東西。

不……千萬別跟我說是我想的那個東西……

我心臟負荷不了。

「我可不可以請問一下。」吞了吞口水，現在已經不是火鍋料堆在一起像廚餘的問題了，而是一個攸關我下半人生會不會遭到不知名詛咒的安全問題：「請問這個是碗嗎？」稍微瞄了一下，我同時也注意到滿屋子裡正在吃東西的動物和生物等，除了用塑膠碗和陶瓷碗之外，有幾隻也用跟我手上一樣的碗。

半圓的，灰白灰白。

「這是老大我專用的碗，不能吃嗎！」綠色眼睛的男生突然張開嘴，我在裡面看到和野狼很像近親的牙。

「不、不是，你誤會了，謝謝你的碗。」對方充滿了完全不滿，我連忙低頭挾了一塊芋頭放到嘴巴裡表示對碗沒有意見。

是說你專用的碗爲什麼會這麼奇怪……

「這是打敗山妖的象徵，你要知道山妖的腦袋骨要磨成碗該死地難磨！」

「噗——」我把剛入口的湯給噴出來。

你拿個人頭骨給我當碗！

那瞬間我很想把碗拋出去，可是忌憚旁邊坐著碗主人我就沒動手，「這個、這個是頭……」

「你們那邊不流行嗎？打敗很強的對手可以把他的頭磨成碗。」綠眼男生眨了眨那對獸眼，我有種好像喝到硫酸的感覺。

用一種我好像在大驚小怪的語氣說話。

基本上，我們這邊並不會用人頭骨當碗！

「那、那個，既然碗這麼重要，我還是用一般的碗就好了吧。」看著手上的頭骨碗，我有種胃口全失的感覺。

猜到還可以自己僞裝想太多，可是被證實了之後就會有種多喝一口都會被多詛咒的感覺。

「你看不起山妖頭嗎？」那雙綠色眼睛瞇起來，瞪著我。

「不是，打敗山妖很偉大……」只是我的胃跟膽是一般小老百姓用不起啊。

「那就給我吃！」

我看著手上的頭骨碗，有種好像被逼跳崖的感覺。不過，比起用人頭吃飯，我想我寧願去跳崖應該會比較乾脆。

「這個是魚鑾鑾的碗。」聽到我們在討論人頭碗的問題，有個帶著兔子耳朵的小女孩馬上跑過來，舉著手上的碗獻寶。

「這是水中妖的碗！」布達蹦了過來，把第三個腦袋骨往我的眼前擠。

「這是蛟王的……」

「我的是阿西西的……」

一瞬間，我看到一堆頭骨碗大量地擠過來這邊。

這是怎樣！

不要拿你們的人頭骨對著我啊！

我萌生了今晚不知道第幾次的淚奔逃逸衝動。

媽媽，妳兒子生平第一次用頭吃飯了……

「好了好了，你們快點去吃，肉都要熟透了。」在我快要被一堆頭骨碗給埋沒時，貓大姊走過來打發了那些帶著恐怖碗的人解除了我的窘境：「羽裡，你也先去吃吧。」她拍拍那個綠眼男孩，後者點點頭就站起身了。

而在他轉過身要離開的那瞬間，我好像看到有五條尾巴從眼前晃過去。

「不好意思，嚇到你了。」貓大姊微笑地看了我一眼：「遇上友善的客人，他們會把自己最好的碗拿出來宴請客人。」

你們最好的碗就是人頭碗啊……

我突然感覺當客人好像也不是什麼好事。

「我、我只是有點不太習慣這個而已。」應該沒有人拿到人頭碗會習慣吧我想。

貓大姊又是笑了一下，然後從旁邊接過幾隻小貓搬來的端盤，那上面有個中型的碗，白色的好像是玉的質感，上面有著淡淡綠色的紋路，感覺上非常典雅漂亮。而碗旁邊擱著小盤子、筷子和湯匙，也都是同一系列的。碗裡被排得整整齊齊的是火鍋料與湯，和我收到那碗類似廚餘的東西相差了十萬八千里。

「可不可以麻煩您將這個端給瑜縭？」貓大姊拿著端盤看著我。

「咦？我？」妳叫個路人甲來端？

「我想我暫時還要在這邊照顧一下。」才剛說完，我們馬上聽見爐子那邊傳來驚叫聲，一隻小貓不知道怎樣地被一大股白煙給炸上了半空中，差點掉到火鍋裡煮成貓肉鍋，還好那個綠眼的男生動作快，馬上攔截下來。

「好吧。」接過端盤，我看過去另外一邊，那裡還是很安靜沒有人過去吵鬧，只有蛇身人趴在床上睡覺，感覺跟這邊好像是兩個不同的世界一樣。

「那就謝謝你了。」貓大姊笑得非常燦爛好看。

其實我覺得，他們也不是想像中那麼的壞。

❀

床上的異體似乎睡得很熟。

我本來打算偷偷放在他旁邊就好了，反正貓大姊沒有說要不要把人叫醒。不過就在我走到差不多五步遠的地方，那雙深色的眼睛突然睜開了。

「呃、不好意思打擾了，你要不要先吃點東西。」這樣一直被盯著我也會覺得毛毛的，只好自己先開了個話頭：「這是莉絲要我拿過來的。」

蛇身人瞇起眼睛看了我半晌，才終於慢慢地開口：「放在旁邊就可以了。」

「喔……這個要趁熱吃比較好喔。」不然等冷掉之後你就會看見油漂在上面。

瑜緺爬起身，端坐在床上。我看見那條詭異的蛇尾巴就在我腳邊動來動去的……他應該不會有起床氣吧？我還眞有點害怕那條蛇身突然往我這邊捲過來。

不過幸好沒有。

把蛇身都收到床上，瑜縭在床旁邊摸了摸，接著拋了一個四方形巴掌大的玻璃盒子給我：「這是火鍋的酬勞。」

我接住那個盒子左右看了一下，四方形透明的，沒有蓋子整個封死，裡面有著暗紅色微微透明的濃濃液體，看起來滿漂亮的，有點像是蘭德爾經常舉著的紅酒顏色：「好漂亮……」左右轉了一下，我也注意到透明的盒子上好像隱約有刻了花紋，小小的要很仔細才看得出來。

「裡面裝著蛇毒，除非有需要否則最好不要打開。」拿起碗和筷子的人用那不過就是糖果的語氣告訴我這個非常可怕的事實。

「……蛇毒。」看著那個小盒子，我突然覺得一點都不漂亮了。

「提煉過的濃縮液，所以不管是鬼族還是魔族惡靈什麼的都可以使用，到現在還沒遇到幾個可以抵擋這個。」慢條斯理地挾起肉片一口一口咬下去，瑜縭完全不覺得用這玩意當禮物有什麼不妥。

看著玻璃盒子，我突然有點害怕盒子不知道會不會被腐蝕破掉。

這東西可以通過海關回家嗎！

硬著頭皮收了盒子，我看向正在嚼東西的半蛇人：「那個……你們接下來有什麼打算啊？」

我想起了學長曾說過他會解決這個問題。

其實如果可以，我覺得他們搞不好前往安息之地會比較舒服。在這邊待著很勉強，而且又經

常有術士來對抗……

深色的眼睛往我這邊看了過來。

「呃、不想說也沒關係。」我馬上倒退兩步。

「不打算怎麼辦。」放下手上只吃到一半的碗，瑜縭看了我一眼然後淡淡地說著：「我思考過了，或許讓莉絲他們前往安息之地才是正確的事情。」

「那你呢？」我注意到他的語氣好像有點怪。

「我到現在依舊無法原諒人類。」他這樣說了，於是我們都沉默了下來。

我想，瑜縭應該不會再多說什麼了。

在他繼續拿起碗吃東西時，我移動回去剛剛的位置，已經有好些小動物吃飽了隨便躺在地上，呈現了一走錯很容易會踏到的狀況。

「這邊。」正在收拾桌面的莉絲向我招了招手，我很快走過去，「不好意思今天晚上麻煩你過來這一趟了。」她微微地笑了笑，環視了一地的躺物。

「喔……不會啦，大家高興就好了。」很奇妙，我突然發現我已經沒有剛來時那麼害怕這些東西了，就如同千冬歲所說的，他們也只是守神而已。

「我可以再麻煩您一件事情嗎？」莉絲放下手上的東西，突然正襟危坐地發出問句。

「欸？如果可以幫得上忙的話……不要搶劫放火殺人殺別的東西我都可以考慮。」先附註一下條件，不然要是她開個要我半夜暗殺學長就很有趣了。

「喔，都跟那些沒有關係。」彎了彎頭，莉絲從脖子上取下了一條項鍊，銀色的鍊子而項鍊墜是琥珀色的寶石，看起來很典雅：「請幫我將這條項鍊轉交給里里，告訴她：『我還是很好』，這樣就可以了。」

我接過那條項鍊，琥珀色的寶石意外地是暖暖的觸感而不是冰冷：「好，我一定會交給里里。」雖然猜不出她們眞正的關係，但我想她們應該也有交情吧，所以轉交個東西應該不算什麼特別的事情。

莉絲微微笑了下：「非常感謝您，那麼今晚應該也差不多了，需要我送您回房間嗎？」看了滿室躺了一地的同伴，她這樣問著。

「不用了，我自己回去就可以了。」偷偷瞄了一下床上那個又躺回去睡覺的半蛇人，我有種複雜的感覺。

「好的，希望能再見面。」

於是，莉絲將我送到門口。

當我轉過身之後，身後的電子門自己關上、上鎖。

空氣在這麼一瞬間安靜下來了。

就好像他們從來不曾存在過一樣。

※

「你現在應該知道爲什麼這麼棘手了吧。」

我抬起頭，看見學長站在樓梯口，他身上還穿著大外套，好像才剛剛外出回來。

「唔……我很想幫點什麼忙。」看著手上的項鍊，我將它收進口袋。要給里里的東西，還是找個漂亮的盒子或袋子裝起來比較好。

學長沒有說話，轉頭就是往上走，我也跟著跑上去。

大概是覺得過年甲板上人會多，不想人擠人的學長沒有這樣一路走上甲板，反而是在船中的一座露天吧台停下來。那是設計在戶外的休閒區域，可以在艙內點了付費飲料之後到外面的觀景座位；座位附近到處懸掛了設計燈，打了光所以看起來還挺有氣氛。

但不是我要說，當學長一拉開門通往室外時，不知道已經直達零下幾百度的冰冷海風直接撲面而來，讓我有那麼三秒想要轉頭逃開。

外頭的露天座位零零散散的有幾個人，不過都是穿著大外套，所以看過去就是一球球的。

「學、學長，我可不可以先回去拿外套。」端著飲料，我感覺我的雙腿和腦漿開始冰冷了。

黑色的眼睛瞪著我看了半晌，接著學長很神奇地不曉得從哪邊抽出來一件大外套，整個直接甩到我身上，然後端著自己手上的飲料就走出去。

我連忙放置杯子把外套穿在身上，質感很好不知道是什麼做成的……等等有想到再問看看。

一弄妥之後，我馬上拿了飲料跟著跑出去外面。

有點大的海風把我的頭髮吹得往上豎又往旁邊飛。

這種地方眞的可以喝飲料嗎！

該不會喝到一半有魚隨著風出現在杯子裡面吧？我突然有種好像會喝到路過飛魚的感覺……

「褚，新年快樂。」

就在我妄想有魚會飛過來時，某個耳熟到根本不應該出現在這邊的聲音從附近的座位傳來，我整個被嚇了一跳，用力揉揉眼睛。

那個好像是夏碎學長的幻影不但沒有消失反而還在對我招手，學長就坐在他旁邊的座位，一臉不耐煩地喝著飲料。

「新、新年快樂。」我本能地先回應，接著馬上跑到座位邊：「不是啦，夏碎學長你怎麼會在這艘船上？」該不會你從頭到尾都在只是我們沒發現吧！

又不是萊恩！怎麼可能會有這種事情！

「我收到訊息所以才來這裡看看情況，這次的工作好像不太好應付呢。」微笑著說著，夏碎學長用吸管攪拌著飲料，白色的泡泡馬上融入褐色的液體中。

原來袍級沒有年假啊……眞是辛苦。

看著夏碎學長，我突然有這種很深的感觸。

「他還在放假中。」坐在旁邊的學長冷不防開口：「只是過來看好玩的而已。」

……也就是說夏碎學長不幫忙？

學長看著我，很殘酷地點了頭。

「我們族裡這幾天都在進行冬末的祭典，累死人了，好不容易今晚可以稍微溜出來一下。」衝著我眨眨眼，夏碎學長用著貌似輕鬆的語氣大致講了一下：「明天……應該說今天了，今天正午又要舉行送鬼祭，挺麻煩的。」

被他這樣一說，我才想起來夏碎學長是藥師寺家少主這件事情。這麼說，千冬歲現在應該也是在進行差不多的事情了吧。

「對了、褚，我有收到你送的點心，非常好吃，謝謝你了。」那個偷溜出來的夏碎學長這樣說，害我馬上也跟著不好意思起來。

「不、不客氣……其實也不是說很好……」畢竟還只是船上提供的免費點心。我有點在想我突然送點心回去會不會有點太衝動了，造成別人困擾就糟糕了。

「小亭也很高興，好像嚷著要送你回禮的樣子，現在還留在藥師寺家中，我想你應該開學會看見那份回禮吧。」

夏碎學長說了一件讓我很害怕的事情。

當你聽見一條只會吃跟詛咒的蛇為了一盒禮物要報答你的時候，你就會和我現在有著相同的微妙心情了。

「好了，廢話也說得差不多了。」放下杯子，學長在我們兩個聊得差不多時卡斷了話題，然後轉向夏碎學長：「你對守神的這件事看法如何？」

斂起笑容，夏碎學長偏著頭思考了半晌：「我認爲還是將他們送往安息之地會比較好一些，畢竟長期在船上對他們本身也不好。既然住所已毀，再繼續糾纏下去也只會兩敗俱傷。就算這次我們收手不管，總有一天也會碰上強勁的對手，到時候說不定會遭到強硬消滅。」

學長點點頭：「我也是這樣想。」

「那褚呢？有沒有想法？」

突然一轉，夏碎學長直接問我，害我差點把剛入口的飲料給噴出來：「我……我？」眞難得有人居然會問我意見，該不會是我在大年初一的一開始就得到幻聽了吧！

「你很煩欸！」抽出了飲料的吸管，學長一句話砸過來，然後我看見他居然把軟軟的吸管插在鐵製的圓桌上。

有鬼在破壞公物啊！

在凶惡的瞪視之下，我只好硬著頭皮看了看夏碎學長：「那個……我覺得他們往安息之地比較好，瑜縭看起來也有點怪怪的……」

說不太上來，可是我直覺那個半蛇人好像不太對勁，莉絲他們在對話時也都怪怪的。

有種不好的感覺。

「瑜縭應該是時間到了。」學長瞇起眼睛，看著外面黑色的海洋：「雖然他掩飾得很好，不過第一眼見面時，我在他臉上已經看見有死亡之相的痕跡。」

「咦？」我看著學長，有點不太敢置信。

不是都已經變成守神了嗎？神會死嗎？

黑色的眼睛往我這邊看了過來：「雖說是守神，但是很多還是直接從本體神格、妖化或者是靈魂轉化而成，所以都會有一定的時間。我想他應該原本是蛇妖而神格化，已經活了很久了。這類守神要是不在時間內快點前往安息之地，等他時間到了之後，會整個從世界上消滅、什麼都不會剩下來；尤其在這之前他也抵抗過很多術士，所剩的力量應該也不足以在時間用罄後保全自己的靈魂了。」

什麼都不會剩下來？

我突然意識到嚴重性。這也就是說要是瑜縭死了，就連去安息之地也沒有辦法了？

「沒錯，大致上是這個意思。」學長在旁邊淡淡地說著。

「若是在這之前先勸得他離開最好，不然繼續下去，我想會造成不好的局面。」夏碎學長有點凝重地說：「不管是對他，或者對他的同伴都不好。」

「嗯……我再想辦法去交涉看看好了。」

「那個、學長。」我鼓起勇氣，看著另外兩人：「我剛剛在他們那邊時……其實瑜縭有講過說想讓其他人進入安息之地，可是他自己好像不想去。」

學長與夏碎學長看了我一眼，然後又對看了一眼，好像在沉默地傳遞什麼事情。

「我會再去和他聊看看，如果像你講的這樣，或許將其他人先行送離也好。」大概五分鐘之後，學長才開口這樣說。

我點點頭，有點鬆了口氣。

如果他們都去安息之地，以後應該會過得很好，而且在那個地方還有卷之獸和七之主、陰女他們對吧……

如果大家可以在那邊相處融洽，那就好了。

※

「對了，聽說最近這邊的海域有很多東西都在竄動。」

轉移了話題，夏碎學長這樣告訴我們：「南美洲一帶昨天有情報班傳回來最新消息，說是海域上的近海觀光船被攻擊。」

被攻擊？

說真的，有那麼一秒我的腦袋自動連線到傳說中的大海怪……

「你信不信我會讓你斷線。」學長瞪過來。

「呃、你們繼續。」愛聽又愛生氣……對不起，當我什麼都沒想。

又冷瞪了我一眼，學長才把視線轉回去：「我有注意到這件事，最近海上好像很不平靜。」

很不平靜？

我有種好像繼續聽他們對話下去會不敢坐船的感覺。

「因爲生態在改變，喚醒了很多應該已經陷入沉睡的生命，我想在這邊的袍級應該有很長一段時間會疲於奔命。」看著外面深沉的大海，夏碎學長說出了讓我一頭霧水的話。

生態在改變？

這個有點像是某環保生態專家在提倡的問題。

「褚，你應該也有看過這種新聞吧。大致上就是說某漁船又發現了怪生物，或者是在淺水區工作時捕到了深海的魚類等等。」學長慢慢地說著，這的確讓我想到最近有很多這樣的新聞，以前就有，但是最近好像變得更頻繁了。

這應該算……正常吧？

「因爲污染和環境的問題，所以越來越多生物無法忍受而逃離原本居所，但也找不到新的地方，有小部分就會變成那樣子。」像是試圖要簡化講解給我聽，夏碎學長搖晃著手上的杯子：「所以這種狀況可能也會跟著變得很尋常……」

我大概明白他們的意思是什麼。

「如果不設法解決點問題，可能很快地會將沉睡在海底的古生物都給驚醒，屆時引起了大海騷動就會造成很多無法解決的危機。」修長的手指在桌上畫著圓圈，夏碎學長微微嘆了口氣：「只靠袍級奔波是沒用的，至少能多一個人幫忙也好，不過往往很少人會有這種認知。」

看著黑色的海，果然環保還是很重要啊。

我想起來之前好像在哪邊看過這樣一句話，意思大致上是說不要把大自然的恩惠看得太理所當然，不尊敬著使用，小心總有一天會被反撲。

「原來你也很有認知嘛。」學長冷哼了哼，勾出了不知道是不是在笑的詭異弧度。

「電視上和漫畫小說都有講啊。」我至少還會看見好嗎，「是說改變的地方沒辦法用陣法補足變回去嗎？」之前好像漫畫上都畫得很神，可以復原成美麗世界什麼的那種魔法。

冷眼看過來，我幾乎可以在學長的眼睛裡看到「你是白痴嗎」這幾個字。

「理論上是可行，但是原世界的地氣和脈動已經被破壞得差不多了，如果要做出你說的那種改變之術，依照目前的狀況來說，幾乎是不可能。」

「喔。」原來如此，我大概知道意思了。

「而且就算改變了，馬上又會被過度開發給破壞掉，所以有改跟沒有改根本沒兩樣。」學長聳聳肩，這樣說著：「原世界和守世界不一樣的地方就在於使用的人無法與自然精靈共處，也沒辦法理解其他使用資源的生命，所以會走向逐漸破壞平衡的局面，直到失控的那一天才會有人驚覺而後悔吧。」

其實學長他們說的很有道理啦，我想應該也很多人會注意到。

但是沒有注意、或是不想注意的比注意的人還要多，就沒有辦法有所改變吧？

「那麼就是……」

就在夏碎學長正想要說什麼時，我的手機突然大肆作響了起來。

「不好意思。」抓著手機我連忙道歉，然後趕快起身往旁邊的圍欄走去。沒想到在海上居然還訊號滿格，眞是可怕的手機。

接通之後，電話那頭有點鬧哄哄的，好像人很多。

「喂？」看了一下手錶，半夜兩點多誰這麼無聊打電話給我啊？

「漾漾，新年快樂！」那邊傳來喵喵的聲音：「你很美滿嗎？」

「啊？」

有那麼三秒，我的腦袋中呈現一片空白。

接著，手機乒乒乓乓地很吵雜，好像有人把手機叩來撞去的，接著聲音換成另一個人：「褚冥漾……來決鬥……」斷斷續續的話加上打嗝。

「莉莉亞？」她們兩個怎麼會混在一起啊！

「決鬥！不准在這裡打架！」喵喵的聲音從旁邊飄出來。

「給我滾過來……」接著是莉莉亞對著電話吼。

「妳們兩個喝醉了是不是啊！」是誰把酒給未成年高中生的！

我突然有種好像接到醉老頭半夜打電話來騷擾的感覺。

「嘿嘿……新年快樂。」手機又被傳到喵喵的手上，依舊是亂七八糟的回話。

電話那端又傳來好幾個聲音，然後我聽見莉莉亞和喵喵的聲音混在一起變遠，手機好像又換到另外一人手上：「漾漾？不好意思，米可蕥和莉莉亞剛剛被奴勒麗灌酒了。」庚學姊充滿歉意的聲音傳來，「打擾你了，新年快樂喔。」

「呃、新年快樂。」妳們幾個混在一起慶祝除夕是嗎？

我大概可以想像發生了什麼事情了，一定是有人提議要過除夕夜，接著幾個女生、可能也有男生就聚在一起慶祝，然後那個惡魔就對未成年高中生灌酒……怎麼好像是我們這邊青少年會幹的事情啊！

手機又傳出一堆聲音，給人奪走：「哈囉，可愛的小朋友，要不要過來一起玩啊？」被輪流搶來搶去的手機最後落在惡魔的手上。

「不用了，謝謝。」我半秒就拒絕掉。

「那好吧，新年快樂，我們開學見囉。」說著，完全無視自己那邊還有人吵著要手機的聲音，奴勒麗非常爽快地將電話給斷線了。

我滿頭黑線地看著掛斷的手機，她們究竟是想幹什麼啊……

收線之後回到座位，我這才發現學長和夏碎學長已經不在座位上了，不過桌子上有留下便條紙，大致上是說他們要去某地方探查一下水域，所以叫我不用等了先回房間，旁邊也有已經將飲料結帳的單子。

這種天氣要下去探查水域？

我看著黑壓壓的海面，突然有種下去的人都很有勇氣的感覺。

就在我拿著紙條打算回房間轉過頭那一秒，有個黑色的東西突然從海面下竄過去。我以爲我看錯了，但是整片海浪往很不自然的地方掀過去……

那是什麼？

看著被沖散在四處的球魚，我突然有種很不好的預感。

為什麼海底下會有那麼大的東西？

這時間和地點應該不會有鯨魚還是鯊魚吧？

現在是半夜兩點四十分。

然後，海面上恢復了平靜。

第三話 甲板上的任務事件

地點：Taiwan
時間：早上十點十三分

大年初一我剛從床上清醒時，看見不曉得什麼時候回來的五色雞頭滾睡在旁邊，地上丟著一大堆氣泡飲料的玻璃瓶子。

學長和夏碎學長不知道跑哪裡去，顯然一個晚上沒回來。

躺在床上我有種放空三秒的感覺，大年初一……我是不是應該和誰去拜個年啊？是說，在這種地方應該也沒誰可以拜吧？

「漾～」滾在旁邊睡覺的人突然爬了爬，抱著枕頭朝著我這邊張開眼睛：「頭痛……」

「……你昨天喝的應該是汽水吧？」爲什麼會對我說出宿醉的症狀？

「不是啦，睡眠不足加上水腫。」把枕頭往旁邊一拋，五色雞頭說出了亂七八糟的結論，「痛完了，今天要去船上哪裡玩？」

你痛完也太快了一點吧！一般人應該先倒在床上要死不活接著看是要休息還是要等待救援，然後折騰完經過大半天才慢慢恢復生氣，這樣才正確吧！

「我不太想去玩……」說眞的，這幾天混下來已經讓我有點不太想出房間了，尤其本來我就不喜歡人多的地方，所以對一些俱樂部和活動場合都敬而遠之。

跳下床打開冰箱，五色雞頭從裡面拖出了一堆不知道從哪邊拿來的點心，就這樣蹲在冰箱前活像某種外星生物一樣咧開嘴就開始把東西往肚子裡吞。我也注意到冰箱裡至少還有半打那種丟在地上的玻璃罐氣泡飲料，上面是英文標誌，看起來可能不便宜。

「那剛好，昨天廚師拜託我去幫他找個東西，漾～你剛好可以一起來。」完全就是強迫式中獎的說法，五色雞頭連問過我意願都沒有就把我加入會跟去的行列裡。

「我可不可以不要去啊。」掛著一臉黑線，我下了床去倒了開水。

「你要去，這個有酬勞喔。」咧著大大的笑，五色雞頭拋了罐氣泡飲料和一小包點心給我。

接住飲料，我猜這個大概是葡萄汽水之類的，因爲上面的標誌是葡萄，點心是類似海綿蛋糕的東西：「那你去就可以了啊，反正你和廚師那麼熟。」

五色雞頭叼著一塊餅乾靠過來，一手勾住了我的肩膀：「漾～可是我和你熟啊，話說兄弟四海人在四方，有難同當、有福同享；要是今天本大爺不找你就太沒義氣了，以後道上的兄弟會笑我西瑞不懂照顧兄弟！」

你是又看了哪部黑道八點檔啊？

拍掉掛在我身上的手，我倒退兩步打開了飲料：「放心，就算我沒去，兄弟們也不會笑話你的。」還有，你是哪來的道上兄弟啊！

「嘖嘖，這你就不懂了，當大哥有大哥的難處，所有的安排都是為了你好。」他露出很沉重的表情，接著用力拍拍我的背，差點讓我把氣泡飲料吐在他的臉上。

「咳……眞的不用介意我，我想我還是去上網區比較好。」那裡很安全，適合讓我待上一天也不會有性命危險。

「漾～我知道你很想去，那就讓我們準備吧！」

完全沒給我拒絕的機會，五色雞頭一口吞掉餅乾，也不管我手上還握著飲料罐，門一踹就把我給推到浴室裡還用完全不能拒絕和溝通的語氣告訴我：「快點刷牙洗臉換衣服，我們要出發到甲板去！」說著，還隨便抓了一套我的衣服丟進浴室摔上門。

我愣在浴室裡，呆呆地看著手上的飲料瓶和衣服。

從頭到尾我都沒答應吧……

「漾～快一點喔。」外面還處於興奮狀態的傢伙開始發出用指甲刮門板的噪音，連看都不用看，我一秒就可以知道他一定是用那隻獸爪在刮。

不要破壞公物啊渾蛋！

你是跳腳要上廁所的狗啊！

快速地盥洗完也換好衣服大概花了十分鐘，我捲了髒衣物才注意到不知道什麼時候門外的聲音突然停止了。

疑惑地打開門，眼前出現了讓我完全錯愕的一幕——

我看見兩隻獸爪正要往我的臉上刮下來：「你想幹嘛！」有時候，我還眞佩服我自己的冷靜，沒有尖叫著往後逃。

五色雞頭停住手還把變回正常的手給縮回去，接著嘿嘿地笑了兩聲：「沒、沒事。」

你根本想殺人吧！

這樣一個下去門根本會被你打成碎片吧！

我已經不太想轉頭看浴室的門變成怎樣了，感覺好像會賠很多。

「既然漾～你都準備好了！那就讓我們前進甲板！」無視被破壞的公物，五色雞頭猛然抓住我的手，蹦過去踹開了房間的電子門熱血地喊著。

我還沒點頭說我要去啊！

※

大年初一，我被拖上了冷到會死人的甲板。

因爲其實也已經不早了，所以甲板上老早就有一些人，幾個穿著新衣服的小孩蹦蹦跳跳地繞著已經封起來的游泳池玩，三不五時那些聊得很歡快的大人還會招呼他們要小心一點。

「廚師委託你做怎樣的任務啊？」

拉緊了身上大毛外套，我有種應該戴口罩來的感覺。剛清醒就拿臉去吹海風，感覺好像會被冷掉一層人臉皮。

五色雞頭轉過來咧了一個笑：「喔，他說昨天早上他在準備宴會時有個小孩跑進廚房，因爲那時候大家都在忙碌所以他就給了小孩點心在旁邊吃，不過小孩趁著大家都不注意時拿走了他一個很重要的調味罐，後來他問了那個小孩，對方說掉在甲板上，所以想請我們找看看有沒有。」

麻煩請更正一下，他只有找你不是找我們。

是說，小孩子偷調味罐幹嘛？

我的腦中浮現了一堆胡椒鹽巴等廚房必備用品，該不會是以爲用了就會和廚師煮的東西一樣好吃吧？

四周環視一下，我很想告訴五色雞頭一件事情：「這個甲板這麼大，我們會找到死掉吧。」一眼望過去，起碼和小操場有得比。

我懂了！

你根本是覺得我們剩下的時間太多了，所以才想這樣找到下船是吧！

五色雞頭看過來：「怎麼可能會死掉，你想太多了吧。」他還哈哈笑給我看。

不，我覺得是你想太少了。

人生應該多加思考才對啊你懂不懂！

「那好吧，我用看看。」拖著五色雞頭往旁邊沒有人的地方一閃，我拍出了幻武大豆：「與我簽訂契約之物，請讓尋找者見識妳的銳利。」

說完，米納斯出現在我的手上。朝著地面開了一槍，瞬間藍色的光點馬上四散，我還以爲可以很快就把這件事情給解決掉，沒想到過了幾秒之後藍色點點跑回來，什麼也沒帶上反而形成米納斯的固定形體：「您要的那東西在船上找不到蹤跡。」

「啊？」

我馬上轉過去看五色雞頭。

「嘿！我沒有騙你！」他不用半秒鐘馬上反駁：「眞的在這邊，你的槍有問題。」

米納斯的額頭出現青筋：「我……」

「好了，那我們分頭找看看吧。」在他和米納斯吵起來之前我趕快先把槍給收了，「既然米納斯找不到，我想應該會在很奇怪的地方吧。」我很相信幻武的能力，只是這艘船亂七八糟的東西太多了，說不定是因爲這樣才影響到兵器的力量。

「那好，讓我們朝著十二點鐘方向前進吧！」

順著他指的十二點鐘方向看過去，我看見一堵叫作牆的東西。

「你找前半部、我找後半部，就這樣。」拍拍五色雞頭的肩膀，我覺得有時候要自己下決定比較實在。

「好！」

五色雞頭興沖沖地跑掉了。

看著馬上消失的背影，我突然覺得甲板上好冷涼啊……我幹嘛要在這邊找一個不知道是啥鬼東西的調味罐呢？

順著後方甲板走過去，後區主要是休閒區，因爲冷風關係人比前面少一點，不過障礙物比較多。

爲什麼米納斯會找不到那個普通得再普通不過的調味罐？

就在我開始緩慢尋找時，身上的手機響了起來，打開看見了是千冬歲的名字：「喂？」

「漾漾，你在忙嗎？」電話那頭背景很安靜，感覺大概是在房間裡：「我們祭典大概準備到一段落了。」

他這樣說著，我突然想到他該不會是介意前幾天我問他村守神的事情吧：「呃，我現在在找一個東西，算是有空吧。」

「你在找什麼？」

「一個調味罐，本來我想說用米納斯就可以了，可是很奇怪的是幻武兵器居然找不到那個調味罐，所以我現在正在甲板上慢慢找。」把第一排位子下面都翻過還是沒看見，我繼續前往下一排。

「喔，如果連幻武兵器都找不到那就有種可能。」頓了頓，千冬歲好像在拿什麼東西發出了一點聲音：「應該是被吃掉了。」

「被吃掉？」連罐子？

船上應該沒有會連罐子都吃掉的人類吧！

等等，其實有，就是那個剛剛往前半部走掉的五色雞頭。我開始很認真地考慮要不要去打到他吐看看。

「應該不是被一般生物吃掉，不然幻武兵器都會發現。」五色雞頭不是一般生物吧。

「我教你一個方法可以找看看，不過依照你目前程度有可能範圍不會很廣，基本在一百公尺之內。」

「啊，這樣應該就夠了。」反正超出的多用幾次就好了。

「好，你先蹲下來，然後在地上用白水晶……一般的就可以了，這是小術。用白水晶畫風跟水的基本咒文圖。」

白水晶……我身上有白水晶嗎？

左摸右摸，我在口袋裡找出一塊連我自己都沒有印象的水晶，那是出發之前學長他們用來畫我家門板的東西，後來被我亂塞就忘到現在了。

拿出了水晶，我左右看了一下，找了比較偏僻的地方開始畫出圖騰。就在水晶一動的時候，馬上跟著出現了銀白色的軌跡浮在地板上，整個畫完之後就成型。

「圖陣畫完之後，啓動咒語是這樣的：迴遊的大氣精靈、棲息的水之精靈，請替我尋出失落之物。」

這個術挺簡單的。

我馬上照做了，唸完咒文之後地上的陣型動了動，突然整個銀色的軌跡浮起重組成一隻麻雀大小的鳥，瞬間就飛出去。

完全沒預料牠會衝這麼快，我也馬上追出去。

然後，我在甲板後半部的另外一端聽到啾啾啾的聲音。

❀

「漾漾，找到了嗎？」

握著手機，我突然有種無力感：「嗯，找到了。」出現在我面前的是那隻突變的白色球魚，而且那隻很像麻雀的東西還一直在啄牠的白色圓圓肚子，球魚左右滾還一直發出啾啾的聲音，「好像在球魚的肚子裡。」

「噗。」電話那端傳來笑聲，「這很正常啊，球魚會亂撿東西吃。」

……牠不是只吃浮游物和橡皮筋嗎？

「那我要怎麼拿出來？」如果要我用手下去掏我絕對不幹！

「把牠倒過來，用力搖晃就會掉出來了。」千冬歲給了我很像處理卡住垃圾的垃圾筒的方法。

半信半疑的我抓起那隻白色球魚，麻雀在觸碰到的那瞬間整個消失不見。按照千冬歲的辦法我把魚拿起來上下晃，果然不用幾秒我就聽見叩咚的一聲——

一個玻璃瓶子掉出來，滾落在甲板上轉動了幾圈。是個長型的透明罐，裡面有好幾片金色的乾燥葉片。

這就是調味料罐？

我還以爲會是粉末狀的東西。拿起那個瓶子，裡面的金色葉片略帶著一點點的閃光，看起來相當漂亮。我大約可以理解小孩會想要偷拿這個的原因了。

「千冬歲，我找到了喔。」將瓶子收好，我拎起那隻不知道爲什麼一直到甲板上來的白色球魚往外拋出去，在呈現完美拋物線之後，球魚掉進去海裡消失蹤跡。

「那就好，我本來是想和你說……」似乎正想告訴我什麼，千冬歲那方突然傳來叫喊的聲音讓他停頓了下來，然後又重新接了電話：「嘖，我要出去一趟，先這樣了，再見。」

「喔、好，掰掰。」我連忙也回應：「眞的很謝謝你，千冬歲。」不管是在哪方面。

「……沒什麼啦。」

然後電話那頭給人掛斷。

看起來他們好像過年時候眞的很忙，我突然有種太悠閒是罪過的感覺。

收好手機之後，我拿著那瓶調味罐往前走去，然後看見那個本來應該是要努力尋找調味罐的傢伙趴在欄杆邊在看風景。

現在是怎樣？

自己找不到馬上放棄了是吧！

把調味罐塞到外套口袋後，我才慢慢地靠近五色雞頭：「西瑞，你不找廚師的東西了喔？」我拍了一下他的肩膀。

五色雞頭轉過來看了我一眼：「本大爺哪有可能答應的事情不幹！」

「你不是在看風景嗎？」疑惑地跟著往船下看，下面除了海浪和海水之外什麼也沒有。

「不是，本大爺在看奇怪的事情。」五色雞頭用一種看白痴的表情朝我翻了個白眼：「你沒有注意到嗎？」

注意到什麼？

海上有漂浮木還是漂浮海盜？

「你真的沒注意嗎！」五色雞頭用一種不敢置信的表情看著我。

我應該注意什麼嗎？

再度往下看，很乾淨啊什麼都沒有，完全正常就是只有海水和海浪……等等，什麼都沒有？

「球魚怎麼不見了？」我記得前兩天在甲板上還看到一堆湊在船邊，怎麼今天全都不見了？該不會是跟那隻白色的一樣通通跑上來了吧？

「你也發現得太慢了吧，這樣怎麼當本大爺的小弟啊！」重重地往我肩膀一拍，差點沒把我肩膀給打斷的五色雞頭用一種很討厭的理所當然口氣說著。

是說，我怎麼不記得我是你專用小弟啊！

「我現在才看到海啊！」剛剛都在幫你專心找調味罐好不好，「是說，球魚都不見了有什麼問題嗎？」搞不好一時心血來潮全都跑去追海龜了咧。

「問題很大，球魚不見就代表海上有危險。」五色雞頭聳聳肩，這樣告訴我：「所以牠們才都跑去躲了。」

「危險？」我突然有點緊張，因爲昨天學長和夏碎學長也在討論這種問題。

「喔，也有可能是寒流來，所以太冷了先跑去躲。」

……我去你的。

「對了，漾～你找到了嗎？」終於想起來在這裡的目的是找東西而不是看球魚有沒有消失，五色雞頭開口就是這樣問。

「如果我說我沒有找到你會怎麼樣？」看著根本沒在找的五色雞頭，我突然有種好奇想知道他會怎樣回答。

「不怎麼樣，代表我們兩個跟前後甲板風水不合，現在我們要調換位置，換你找前面本大爺找後面，這樣絕對就會找到了！」五色雞頭用極度樂觀和非現實扭曲的結論告訴我。

「……」那如果還是沒找到又要換回來嗎？

我覺得搞不好……不對，一定會變成這樣。從五色雞頭的行動和爲人來推斷，他絕對會再換！然後跟我說什麼風水輪流轉所以人也要跟著轉這種話！

「漾～換位置吧！」很樂的五色雞頭再度重重拍上我的肩膀，還是和剛剛同一邊，痛得我差點沒噴出眼淚。

你不要把我的肩膀當成暗殺對象敲啊！不曉得正常人根本經不起你那鬼蠻力嗎！

「我開玩笑的啦，拿去。」爲了避免他又敲我肩膀，我閃遠了一段距離才把調味罐拿出來拋給他，東西在一個漂亮的拋物線之後直接被接住：「應該是這個沒錯吧？」

五色雞頭在陽光下轉了轉那個玻璃罐子，罐子裡的葉子很配合地跟著發出了漂亮的光芒，像是看滿意了之後他才衝著我一笑：「就是這個，漾～搞不好你很有找東西的才能！我們可以來組一個尋寶小隊了！專門開發無人知道的寶藏！」他眼中熊熊燃燒著的熱血讓我對未來有種非常不好的預感。

眞的去找的話我們只會變成裝飾在寶藏旁邊的人骨吧！

「我看快點拿去給廚師吧，他可能急著要。」在五色雞頭深思尋寶這件事之前，我馬上打斷他的妄想，推著他往甲板下面走。

「對喔，我們快點去。」反手拉著我的肩膀往下拖，剛剛還在想尋寶事的五色雞頭一路用衝的往下跑去。

差點沒滑倒，我無奈地跟上了腳步。

✻

說眞的，我是第一次進到船上的廚房。

比我想像的還要更加設備齊全，原本我以爲我會看見那種很精簡的設備……畢竟船上比較不方便嘛，沒想到我看見的是和地上差不多的那種大型廚房。

五色雞頭好像已經跟這邊的人混熟了，一開門很爽快地打了招呼之後就把我拖進去，完全無視於門上有貼著「非相關人等請勿進入」的字牌這種東西。

「湯瑪斯！」拉著我避開正在準備食物忙碌的其他廚師，五色雞頭很直接地喊了很裡面的那個人。

……等等，爲什麼我會覺得這個名字很熟？

叫這種名字的人我好像也認識一個，不過應該不會出現在這邊吧。

站在末端的那個也是個廚師，全身穿著白色衣服還戴著高高的白帽，轉過來是個大鼻子的外國人，還很和藹可親地對五色雞頭招手。

除了名字耳熟，我發現連這個人我也很眼熟了。

「我找到了！」直接拖著我過去，五色雞頭咧大了笑容把調味料遞給外國人。

「眞是太好了，沒想到你眞的可以找到啊。」大鼻子的外國人接過了調味罐，露出很高興的笑容，然後拿起旁邊的紙巾把罐子上的污漬擦乾淨，很珍惜地放到架子上去：「這個素材很難找，我到過很多地方經歷過很多時間也才收集到這一點，本來還想搞不好掉到海裡去了。」

「嘿嘿，其實是漾~找到的。」推了我一把，五色雞頭把我推到前面然後壓著我的右肩。

大鼻子外國人把視線移往我這邊，先是稍稍愣了一下，然後勾起大大的笑容：「小朋友，我們又見面了。」

「呃、您好，真是巧。」果然沒有認錯人，這個人我小時候因爲某些事情見過，因爲當時看過的外國人不多，所以記得很清楚。

五色雞頭看了看我，又看了看外國人：「你們兩個認識喔？」

「那個……其實也說不上是什麼認識啦，我們以前曾見過。」我左右看了一下，他倒是沒有變。

等等……如果沒記錯的話這個人……

「喔，我還以爲你是在學校那邊認識的咧，湯瑪斯好像已經很久沒回守世界了，都在這邊擔任廚師喔，是技能型的袍級。」五色雞頭指了指外國人，這樣告訴我。

「原世界這邊比較少人有這麼大的胃口，所以我想應該是有守世界的朋友到了，才認識西瑞的。」外國人這樣告訴我，也解釋了爲什麼廚房會不怕五色雞頭吃垮讓他大吃兼打包的內情。

原來繞來繞去，大家都是同一地方的人啊！

我終於再度深深體會到公會的可怕之處。

「不過就如同我以前所說的，冥漾果然是個有資質的人，歡迎你未來加入我們喔。」外國人伸出手，我也連忙搭上手和他握了握才放開，「既然東西兩位小朋友幫我找到了，我就讓你們嚐嚐不管是在守世界還是在原世界都難以吃到的東西吧。」

他微笑著拿下了我們找回來的那個調味罐。

「喔喔！要用這個做啊！」五色雞頭的眼睛整個都發亮起來了，好像那個葉子是種很珍貴的東西，「我跟漾都要吃！」

「那好，兩位請先到位子上等待吧。」轉動了罐子，我看見有兩片葉子穿透了玻璃瓶身緩緩飄了出來，在接觸到空氣的那瞬間葉子整個變成了稍微透明的顏色，然後有股很淡的香氣散了出來。接住葉子放在一旁的小碟子裡，湯瑪斯微笑地說著：「維露爾多的葉子需要點時間才能夠完全釋放出美味。」

盯著葉子，我也跟著開始期待了。

說真的，有時候五色雞頭也不全然都是介紹怪事情嘛。

我應該對他改觀了。

※

大約中午過後學長才返回房間。

他一進門看見的就是桌上堆了好幾盤食物，房間中充斥著某種香噴噴的味道這樣的畫面：

「你們兩個在房間幹什麼？」

拿著碗，坐在我對面的五色雞頭咧了大大的笑容：「吃飯啊！快點過來吃，不然就沒有了。」

因爲在廚房裡吃東西眞的很不方便，所以我們在湯瑪斯花了一個多小時出菜之後，就整個扛回房間裡面——之所以不在餐廳吃是怕被其他人問來問去多增加麻煩。

掃了一下桌上，我看學長大概也知道是怎麼回事了。

偷偷瞄了一下他身後，沒有看到夏碎學長。

「他早上就先回去了。」學長瞥了我一眼這樣說著：「春慶時不管是哪邊都很忙碌。」

喔，也是啦。

「誰回去了？」正在咬著肉片的五色雞頭好奇地看了學長一下。

「沒什麼。」自己去冰箱拿了飲料然後在小桌子旁坐下來，學長拉開了飲料拉環：「我剛剛去過了下面，瑜縭同意讓其他人前往安息之地，不過他本人要留在這邊就是了。」這個是對我說的。

「喔……」遞過乾淨的碗給學長，我有點恍神。

不知道有沒有什麼方法可以說服瑜縭。

學長敲了敲筷子，沒有說話。

我猜學長一定早就知道廚房裡有誰了，不然也不會旁觀五色雞頭天天往那邊鑽。

對方瞄了我一眼，算是無言的默認。

湯瑪斯幫我們準備的東西異常地豐盛——一大鍋燉蔬菜和厚厚的牛肉、雞肉排；好幾樣小菜和點心外加一鍋湯，而那兩片小小的葉子被磨成粉之後就全都散在這些料理裡，所以每道菜看起來都有點亮晶晶的感覺。

看起來在外面自己吃就是天價的那種。

「維露爾多聽說相當難找，尤其樹本身十年才會長一次葉子，這種樹又是長在時間交錯之地，湯瑪斯會找到這種東西也眞是不容易了。」挾了燉蔬菜放到碗裡，學長淡淡地說著：「聽說這種葉子對身體很好。」

意思就是說又是一種進補材料？

看著有點亮的菜，我很感動地想著。

「嘿嘿，沒想到學長也很識貨。」五色雞頭一口吞掉一大塊肉排，然後這樣說。

對不起在座只有我不識貨。

「袍級還有分技能型嗎？」戳著碗裡的肉，我突然想到先前他們講的事情，我還以爲袍級都差不多是那樣子。

學長看了我一眼：「有分，像醫療班不是也有分嗎？提爾就是專屬治療隊伍，而九瀾則是分析隊伍的藍袍。同樣地，紅袍、黑袍紫袍白袍這些也有分屬。」

感覺好像很複雜……？

「夏碎是介於咒術以及戰鬥型之間，而安因是專攻咒術方面的術之袍級。」大致上這樣講述給我聽，學長一邊分解著菜卷繼續說道：「米可蕥是專職醫治，每種袍級都有大概的分類。戰鬥型就是專門作戰，技能就是擅長各種非戰鬥的不同領域，大概是這樣分成了兩類，在不同任務中會視類型調派互相輔助。」

我聽得有點花花的，不過意思就是在袍級裡還是有很多職業就是了。

那我就好奇了：「學長是哪種？」

「……」學長沒有回答我。

該不會是戰鬥型吧？學長看起來有像戰鬥型……可是話說回來，他其他技能也很強啊，該不會其實是技能型的僞．戰鬥版吧？

「我聽我家老三說他是萬用型的。」五色雞頭用筷子指著學長，從中間卡過來這一句。

萬用型？

強力膠之類的東西嗎？

「靠！」一隻手往我的腦後用力巴過來，差點讓我把嘴巴的東西給吐出來。

「給我乖乖地吃飯！煩死了！」

※

捱罵之後我們眞的很安靜地吃了大概五分鐘左右。

「對了，我們還有多久回去？」五色雞頭嚼著肉片，突然提出這樣的問題。

「呃？到後天，後天晚上就回到上船的地方了。」我算了算，時間也差不多快到了，中間除了下過一次中程站買紀念品之外，幾乎十天都在吹海風，吹到我有點暈頭了。

「喔喔。」點了點頭，他沒有多說什麼。

奇怪地看了五色雞頭一眼，我有點不太理解他的態度，平常時候他應該還要講點什麼沒用的裝飾廢話才對，現在應答得太乾脆反而讓我覺得有點怪。

「西瑞。」大概吃得差不多之後，學長放下碗看著旁邊還在清盤子的五色雞頭：「等等去找湯瑪斯，這兩天晚上我們輪流看著。」

我抬起頭，剛好看見五色雞頭一邊咬東西一邊點頭。

要輪流看著什麼？

不曉得怎麼地，我突然覺得眼皮好像抽了兩下，接著想到半夜時學長和夏碎學長的對話。有什麼東西比瑜緺他們的事情更重要？

「海面上有異狀。」學長開口這樣說，讓我想起球魚不見的事情。那雙黑眼轉頭看了我一眼：「這幾天可能會有狀況……如果沒有最好，希望夏碎帶來的消息不會在這邊發生。」

夏碎學長的消息？

他帶來的消息好像也不少，不知道是哪一條。不過有嚴重到必須輪流守夜嗎？

「那學長，我可以幫忙……嗎？」本來想說守夜我應該可以做得到，接著我突然想到如果真的發生事情的那瞬間，我自己應該沒有辦法確實應付，被打進奈何橋找阿嬤的機率比較大。

「漾～又不是啥大事情。」把最後一塊蔬菜卷拋到嘴巴裡，五色雞頭還滿清晰地發出這段話：「本大爺還不太想守咧。要知道海上的男子漢就是要用在世界末日來衝破危機才能受到萬人景仰啊！」

我自動把他的廢話給略過。

「不用了，現在還在觀察，有必要時我會叫你。」學長很直接地這樣告訴我。

「怎樣算有必要？」我很好奇這點。

「漾～你最近變積極了喔。」把最後的肉塞到嘴巴裡，五色雞頭突然蹦出這麼一句。

我愣了很大一下：「哪、哪有！」只不過是想知道而已哪算積極。

「你之前連想知道都不想，抱頭就逃了。」學長連婉轉都不會，很銳利地直接吐出讓我心靈受創的話。

正常人類看到詭異的東西會逃走才是正確反應啊！

……我突然很悲哀地想到，這樣就表示我也跟著開始不正常了嗎！

「對啊！」五色雞頭居然還給我應和學長的話。

我受傷了，我真的受傷了。

偶爾也會想知道一些事情是不行嗎你們，別隨便打擊別人！

「如果船有事情的話，不管是阿貓阿狗我們就都需要了。」很正經回答了我之前問句的學長再度狠狠刺傷了我的心靈。

原來我跟阿貓阿狗是同一級。

學長站起身稍微收拾了滿桌的空盤子，因爲被五色雞頭給吃清了，所以幾乎沒有廚餘的問題，「你要做好最佳的休息和準備，搞不好到時候最需要你幫忙。」

咦？

還有最需要我的時候啊？

該不會是憑著本能逃命之類的吧……

「漾~你如果想來輪流可以找本大爺喔。」五色雞頭摸著肚皮然後很大方地這樣和我說：「本大爺完全不介意你來找我學習，我可以順便教導後輩。」

聽說我跟你好像是同輩吧！

「不用了，謝謝。」和你一起我只會死得更快。

「嘖。」他居然給我發出可惜的聲音。

結果，我還是不知道他們要監視什麼。

第四話　子之夜、海之民

地點：Taiwan

時間：下午八點零六分

第三次下去底層就是在這種狀況。

啥也沒告訴我的學長和五色雞頭在黃昏過後一溜煙就不見了，跟老爸老媽和冥玥一起吃過飯之後，我就一個人穿過層層樓梯來到了下面。

這個時候瑜縭他們應該還在吧？

中午聽了學長帶回來的話，讓我有點擔心他的狀況。

下了樓梯之後我走到那間房的門前，左右看了一下，四周還是靜悄悄的什麼也沒有，安靜得有點奇異。

沒有人來開門，也沒有其他東西突然衝出來嚇人。

該不會已經移走了吧？

站在門前差不多一小段時間之後，還是沒有動靜，而且我也沒辦法打開電子鎖，只好嘆了口氣拿出那個鱗片看了一下。

就在我想離開時，電子鎖突然發出輕叩聲，自己打開了。

出現在門後的是那個綠色眼睛的男生，白色的髮整個豎在腦後看起來很俐落：「你來這裡幹什麼？」與一開始見面時一樣，他的語氣還是不太客氣，在看見他嘴巴裡有若隱若現的利牙之後我就開始萌生想離開假裝沒來過的念頭。

「欸……那個我來看布達，想拿點心給他。」幸好我老早有準備，拿出了在廚房討來的點心盒往前遞去。

綠色眼睛有點複雜地看著那個盒子半晌，沒有伸過手來接：「他們在傍晚時全都離開了，你錯過了。」

「咦？」我整個人錯愕了。

「布達還哭著不走，被我給強制送走了，現在這裡只剩下我和瑜縭，你要進來就進來吧。」說著，他就逕自走回房間裡面。

跟著走進去，房間已經變回我第一次看見那樣子的正常大小。

四周擺設沒變，雙人床鋪上依舊纏著一條大蛇尾。

有那麼一瞬間我突然覺得這裡好清冷，什麼也沒有了。

「……你有事情嗎？」緩緩地撐起身，瑜縭撥開了長長的頭髮看著我，他的樣子與第一次有點不一樣，看起來好像很疲倦：「如果是他要你過來看的，你們可以放心，其他人都已經到達安息之地了，只剩下我和羽裡。如同之前所說，我會一直待在這裡直到我的怨氣被抹平。」

我把點心盒放在旁邊，小心翼翼地看著他：「那個、其實是我自己來的，學長不知道……我聽說其他人都離開了，所以想來看看這樣。」房間整個陰陰暗暗的感覺很冷，所以我硬著頭皮去開了燈。

室內亮起來之後，房間看起來又格外冷清。

瑜縭整個坐起身，看了我一眼：「我不需要任何幫助。」

「呃、我也知道……而且我覺得我幫不上什麼吧。」這句是眞的，要錢沒錢要命沒命，我還眞不知道他有什麼會要我幫他的地方。

「冰炎殿下也察覺到了對吧。」冷不防地站在旁邊的羽裡突然冒出這樣一句話，講得我莫名其妙：「所以才急著要我們把其他人送往安息之地。」

「我不清楚你在說什麼。」看著另外兩人，我突然覺得他們知道些什麼。

「小心海洋之下。」瑜縭突然這樣告訴我，語氣有點森森的，讓人不由得有些發寒，「那些沉默萬載的居民已經開始騷動，自深海中甦醒的東西將會帶來災難以及福音。」

他講的好像是兩種不一樣的東西，可是聽起來又好像是一樣的。

我突然覺得心跳好像變快了，喉嚨乾燥得有點緊澀，學長他們什麼也沒講的東西我在這個地方可以問出來：「海底有什麼東西？」他的口氣讓我害怕了。

「有古老的居民。」站在旁邊的羽裡這樣開口：「他們遠比我們還要古老，居住在海之下、沉睡在砂之上，海中生物在他們身上寄宿築巢，兩兩相安。但是改變的海下與震盪的變化開始將他們喚醒，海之下的居民開始睜開眼睛。」

「那些是怎樣的居民？」我突然有很不安的感覺，好像馬上就會發生什麼事情，就和他們所說的這些有關。

「什麼都有，我們沒辦法告訴你樣子，海民有很多種變化，只要擾醒他們，他們就會從最深處的海洋中走上，掀起浪濤席捲陸地。」眨了眨綠色的眼睛，羽裡的話還是很模糊不清，但是我稍微可以聽懂意思了。

所以夏碎學長才說有很長一段時間袍級要疲於奔命了？

「你們說是從深海，那現在這邊是淺海，目前一定不會有立即性的危險對吧。」我想，深海處應該是指那種比較遠一點的海洋，現在我們已經進入回程的近海了，應該不會有什麼問題吧。

瑜縭搖搖頭：「不管是哪裡，在遠古時代這個世界形成之始已經有海民的居住，但是卻沒有陸地生命的誕生，陸上生命是在之後才到來……由海中出來。」

意思就是說不管是淺海還是深海的地方都會有那個什麼鬼海民了？

我突然整個雞皮疙瘩都起來了。

就在想要繼續向瑜縭他們請問關於海民一些事情的時候，一種奇怪的搖動感突然從我腳底傳來，麻麻的好像是被什麼小幅震動影響。接著不用幾秒，震動開始從地板下逐漸往上擴大，不到半分鐘整個房間開始搖晃了起來，一些掛在牆上的裝飾也跟著左右搖晃發出了好些聲響。

不是船撞上東西，是有某種東西靠上船！

我馬上體認到這件事情，整個房間已經搖晃得很嚴重，連站都站不穩的我在下一波更劇烈的搖晃到來時狠狠摔了一個大跤，差點沒磕上旁邊的桌角。

「趴著不要起來！」瑜緺喊了聲，原本打算爬起來的我馬上又趴回地上。接著有個毛茸茸的大東西突然撲到我身上，我還可以看見一堆白色的毛在我旁邊起伏。

震動開始又慢慢變緩，不用多少時間又猛地往上狠狠衝了一大下。我可以聽見房裡有很多東西砸下來的聲音，有碎掉的有落在地上發出一連串叩叩叩的滾動聲響。

這個詭異的震動持續了四、五分鐘之久才停止。

完全靜止之後我身上那個毛茸茸的東西才移開，我撐起身看見之前那隻很像狐狸的生物正在抖落牠身上的玻璃碎片，五條大大的尾巴也跟著甩動，不同的是之前我看見時是小隻的，現在是很大隻像是某種奇獸。碎片滾到腳邊之後我這才注意到房間整個變暗，頂上的燈被震破，四周散滿了玻璃碎片。

瑜緺撣了撣肩上，拍掉了一些沒對他造成任何傷害的碎片。

「這是怎麼回事？」這股震動和我們吃火鍋那天的很像。

解答我疑惑的不是羽裡他們，而是半秒之後出現的全船廣播——

「請各位旅客不要驚慌，剛剛的震動只是海上大浪，本船沒有任何立即性的危險，請各位不要隨意到甲板上以免發生意外——」

※

那個絕對不是浪。

這次我很明顯感覺到了震動不是被撞擊的，而是由某種東西傳來的，從水底下。

「你們小心一點，我上去看看是怎麼回事。」丟下這句話後，我拔腿衝出門往最上層竄去。

連我都可以這麼清楚感覺到不是浪大，相信其他人一定也老早就發覺了。

從最下層爬到最上層，我氣喘吁吁地踏上了甲板——

甲板上整個濕漉漉的，風很大、也很強，夾雜著很重的濕氣往我臉上打，冰冷到讓人可以感覺到拍打的痛楚。

沒有下雨，可是浪被風吹到不停地往甲板上潑。

上面連一個遊客也沒有，椅子之類的被收得乾乾淨淨，甲板上的店面也全都關閉，好像早就注意到會有些事情。

「褚，找個東西抓著！」甲板外圍的圍欄果然站著學長，他穿了有帽子的大外套，整個頭髮都收在帽子裡，然後對著我喊：「你沒事上來幹嘛！」

被風吹到有點往外滑了，我趕快抓住旁邊的東西，同時也注意到整個腳下都是滑的，一直有浪水噴上來所以甲板上濕濕的很難走：「剛剛的震動……」根本不是被浪打啊！

學長皺起眉，啥也沒抓就好像走在平地上般朝我走來，一掌直接揪住我的領子往旁邊拖，走上了瞭望台讓我抓在旁邊之後才鬆手：「又有東西甦醒了，每一個甦醒都會造成海上的波動。」

「海民嗎？」我呸掉噴到嘴巴裡的海水，然後騰出手抓了抓外套拉緊。

「你聽誰說的？」沒回答反而直接開口問，學長臉色不太好看。

「那個……瑜縭他們。」這種時候最好不要亂講，尤其學長還知道我在想什麼，說謊等於無用。

冷哼了一聲，學長盯著船外，然後指著有點距離的地方。

在黑暗的海上遠遠一處有個隱約的東西好像在海面下發光，很幽暗，一個沒有注意就會錯過的微弱光芒。

那個光持續了好一陣子才緩緩消失。

接著，我看見了一大片黑影出現在海底下，一閃即逝，快得好像根本就是我看錯一樣。

「又一個甦醒，幸好這個不是什麼需要應付的對象。」盯著那邊看了很久，學長呼了口氣，然後才抹掉臉上的海水。

「海民很危險？」看著學長有點戒慎恐懼的樣子，我疑惑地發問。

不曉得什麼時候那雙眼睛已經轉成紅的，收在連衣帽子裡的髮散出了一點點銀色髮絲貼在他的脖子上：「大部分的海民都很危險，運氣好剛甦醒的海民會立即理解到世界已經變得不同而轉往安息之地，運氣不好就是被喚醒的海民會立即攻擊海上不屬於海中生物的東西。」說著的同時他用腳踩踩地面，我馬上明白我們現在待的這個就是不屬於海中生物的東西。

「呃……那他剛剛走掉了，意思就是現在我們會很安全嗎？」盯著似乎逐漸恢復平靜的海面，我才注意到不知道什麼時候我的衣服已經差不多濕了，整個鞋子裡冰冰的，好像也進了水。

紅色的眼睛瞥了我一眼：「通常一個區域的其中一個海民甦醒且出現時，代表接下來會有大量的海民在這一區甦醒，時間最短要三天、最長維持大半個月，像剛剛那種狀況隨時會發生，有輕微也有劇烈的，就看醒來的海民是哪種樣子會造成哪種影響了。」

也就是說這裡很快就會是危險地帶？

我突然很害怕。

不是我會被捲入的害怕，是因爲我身邊的人都在這艘船裡。老爸、老媽還有平常很凶但是都會帶點心給我的冥玥，他們都在這艘船裡。

胸口好像瞬間被揪緊，有點透不過氣。

後天、後天就可以到家了。

「放心，不會有問題的。」

就在我整個人好像要動搖的時候，旁邊傳來這樣一句話，雖然海風還是很大，不過我聽得很清楚，一個字也沒有漏掉：「公會的袍級就是爲了這些事情存在。」

我轉頭看著學長，他沒有看我，只是看著那片黑色的大海洋。

很奇怪地，我安心了。

就算我下意識隱約好像知道會發生什麼事情，還是稍微安心下來了。

不管發生什麼……應該都有辦法可以解決吧。

※

實際上那天晚上後來也沒有發生什麼事情。

看見海民甦醒之後我就被學長趕回房間，因為太冷了所以洗過澡才上床。有點擔心著船的事情，當我意識模糊之後唯一記得的是最後時鐘顯示了三點多的時間。

大概睡了三個多小時之後，我又轉醒了。

醒來時房間裡一個人都沒有，不過在我下了床之後馬上改掉想法，人是沒有，可是——

「啾。」

有一隻白色的球魚在我們房間的地板上滾動。

為什麼你又跑上來了啊！

我一把抓住那隻球魚正要開陽台往外丟時態態想到外面好像異變了喔，現在丟出去牠可能又會跑回來還是跑到別的地方。看著還在啾的球魚，我嘆了一口氣：「算了，先借你住好了，可是我明天就要回家了喔，到時候你要自己下船。」

「啾啾啾——」

算了，我實在是不知道應該怎麼跟這種東西溝通。

在浴室把洗手槽注滿了水之後，我大概梳洗整理了一下就把球魚放在浴室才往房間外面走。

不知道是不是比較早起，走廊外整個空蕩蕩的沒有看見任何人。在船上待了幾天之後我大概可以摸清楚這層遊客的作息，因爲俱樂部和表演處多，所以在船上大致上都很晚才回房間，早上要七點過後才會看見有人影出現。

「又見面了啊。」

就在我想先下去找瑜縭他們時，身後突然傳來一個聲音，因爲出現得太突然了，差點把我的心臟從嘴巴裡給嚇出來。

轉過頭，果然是那個很奇怪讓我完全不想靠近的阿希斯，他笑笑地站在有一小段距離外：「早、早安。」你沒事這麼早出來是爲了堵我嗎？

不曉得爲什麼，我突然有這樣的感覺。

「你有空嗎？我想找你聊聊。」他這樣和我說，我突然想起來好像之前也有人說過類似的話，可是一時想不起來，「剩不到兩天，你那位學長威脅我不要隨便靠近你，我只好趁他不在時過來了。」

學長有威脅過他不准靠近我？

我突然想起來那天晚上有看見學長和他在一起的事情，而且學長也有跟我講過一樣的話。

既然學長會警告他也警告我，那就代表這個人眞的有問題，我還是不要隨便靠近他比較好：

「不好意思，我現在有事情……謝謝你了。」

「你……」就在他好像想說什麼的時候，我突然感覺到一股冰冰涼涼的氣息。

誰？

一股風捲過來。

「喂！你……」

還沒意識到，原本應該在下層不會出現在這邊的羽裡猛地站在我側邊，剛開口兩個字，他馬上咧出了銳利的尖牙：「你剛剛和誰在一起！」

被他突如其來凶狠的樣子嚇到，我趕快倒退了兩步：「麻煩你先把牙齒收起來。」太尖了我會害怕，而且我和誰在一起還要問嗎，他就站在我……

轉過頭去，那個叫作阿希斯的人已經不見了。

「那個人對我有敵意。」羽裡收回了牙，這樣告訴我。

「咦？」該不會是知道他是守神吧？可是他對守神有敵意幹嘛？我實在是想不太通有什麼關係，所以打算先把這件事放在一邊：「你找我有事情嗎？」

羽裡拍了一下手，綠色的眼睛眨了眨：「對了，差點忘記了，跟我來。」說著，也沒問過我要不要去，直接一把揪住我的衣服就往外拖。

……爲什麼我老是遇到一堆不管我個人意願的傢伙！

清早的時間其實我還是很怕被人撞見，可是那個有著白毛綠眼睛完全不懂掩飾的傢伙完全沒有這個顧慮，很順手地就把我往下層拉去。

我們的目的地好像不是那個房間，因爲羽裡在中層處就突然轉了方向，直接把我連拖帶拉地往露天陽台外推。

等等！他該不會是要殺人滅口順便丟大海吧！

一個緊張起來，我有點往後退：「你要幹嘛！」要棄屍也先讓我喊救命啊！

「不是要殺你，看外面。」他無視於我的掙扎直接把我往外一推。

外面的天空還是黑色的。

奇怪了，六點多的時間應該已經開始要亮了吧？

我看了一下手錶，指針指在六點三十五的地方。

※

「你看那個地方。」

羽裡一把拽住我的頭往旁邊用力一轉，我感覺到腦袋差點硬生生被他扭下來。

有那麼一瞬間我好像又看見我阿嬤在對我招手……眼睛花了有幾秒才回過神，看見了那個想殺人的傢伙指出的方向。

那是黑色的海洋，海浪像是很激動地不停劇烈拍在船身上，濺上了露天陽台。

他所指的那個地方出現了很多微光圈，就和前夜我與學長一起看到的狀況一模一樣，只是那時候我看見的是一個，現在是好幾個。

風突然轉大了。

「這是怎麼回事？」我覺得羽裡不會平白無故帶我來看這個，一定還有什麼要說的。

綠色的眼睛盯著我半秒：「瑜縭要我告訴你，這底下的海民不曉得爲什麼同時甦醒了，好像是有人刻意喚醒，現在海下很危險。」

同時甦醒？

有人喚醒的？

我倒退了兩步，整個雞皮疙瘩全都冒上身，頭皮跟著發麻了起來。

是誰要做這種事情？

腦袋有那麼短暫時間整個混亂，我突然不知道要怎樣思考，而這裡是海上，我可以叫其他人逃到哪裡？

「漾~你在不在下面！」就在我不知道應該怎麼辦的時候，後面的樓梯口傳來非常熟悉的喊叫聲。我大概從來沒有這麼高興聽到這傢伙喊我吧，他喊完之後很快就跑過來了：「我們剛剛已經確定了有鬼族將海民都翻醒了，快點到甲板上。」

五色雞頭連腦袋的顏色都變回來了，拽著我的手臂往走廊跑。

「鬼族？」我很勉強還是跟不上他的腳步，乾脆被他拖著衝，後面的羽裡追上來，變成那隻很大像狐狸的東西，飛快地跑在旁邊，「爲什麼會有？」

「誰知道啊！早上突然冒出來，你沒注意到天空變黑色嗎？」

我有注意到天空變黑色的，可是我現在腳好痛啊！

拖著我跑的五色雞頭根本沒注意我的腳有沒有跟上在跑，蠻力拖著讓我的腳不停在樓梯上撞來敲去。

該不會我到甲板上時腳就爛了吧？

大概是有看到我的窘境，一旁的羽裡突然竄過來，直接把我從五色雞頭的手裡扯出來，頂上他的背後快速往上奔跑。

「喂！不准跑得比本大爺快！」五色雞頭一邊吼一邊超過他。

不用兩秒鐘，羽裡加快速度了——

麻煩請注意乘客安全好不好！

我抓著他的背毛整個人趴在上面，很怕他上下竄時我去撞到樓梯底還是天花板。

要是被我拽掉一把毛就別唉！

隨著速度加快，我整個人已經不敢睜眼看了。

你們要賭氣也不要選在這種時候啊！現在不是傳說中的危急之際嗎？不是應該大家齊心協力登上高峰才對嗎！

一隻雞一隻狐狸不要給我選在這種時候做樓梯賽跑！

還沒叫出來，羽裡一個高竄，整個突然煞車了。然後在上面的我差一點整個人因爲緊急煞車飛出去，手還拽著他的毛，所以我才滑了一半出去、半掛在他身上。

甩甩頭等視力清晰之後，我看到五色雞頭站在比較前面的甲板上，然後囂張地比出了「V」的手勢：「哈！本大爺贏了！想要在樓梯這個強項跑贏我？你多去爬幾次摩天大樓再回來挑戰吧！」

「挑戰你個頭！」

我看見一隻布鞋飛過來，非常確實地砸在五色雞頭的後腦勺上，叩地一聲非常響亮還配合了學長的吼聲：「你們給我在船上跑什麼比賽！」

五色雞頭捂著後腦陣亡。

一定很痛……光聽聲音我就覺得非常痛……

那隻布鞋有點大，看起來不是學長的尺寸，我轉過頭，看見湯瑪斯光著腳站在甲板上，另外一隻布鞋還掛在旁邊的鐵杆上。

還來不及說什麼，甲板上突然捲來一陣風，我馬上抓住了旁邊的粗繩子差點沒被捲走。然後就在我想呼一口氣時才發現我的褲子被人抓住，還被往下拉一半：「羽裡！不要脫我的褲子！」

那個變成人的傢伙抓住我的褲子當作固定物品！

「漾~你穿素色的喔！」不知道什麼時候摸到旁邊拉住東西沒被吹走的五色雞頭很變態地看了我被拉下一半的褲子。

「你管我穿什麼顏色！」我馬上把褲子往回拉，羽裡跟著跑到另外一邊。

甲板上整個濕漉漉的很滑，被大風一吹還很容易滑倒。

「男子漢就是要穿花的才夠帥啊！」

第二隻布鞋飛過來，還是正中五色雞頭後腦。

「不要在這裡給我討論內褲花色！」我幾乎可以看見學長腦袋出現青筋了，然後才注意到學長和湯瑪斯扶著船邊的欄杆在看著外面的狀況。

海面上的光點出現得很迅速，海面下隱約可以看到好幾個竄動的黑影。

天空整片是黑色的，六點五十分、沒有一點光亮。

船開始震動了，像是有什麼東西從下傳上來，整艘船開始劇烈晃動，隨著狂風捲來的海水不停地灑在甲板上。

原本我打算靠近學長他們，才剛走出沒幾步就一個猛震，腳底跟著一滑整個人往旁邊溜過去撞上另一邊的欄杆。

「小心一點。」在我差點整個人抱上去時，羽裡不曉得什麼時候過來抓住我的領子，然後把我拽起來讓我扶著欄杆。

「呃、謝了。」

站在船邊看感覺更恐怖了，底下海水拍打得很厲害，感覺好像船快要被捲進去一樣。

好冷。

我整個人開始發抖了，挾著冰冷的風還有海水，我冷得要死。

微光不停亮起，一圈一圈的每個都代表同時甦醒的海民，下面黑壓壓的一片讓人害怕。

然後，船上開始發出巨大的警報聲響。

※

一開始是一個人的聲音。

然後是十個人，之後是不知道多少人。

我站在甲板上，聽到甲板下傳來很多驚慌的尖叫聲。

震動還在持續不停，旁邊原本被固定好的露天座椅在好幾個持續搖晃之後，其中一個掉出固定繩，直直地往旁邊摔，砰地一聲整個被撞爛了。

羽裡挾著我，靠近學長旁邊，五色雞頭也跑過來，好像完全不受晃動影響。

「我們剛剛試著聯絡公會，但被干擾了。」學長的聲音很清楚地傳到我耳裡：「這裡一定有個高級的鬼族，他煽動海民控制住了這一區海域，現在消息傳不出去，我們要想辦法先解決。」

他還是穿著昨天晚上那件外套，整個人都被打濕了，比我還狼狽。

「湯瑪斯你先去引導船上的人，不要讓他們上甲板。」這樣告訴現場另一個袍級，學長抹去臉上的海水。

「這沒問題，我會一起試看看穿過海民結界把消息送出去。」拍了我們的肩膀之後，湯瑪斯快步跑下了甲板。

「現在要怎麼辦？可以開始將他們殺掉嗎！」五色雞頭露出很興奮的微笑，好像看見什麼有趣的玩具：「本大爺第一次跟海民正面衝突，來一個殺一個來兩個我就殺一雙！」

說眞的我本來以為學長會阻止，說些什麼海民是古老居民能閃就閃之類的話……

「如果危害到船體，就殺了不用手軟！」紅色的眼眸冰冷到有點可怕：「鬼族要煽動海民之前已經先污染這區海域了，就算不殺，被影響的海民也會開始扭曲成鬼族，不如在他們完全成為鬼族之前先抹除。」

「好！」五色雞頭甩出了獸爪，對於學長的爽快好像感到非常高興，整個眼睛都閃亮亮的似乎非常期待可以正面衝突。

「褚，你也做好準備，馬上要動手了。」學長看了我一眼，然後一把拉掉身上的外套，裡面穿的是很普通的T恤和牛仔褲，銀色的頭髮整個黏在他身上：「馬上讓老頭公在船體布下結界。」

我點了點頭，用腳勾著欄杆然後拍著手環。

那個黑色的棒槌很快地從手環裡滑出來，然後不用等我講話，他自己就變成像是一灘水一樣躺在地上，然後慢慢溶化進去，就這樣不見了。

震動好像變小了，雖然還有點搖晃，但已經非常輕微。而甲板上的風與水也轉小了，好像是老頭公瞬間起了作用。

「與我簽訂契約之物，請讓來襲者見識妳的絕姿。」倒出了米納斯，我很快地把掌心雷給握在手上。

「快來~快來快來~」五色雞頭開始哼歌了，「大魚大魚~哥哥愛你~」

不要在這麼緊張的時候破壞氣氛好嗎！

我突然想到一件事情。

如果說有鬼族，那麼那個鬼族現在在哪邊？

「他隱藏氣息了，一時半刻不曉得藏在哪裡。」學長皺起眉，盯著外面的黑海。

……不會又是安地爾吧？

想起那個可怕的人，我不自覺一個顫抖。

「不是他。」

學長不用半秒就很肯定這樣說：「是另外一個！」

爲什麼學長你會這麼肯定？

紅色的眼睛看了我一下，沒有回答。

船的震動突然停止，我馬上看著外面，突然發現整片海上什麼浪啊光啊都沒有了，海面上平靜得異常詭譎，連一個水紋都沒有，只有船緩慢往前移動出現的痕跡。

我看見像是鏡面一樣平滑的海面下有許多形狀的黑影，它們完全都不動，好像一塊本來就在那邊的岩石。

「那個就是海民。」學長的聲音從旁邊傳來。

吞了吞口水，我這才發現羽裡不知道什麼時候不見了。

他回去瑜縭那邊了吧？

還沒細想，我先看見了底下的其中一道黑影突然出現了兩顆圓圓會發亮的東西，在海面下轉動著，然後停了下來對上這艘船。

「來了。」

※

我看見一條海參飛上來……

不是，修正一下，我看見的是一條黑色巨大的長條物體往這邊衝破海面撞上來，那個東西整個是黑的，剛剛看見的兩團亮體是他的眼睛，中間有著像鱷魚一樣的瞳孔。

馬上發難的是五色雞頭，他直接跳上欄杆劈頭就給那條很大的海參一拳，完全無視於那個海參咧出來的巨大牙齒。

「渾蛋！給我自己帶黃瓜過來煮！」對著掉回海裡的海參叫囂，五色雞頭還蹲在欄杆上送他加大版的中指：「大爺我不吃生冷和清蒸的！」

黃瓜怎麼煮海參啊！

你是從哪邊看來這種靈異菜單？

「西瑞，這邊交給你了。」學長這樣說著：「還是要幫手？」

「笑話！本大爺人稱江湖一把刀，多一個人就是累贅！」那個號稱是一把刀的人用著如果是平常絕對會被安全人員驅逐下來的那種站法直立在欄杆上，後面是竄高的黑色長條海參當背景。不用半秒，他馬上回過身又給了那條海參一拳。

這個好像是某種海產變形海怪大戰。

「褚，我們到下面，快點！」拉著我的衣領，學長非常放心地把五色雞頭一個人留在甲板上，然後快步往下跑。

把他留在上面眞的沒問題嗎！

船被拆掉怎麼辦！

「我知道鬼族在哪邊了。」才不管我要想五色雞頭怎樣拆船，學長很迅速地跑下層層樓梯，走廊上還有好幾個人，因爲有些混亂加上工作人員管制，所以倒沒注意到有個銀髮的傢伙跑過去，「鬼族一定會先找上有力量的人，這艘船扣掉我們之後，只有一個地方符合條件！」

學長不用說出口，我馬上知道他指的是哪裡了。

「瑜縭！」

還沒到底層，我先看見的是整個黑紅色的火焰從下面直接竄上來，像是颶風一樣狂捲，悶熱的氣息馬上布滿了上下樓梯。

停下腳步，學長猛地一揮手，迎面撲來的火焰馬上四散消失。

幾乎是在同時間發生的事，下面傳來巨大的爆炸聲響，轟地聲整個樓梯都可以聽到嗡嗡的聲音，就好像是瓦斯氣爆的樣子。

那個感覺很熟悉，好像之前也遇過類似的事情……

放輕了步伐，我跟在學長身後走下了底下第二層，四周還有一點殘火慢慢燃燒著，到處都是黑黑的，電燈也被炸壞了，搖搖晃晃地掛在上面。

然後，我看見瑜縭站在走廊中間。

他的蛇身已經變成人類腳的模樣，穿著簡便的服飾，長髮整個披散在肩後。

「瑜縭……」沒看見羽裡，我開口想問他。

「別過來！」厲聲喊了這句，瑜縭瞇起眼，冰冷地看著不遠處的一小簇火焰，口氣非常不好：「給我出來！」

順著他的目光看去，我看見那抹小火突然開始熊熊燃燒，整個火焰轉成黑紅的深沉顏色，然後向上不停燃燒。

應該是悶熱的空氣，可是我卻整個人發寒起來。

一隻腳從火焰中踏出來，然後上面慢慢轉化成一張臉。

那是一張男人的臉，面孔糾結有點可怕，熊熊的火焰在他走出之後緩緩融入他的身體，然後他睜開眼，是深沉的黑色。

「比申惡鬼王七大高手的狂火貴族，傑爾斯。」學長看著在火焰中成形的那個男人，吐出冰冷的句子：「什麼時候開始狂火貴族也到海上來。」

狂火貴族……

等等，這個名字好耳熟。

我突然想起來第一天要來船上時在路上遇到的車禍。當時那個同樣是火焰的人也說過這個名字。

原本要出現被阻攔的是這傢伙？

聽見了聲音，那個人緩慢地將頭轉過來，黑色的眼睛對上我們：「凱瑟琳……是命喪誰手……」他的聲音很低，低到走廊出現了回音。

凱瑟琳不就是那個在黑館裡殺出來用炸彈的鬼族？

最後，被五色雞頭給收拾掉了。

「是我！」旁邊響起聲音，我訝異地看著學長，他瞪了我一眼，「闖入黑館之鬼族，就要有死亡的準備！」

男人突然笑了。

我聽見的不是笑聲，是某種很沉的聲音，嗡嗡地不停響著，感覺好像連耳膜都要震破。

「給我住嘴！」站在原地的瑜縭一個竄身，翻轉了右手出現了長錐，直接插入那個狂火貴族的太陽穴裡，尖端從另一邊突出，沾著黑色的血液。

往後跳開一步，瑜縭戒備地看著他。

被錐刺穿腦袋的鬼族就站在原地，我看見的那幕是——

嵌在他腦門的錐像是被高熱席捲一樣，居然像冰塊般慢慢融化，一滴一滴的液體掉落在地上，直到整支長錐都融解，他的傷口才迅速復元。

「吾乃比申惡鬼王七大高手之一的狂火貴族傑爾斯，凱瑟琳爲吾之妹，殺害其的低下種族，我要用你身邊所有生命來作陪祭！」

第五話　火焰之鬼

地點：Taiwan

時間：上午七點十八分

「瑜縭，沒打壞。」

就在四周猛地陷入安靜之際，突然旁邊被燒黑的房門被人踹開，門板整個飛出去砸在地上，羽裡灰頭土臉地衝出來。

什麼東西沒打壞？

一聽見他的話，瑜縭好像明顯鬆了口氣。

那個房間裡有什麼重要的東西嗎？

「褚！退開！」還沒回過神，旁邊突然有人衝著我把我使勁一推、推出離樓梯好一段距離。

轟然一個聲響，一大團火焰直接衝過我的眼前，整個砸在樓梯上。

樓梯的扶手都彎了。

羽裡跳過來，抓住我的肩膀把我往後拉：「小心一點。」

還沒來得及回話，我看見熊熊烈火開始往下消去，不是那種碰到水的熄滅，而是詭異地越縮越小直到最後消失。學長就站在原地，只有他站的地方完全沒有被火焰波及到：「與我簽訂契約之物，讓襲擊者見識你的剽悍。」

那個鬼族幾乎是同時間撲上去。

整條走廊猛然旋出了烈焰，熊燃的熱度讓我馬上布滿了汗。高溫讓艙內的空氣開始扭曲，我看見了另一端的學長揮動手上的幻武兵器擋下了傑爾斯的攻擊，火焰在碰上兵器的那秒整個四散噴出。

……這時候我看什麼熱鬧啊我！

猛然驚覺這件事，我立刻舉起手上的米納斯一點也不猶豫地往那個狂火貴族開了一槍。

凝凍的子彈瞬間穿過鬼族的腦袋，砰地聲打出了青黑色的腦漿，濺在旁邊的地板上。

他沒有倒下，破了一個大洞的頭用很不自然的角度慢慢轉過來看我：「你們都得要死……」

「你先去死吧！」抓到了空檔，學長猛然一槍將他的頭顱給劈下來。

鬼族的身體晃了晃，沒有倒下，就在我以爲這樣好像可以解決了的時候，他的身體和掉在地上的頭顱突然整個被熊熊燃起的火焰吞噬，接著火焰不用幾秒就消失了。

「小心，他剛剛就是這樣藏匿起來！」瑜縭見狀連忙放聲告訴我們：「我將他砍成兩半，一點用也沒有！」

學長瞇起了紅色的眼眸，看著四周小小的殘火：「傑爾斯，你要在我眼前玩這種遊戲嗎？」

沒有任何回應，我握著手上的槍，感覺整個寒毛都豎起來了。

他不知道會從哪邊出現——

空氣中瀰漫著一種燒塑料的臭味，悶悶的讓人有種頭暈目眩想要吐的感覺。

嗅到這種味道我才想起來我忘記帶著夏碎學長的護符，因爲這幾天在船上生活得太安逸，所以壓根沒想到要帶著。

學長走過來，直接握著拳頭槌我的頭：「你給我多少有點危機意識！」

抱著被爆敲的頭，我含淚趕快往旁邊閃開。學長現在應該是很危險的情況吧，不要分心過來打我啊！

打我有比打鬼重要嗎！

「你……」

才剛想說什麼，旁邊的殘火突然整個燒起打斷了學長的話：「嘖！有夠煩！」他轉過身，拿出了一顆白水晶握在手中，拳頭整個收小，再攤開時那顆白水晶已經整個變成了水晶粉，倒映著火光亮得引人注目：「指路之引，藏匿之物無所遁形。」

語畢，水晶粉整個在空氣中擴散開來，落在地上牆上天花板上，除了火焰之外在四周又多出稀微的淡淡光澤。

水晶粉附上去同時，我看見了在某面牆壁上立刻出現了巨大的黑影。

什麼話也沒說，學長直接把幻武兵器射出，半秒之後長槍發出沉重的聲音整個貫穿了牆面，那個黑影逃逸得很快，在槍還未打到之前已經移轉開了。

可能是自己也知道被定位了，黑影才緩緩地浮現出來，就是那個鬼族無誤。

「不要再玩這種把戲了，對我沒用。」瞇起紅色的眼，學長看著眼前的鬼族，冷哼了一聲：「我沒時間陪你，要復仇就拿出眞本事。」

話才剛說完，整條走廊突然燃滿了熊熊烈焰，空氣像是馬上被加熱過一樣吸進去開始覺得胸口很悶痛。

我咳了咳，抹去一直滴下的汗。

要死了……要是他繼續這樣玩下去，我會不會就在這裡變成人乾啊……

「羽裡，先把人帶走。」

然後，我聽見瑜縭這樣說話的聲音。

⁂

事情發生得很快。

才打算要不要先幫學長，還來不及表示的我突然覺得眼前一花，整個白色的大毛突然撲到我面前，下秒我就被一張大嘴給咬下去叼起來——

不要突然把我吃進去啊！

「別想逃！」火焰的鬼族猛然一吼，我看到黑紅色的火焰從我們四周迅速捲了上來，洶洶撲上了天花板然後倒抽下來。

「你們先上去。」握著長槍，學長立即出現在我們面前，一種冰冷的空氣從槍尖散了出來，隨著學長猛力橫揮，襲來的火焰硬生生被冷風給捲滅：「直接上甲板！不要讓船上的人看見！」

啊，這種時候我知道，用移動符那種東西……

「我馬上會上去。」

我只聽見學長說了這句話，下一秒我們四周的景色馬上跟著扭曲，眨眼被燒得焦黑的船艙就消失在我們面前。

冰冷的海水滴在我的臉上。

風直接挾著水珠噴在我身上，剛剛還很熱的感覺一秒就變成低溫，整個就是很有三溫暖高速變化的感覺。

把我咬著的羽裡張開嘴巴讓我掉在甲板上：「謝謝……嚇！」才剛道完謝，我馬上注意到甲板詭異的狀況。

整個甲板區布滿了一塊一塊大型黑色不明塊狀物體，有的還在抽搐，一動一動地看起來有點可怕。

近看才發現，那種黑色的塊狀物體上都是細小的鱗片、還沾著黏稠的液體顫動著，讓人看得連雞皮疙瘩都浮起來了。

「西瑞？」看著甲板上都是類似的東西，我連忙左右看了一下，沒有看見稍早留在這邊對付海民的五色雞頭。

糟糕，他不會是打海參打到被海參給拖下海底當海底雞了吧？

「幹嘛！」不用幾秒，海底雞幻想破滅，五色雞頭從護欄外跳進來，獸爪上抓著……不要告訴我那個東西是眼睛！

我看見五色雞頭的手上有眼睛！

你沒事戳一顆眼睛在手上幹什麼啊你？還有你把那顆眼睛的海民給怎麼了！

「本大爺在這邊，才不會讓海民進來一步。」拔出手上的大型眼珠丟回海裡，五色雞頭蹲在鐵杆上，很得意地咧笑。

他全身也濕答答的看起來有點狼狽，不過身上沒有傷，應該是還應付得了。

「海民的殘餘沒有馬上消除，他們很快就會再生了。」羽裡扶著瑜縭站到了旁邊比較乾淨的地方，然後一翻身又變成了那隻大型的獸體。狐狸模樣的頭張大了嘴，轟地聲噴出了金色的火焰，將甲板上那些黑色一大塊一大塊的東西全燒了。

「嘖，打都來不及了，你叫我怎麼收拾廚餘！」發表抗議的聲明，五色雞頭甩甩兩隻獸爪，然後盯著船外看。

小心翼翼地靠到五色雞頭旁邊的護欄，我看見船體外還是圍繞著黑壓壓一片東西，都在海面下，可是到處都是那種圓圓的亮眼在海底下，看起來格外陰森。

等等，我突然想到一件事情：「在船艙裡的人看見窗戶外面不會嚇死嗎？」是說，好像從剛剛開始就沒聽見尖叫聲了對吧？

「有老頭公的結界，他們從窗戶外看到的應該都是黑色的海，其他啥都看不見。」五色雞頭這樣回答我。

「而且我們剛剛已經在整艘船散播了迷魂的藥。」恢復人形的羽裡很快地接著告訴我們：「應該除了那個你們的人之外，其他的都睡著了。」

原來如此，難怪我一直覺得沒進一步騷動有點問題。按照正常模式，船艙的人尖叫完應該多少都會有人直接衝上甲板來確認狀況，不過很顯然這件事情並沒有發生。

在甲板底下，還有我老爸老媽跟冥玥。他們現在也是昏睡的狀況嗎？

「放心，迷藥不重，只要將事情都解決之後他們就會醒的，只是睡了一覺而已。」像是看出我的猶豫，瑜縭扯了扯嘴唇，像是安撫。

「嗯，我知道。」用力拍了拍臉，我大大地呼吸了一口氣，拿起米納斯直接朝下面要往上爬的奇怪黑色物體開了一槍，底下的東西發出了一種詭異、很像哀號的怪聲音之後就掉回海底，馬上消失在海面底下。

怎樣才算結束？

將這些海民都解決掉嗎？

羽裡甩甩手，他的手上出現了一柄古樸的長型刀具，沒有花紋什麼的，單純且有點鈍重。

「一區的海民裡一定會有一至兩個頭目，只要把海民的首領殺除之後，聚在這裡的海民就會全部離開了。」瑜縭瞇起狹長的眼睛看著整片黑色的海域。

天空依舊是黑色的，時間已經到了平常的上班時間……也開始要塞車了才對。

「哈，海參的頭目該不會是海人參吧！」五色雞頭很興奮地看著海面：「本大爺長這麼大沒看過海人參！快出來吧！」

你沒看過是正常的，因為根本沒有那種東西！

「再不出來我就要跳下去找你了喔。」獸爪勾著護欄，蹲在我旁邊的人整個往前傾，做出了兒童不宜的絕對錯誤示範。

這個哥哥有練過，請各位朋友上船絕對不要隨便學習。

摔下去會死的！

❀

就在五色雞頭做出想跳下海裡抓首領的動作時，甲板上的溫度突然迅速往上升高，原本冰冷到好像被刺到一樣卻突然轉成悶熱。

下一秒，我看見移送陣猛地出現在甲板上。

狂火的鬼族從法陣當中被衝撞了出來，他的脖子上嵌著一隻手，然後是掐著對方的學長從法陣裡衝出，直接按著鬼族讓他背撞上了船側另邊的護欄。

砰地一個巨響，我看見那個護欄被鬼族撞出一個凹。

收手，學長完全不給對方回神防禦的機會，轉動了手，掌心上出現一把黑色匕首，整個就是往對手左眼球插去。

然後是我熟悉的爆炸聲響。

學長往後跳開了兩步，一團黑色的液體剛好啪地聲掉在他腳前。

我看見的，是半個腦袋被爆符炸開的鬼族以及身上衣服被燒壞多處的學長。

一切就是一瞬間發生的事情，快得讓我完全來不及眨眼。

就和剛剛一樣，被炸開腦袋的鬼族突然開始引火燃燒，下一秒從火焰裡走出來的又是一個完整的人形。

「喔喔，新的，這個鬼族是液態火焰人嗎？」看見有不是海民的東西出現，五色雞頭整個興奮地轉回來跳上甲板。

這個火焰人的妹妹不久之前被你給宰了啊！

「比申手下的七大高手之一。」完全沒有回頭，學長只是拋給他簡單的說明。

我覺得學長好像是故意省略掉他是來找殺妹仇人的這件事情。

「很強嗎？」五色雞頭整個眼睛都閃亮起來了。

「這是我的對手。」學長很直接給他這樣一句話。

甲板上開始開出了暗紅色的火焰之花，一眼望去到處都可以看見火在跳動，看起來有點詭異，尤其是現在的天空整片都是黑色，給人的感覺很不好。

「給我給我。」五色雞頭表明了對火焰人很有興趣。

「去對付海民。」完全不給他靠近的機會，學長轉動手出現了幻武兵器。

「嘖！」

就在眨眼一瞬的動作，學長蹬了腳往前衝，火焰人也動作不慢，不用半秒兩人中間的空隙馬上出現大量狂火熊燃。

手上的兵器揮動，那些火焰猛地凝上了冰然後破碎在地。學長頓了一下踏在那些碎冰上，瞬間火焰人已經在他面前。

「你很會再生是吧。」一槍劃開了鬼族的胸口可是沒有打穿，在那之後傷口馬上迅速爬滿了冰霜：「就在這裡給我站住吧。」

我看見冰整個急速地把鬼族給包起來，他連掙扎都還來不及就變成一大塊冰了。

前後感覺好像是一瞬間的事情，學長站在大冰塊前揮了長槍把冰給打碎，每塊冰裡都有鬼族的一小部分，還有的是手指、關節眼珠什麼的……

然後那些碎片底下展開了某種法陣。

這個我知道，要將鬼族送返的動作。

那些冰塊碎片裡的東西突然融了，原本好像是想要掉在地上，但是被冰塊給包著，完全無法再聚重生的樣子。

「褚！後面！」

就在我看著學長將東西送返時，他連頭也沒轉過來就直接衝著我大吼。

後面？

我轉過頭，看見黑壓壓的一個大洞，上面還牽絲。

大概過了兩秒鐘對方又逼近了三公分之後我才意識到那是張大嘴巴，不知道是誰的。

「給我滾開！」正打算拿出槍對付嘴巴之際，旁邊突然砰地一聲，整張嘴被踹開，那個玩意飛出去之後我才看見是個黑色像海膽一樣胖的東西，把他踹飛的則是五色雞頭：「渾蛋！敢對我的儲備糧食下手！」

誰是你的儲備糧食！

這個要講清楚！

「西瑞！你說誰是食物！」我馬上拿著槍向他抗議。

五色雞頭翻了個身，像特技表演一樣落在旁邊的欄杆上，穩穩地站直，「抱歉抱歉，喊別的喊太習慣說錯了。」他咧了咧笑，轉身看著那個掉下去的海膽：「喂！不准對本大爺的手下出手！」

我也不是你的手下啊不要自動亂加！

船下的海民大概是看同伴不但上不了船還犧牲掉，開始不再那麼快攻上來，甚至稍微後退了一點。

如果這樣繼續下去的話，我想應該會稍微安全一點……吧？

轉頭想問學長時，他還站在原地，詭異的是地上那些碎塊完全沒有被送返的跡象，而且冰塊四周開始出現了暗紅色的火焰。

那個感覺突然整個非常不妙，我想過去幫忙點什麼……

「後退！」學長突然整個跑過來，一把就將我撲在地上，接著一大片黑影把我們罩住，隱約我看見羽裡的大腦袋。

不用半秒，甲板上傳來像是某種煙炮一樣轟然的連續炸裂聲。

掙扎著睜開眼睛，我看見後面一點的甲板被炸掀了好幾個小洞，還有點在冒小煙。

「渾蛋！」撐著地面翻起身，在爆炸聲音靜止之後學長立即翻起身，羽裡讓開了位置，我在那之後看見了暗紅色的熊熊火焰，冰塊全都不見了。

火焰的另一端，瑜縭護著五色雞頭，他們前面的甲板也被炸得坑坑洞洞，看起來怵目驚心。

羽裡甩甩頭，然後龐大的身體就在旁邊戒備。

那些被打碎的肉塊都沒了，然後像是倒帶重複一樣，火焰中再度出現了人體，接著是那個鬼族毫髮無傷地走出來。

根本沒辦法對付他。

※

大海發出了悶悶的咆哮聲。

那是一種很奇怪、很壓抑的聲音，但是又大得很像雷在共鳴。

聲音落下後，我看見五色雞頭後方的圍欄突然衝高了一條大大的水柱，就好像電視上卡通裡鯨魚會噴出來的那種加大版水柱。

一個黑的東西從裡面跟著衝出來。

「海民的首領！」隨著羽裡這樣一喊，我立即跟著看向那個大水柱，裡面的陰影挾著雷霆氣勢整個破水衝出——

我看見一條大鯊魚飛過了天邊。

那瞬間看起來好像是鯊魚，等他從左邊飛過去右邊之後，我才注意到那條大鯊魚的體積起碼是正常鯊魚的好幾倍大，尾巴非常長，上面居然掛著森白色詭異的利刺。

落水之後，鯊魚的長尾巴拍在船側，整艘船強烈地震動了一大下，接著是某個房間外的陽台居然硬生生被那個尾刺打壞，碎成好幾個塊狀掉到海裡。

船整個開始搖晃。

詭異的大鯊魚攻擊後，底下的黑色海民又開始往船邊群集，將原本就在晃動的船搖晃得更加厲害，越來越多水花打在船身上，更高得噴上甲板，原本因爲高溫而乾燥的甲板再度濕滑不已。

「那邊還有一個。」眼尖的瑜縭指著外側稍遠處，果然出現了大白鯊正在繞圈的背鰭，水面上拖著一模一樣的利刺，就差沒有背景音樂了。

要死了，如果兩隻一起來就完蛋了。

「明白了嗎，我聯合的不是一個水域，而是兩個水域，你們就陪著凱瑟琳一起消失在這世界上吧。」火焰在甲板上狂肆燒燃，傑爾斯的臉在火中扭曲變得可怕，他掛著笑容浮高了身體，居高臨下地看著我們：「這裡沒有活路。」

周圍的氣溫升高了。

「我們就開給你看。」瞪著上方的鬼族，學長張了張手，幻武兵器重新出現在上面：「活路是自己開的，用嘴巴是擋不住的！」

「哈！」

就在兩人對峙上的同時，整艘船猛然一震，還挾著很大的碰撞以及某種詭異的破碎聲音。

「糟了！」學長轉頭看著護欄外，站在那上頭的五色雞頭馬上踢開爬上來的海民往旁看——船突然傾斜了一邊。

「靠！那隻魚翅把船撞破一個洞了！」就在五色雞頭這樣大喊的時候，船像是失去了平衡，開始被往旁邊拉偏。

「嘖！」來不及管上面的鬼族，學長跑到了護欄旁，收了幻武兵器之後一掌拍上船身。

就在學長的手掌貼上船邊的同時，我感覺到四周突然整個冷下來，像是以學長爲中心一樣拓展出範圍，白色的冰霜用著極快的速度將船體覆蓋住，船側海邊凝出了冰，將海民與鯊魚逼開了

好遠。

船的傾斜停了，被撞破的地方結了一層又一層厚重的冰，四周的海水也都結了冰，將整艘船固定在海上慢慢往前浮動。

好冷。

無意識呼了一口氣，我看見嘴巴前冒出了白霧。

「羽裡！我們去對付海民。」朝著同伴一招手，瑜縭翻身跳下船，踏上了海上的冰面，後面跟著那龐大的狐獸。

底下被冰逼開的海民一看見他們下船，急著撲上來，但礙於冰塊，一時半刻稍居劣勢。

「哈！這個火焰人是本大爺的了！」五色雞頭跳上甲板，像是正中下懷般異常歡樂地甩開了獸爪：「來來來！打到你哀爸叫母！」

「好大的口氣！」火焰人緩緩落下，高溫讓旁邊的護欄開始融解，但是甲板上的冰霜卻不斷往上生長，與懸空的火焰形成了詭異的景觀。

那我現在應該做什麼？

「學長！」跑過去學長旁邊，看見他整張臉都開始發白了，手還貼在船上：「你……」

「我現在鬆手冰會被融化，你去幫西瑞，傑爾斯他對付不了。」學長皺著眉，這樣告訴我：「褚，你不是不能。」

我看著學長的紅色眼睛，想起了和雅多的承諾。

……我可以的，就這樣告訴自己。

學長伸出另外一隻手掌，攤開之後上面浮著一顆像是冰塊一樣透明的小小圓珠：「有機會的話就用這顆子彈打爆那傢伙的腦袋。」

用力一點頭，我直接拿了那發子彈握在手中，冰冷讓我瞬間清醒過來，現在的情況不容許我害怕。

我不能再當之前那個什麼也做不了的人。

瑜縭與羽裡隻身對付海民，湯瑪斯照顧整船的人還要試圖打破結界聯絡外面，五色雞頭對上了火焰人而學長正在保護這艘船。

而我能做的其實微不足道。

在我意識過來之前，米納斯已經發出了槍響。

正要燒穿五色雞頭胸口的傑爾斯震動了一下，左手臂整個往後飛出去。

我開槍打斷他的手。

「通通不准動！」

※

啪地一聲，在這種最危急的時候，居然有來自我方的人呼我後腦一巴掌。

「你警匪片看太多嗎！」

就算我在這邊講警匪片台詞，學長你有必要在這種時候窩裡反嗎？

再次轉過頭，傑爾斯已經完全注意到我，臉上表情整個是僵的，好像他根本沒預料到會被個路人甲打斷手。

「不、不要亂動，勸你現在快點回到你的地方。」好險沒有把棄械投降給講出來。我偷偷瞄了一下學長，他現在也很忙，不太想理我：「不然我就斃了你。」最後補上這句。

「還要把你分屍拆骨！」見他分神，五色雞頭直接一拳把他揍倒在地，還補了幾拳上去。

鬼族躺在地上，緩緩露出極度詭異的笑容，讓我在後面看得全身毛了起來，「哈哈……」很低的笑聲，會讓人群起雞皮疙瘩。

整個甲板都開始晃動，那些固定在旁邊的桌椅不停發出聲音。

按照這個狀況搭配電影小說演的，大魔王即將進化升級。

我連忙對著地上的鬼族開了好幾槍，每槍都打在他頭上……這時候我突然好感動之前有被五色雞頭和然強迫練槍法，居然還挺準的。

但是子彈出乎我們意料之外，全都像是打到空氣一樣穿過了傑爾斯的腦袋，釘在甲板上。他周圍開始慢慢融成火焰，好像想要和剛才一樣重複打不死的動作。

糟糕，那沒完沒了啊！

「眞煩啊！」五色雞頭腦袋上都出現青筋了。

就在我想著要怎樣把學長交代的子彈打在他頭上之際，一個很像是什麼破風的聲音從空氣另一端傳來，咻咻咻地好幾聲，接著我看見好幾個亮亮的東西直接射在傑爾斯身上，發出了很多聲響。

那個鬼族發出憤怒的痛吼，襲來的東西一個不漏地釘上他的身體，活像釘標本一樣把他固定在甲板上不能動彈。

靜止之後，我才注意到那些東西好像是十字弓射出來的短箭。

誰會把十字弓帶上船？

「褚、現在！」學長一看見標本火焰人暫時不能動之後馬上對我喊。

不知道是因爲催促的本能反應還是怎樣，我馬上拔腿跑上去，把五色雞頭擠開，塡充子彈的動作快到自己都覺得好像被附身一樣。

槍響之後我才知道我在近距離給了鬼族額頭一槍。

他眼睛瞪得很大，我整個人被嚇呆了。

「快逃！」旁邊的五色雞頭拽住我的領子，力道大到有趁我呆掉謀殺人的嫌疑，然後把我整個往後拖開好大一段距離。

「會、會死啦！放手！」我等他站好馬上掙扎。

「站在那邊才會死啦！」五色雞頭還捏著我的衣領。

這件衣服是哪家的爲什麼這樣被我們抓來抓去還不破！

終於在我快兩腿一伸缺氧昏過去前，我勝利了，被拉鬆的衣領離開了那隻想謀殺我的雞爪。

還來不及抗議，剛剛躺著鬼族的地方猛然傳來巨大的爆炸聲——

學長你給我的是炸彈嗎！

我馬上轉頭過去看給我子彈的那個人，他轉開頭，連看也懶得看我一眼。

一陣煙塵飛過，我看見那邊整個捲起了詭異的青藍色火焰，有那麼一瞬間看起來好像是一大叢鬼火，熊熊燃燒，裡面有被釘在地上的人體瘋狂掙扎。

不用三秒，鬼火下出現了大型法陣，像是漏斗一樣，上面的東西很快地全都被倒收了進去，接著法陣也跟著扭曲、最後消失。

四周什麼都沒有了。

靜悄悄。

剛剛那個是送返的陣法？不太確定，因為我覺得很眼熟，但是有點不太像。

「那是加強型的送返陣法。」學長冷哼了一聲，這樣告訴我。

欸？應該不包含十字弓吧？

我突然想到十字弓的事情，左右看了一下，這裡完全沒有別人。

那個幫我們一把的人是誰？

❀

輪船的船體突然震動了很大一下。

我沒站好馬上滑倒，還順便抓著五色雞頭一起跌。

「漾~你欠揍嗎！」整個把臉撞在甲板上的人一爬起來給了我很直接的抗議。

「不、不好意思，順手，一切都是順手。」我馬上爬起來躲到旁邊：「可是船怎麼突然……」才打算扯開話題，我就看見一大片黑影從我上方飛過去，還很豪華地帶著發光的水珠，看起來就好像傳說中在美麗海岸會看見的海豚跳水奇景——不過我們這邊是長尾鯊魚飛躍大輪船。

大量的水灑在我頭上，差點沒被冷死！

學長你的冰術到底可不可以調溫啊！如果船裡的人就這樣永遠睡下去了要怎麼辦！

「真對不起最大值不能控溫，讓你失望了。」在後面的學長發出零下八十度冰冷言語。

對不起我錯了，請您專心繼續。

「別跑！」完全忘記要追究的五色雞居然衝過去追鯊魚，還一把拽住對方的尾刺，跟著一起摔到船外去了。

「西瑞！」我跑過去看，他和鯊魚都摔在船旁的冰地，鯊魚往下撞穿了一個洞下到海裡，五色雞頭摔在上面，馬上翻身站起來生氣地踹著冰面。

冰地外圍已經有海民在往上爬，瑜縭和羽裡他們距離船有點遠，基本上他們已經不是在冰上，而是在海面上對付那些底下來的海民和另一條鯊魚。

現在要跳下去嗎？

我要很勇敢地跳下去冰地嗎？

這個起碼有十層樓高耶！

我跳下去應該會死掉吧，直接撞在冰地上然後全身斷光光還外加腦袋破掉。

「褚，船上有個東西叫作樓梯。」學長已經不太想講話了，口氣整個變得很懶。

對喔，我怎麼忘記船上有樓梯這東西啊！

「我、我先下去下面幫忙。」可能也不會幫到太多忙，可是就目前狀況來看，我在這邊好像也很多餘。

學長沒有說話。

匆匆忙忙跑下樓前，我看見他還在將整艘船固定在冰上。

船艙裡很安靜，靜得異常詭異。

就和羽裡說的一樣，所有人都在睡覺，就連走到一半的服務人員也躺在走廊上睡著了，可能因爲剛剛震動的關係，整個人已經變成打橫著睡覺。

沒想要多看，我一連往下跑了好幾階，突然發現船艙裡沒有我想像那麼冷，外面和裡面溫差很大，簡直就是兩種世界。

跑到下層露天陽台後，我才小心翼翼地爬出陽台，踏在冰地上。

地上整片滑到見鬼，一個不小心很容易就會跌倒。

「西瑞！」用很慢很慢的速度，我很艱辛地往五色雞頭走過去，他正蹲在洞旁想看鯊魚往哪裡逃走了。

「可惡，給本大爺滾出來啊你這個縮頭魚翅！」生氣地站起，五色雞頭很不爽地又踹了一下冰地。

你可以追下去啊……該不會其實你是旱鴨子吧！

我突然想起來我好像還眞的沒看過五色雞頭游泳，是說現在都冬天了，也不會有人眞的跳下去冰地下面吧，不冷死也半殘了。

「縮頭——」

五色雞頭還沒喊完，整片冰地突然開始震動，接著我們前方突然裂開了很大的碎片，很像電影上看見的災難片一樣，冰塊往上衝、鯊魚撞飛出來。

二話不說，我拉了五色雞頭就逃。

難怪人家說生死交關時潛力無限，剛剛還滑溜的冰地居然一點也沒讓我摔倒，還用很快的速度拉著五色雞頭回到船邊的陽台。

我知道了！果然我的技能就是逃命，眞是讓人感動到想哭出來的特殊技能，好實用啊！

冰面在我們兩個逃上陽台之後整個碎了，船也跟著又傾了一半，我打賭如果現在學長在這邊，一定會用凶惡的眼神叫我們馬上解決掉他、不要讓他繼續破壞船體。

鯊魚在碎冰下竄動，不用多久上面的冰層很快又開始凝結，不知道是不是我的錯覺，我覺得外面好像變得更冷了。

「嘖，不使出絕招你還眞以爲本大爺怕你了。」五色雞頭瞪著下面的鯊魚看，在冰層還沒整個封閉之際，他突然往海面下跳，快到我都來不及阻止他。

原來他會游泳！

鯊魚和五色雞頭的影子立時消失在海面下，然後冰地整個恢復原狀。

「西瑞？」不會眞的變成海底雞了吧？

看著冰層，底下模糊得啥也看不清楚。

就在我跳腳想幫忙點什麼時，四周突然黑了一片，我一抬頭才看見不知道是什麼時候……有可能是趁著冰面破掉時，總之就是好幾個黑色的海民已經往陽台這邊靠過來了。這些海民的形體都有點詭異，說不出是哪種海下生物，有的有鱗片有的居然是短短的絨毛，上面還滴著水。

「米納斯。」像是原本就有的反射動作，我馬上朝著最近的海民開了一槍，那個海民整個往後飛出去，頭上多了一個洞，流出了很像水一樣濃稠的透明液體。

其他海民一看到我開槍了，黑色的身體突然咧開一條大口，裡面全都是那種很像鋼釘一樣尖銳到光看就好痛的牙齒。

學長……我的槍不是霰彈槍啊……而且我也不是光速神射手啊！

這種狀況要怎麼辦？

倒退了兩步，還沒拔腿逃逸之前，我背後撞上了一個人。

第六話　渡假之後

地點：Taiwan

時間：上午十點

「唉，這裡可不是談話的好地點。」

那個人像是冷笑著呼了口氣，我還來不及搞清楚怎麼一回事，眼前的海民突然發出詭異的聲音，有點像悶著哀號，然後全都倒地、再也不會動了。

我立刻轉過去，看見那個沒有被迷藥放倒的阿希斯就站在我身後，還掛著那抹讓我背脊發涼的微笑。

就算再怎樣搞不清楚狀況，我也立即知道剛剛是他救了我，不管學長怎樣說，基於禮貌我還是先向他道了謝：「呃、謝謝你的幫忙。」

阿希斯勾出了笑：「順手，我還不希望我看中的東西先被別人得手。」

我不敢問他什麼叫作「被他看中的東西」，基本上我整個頭皮都在發麻了，這個人給我的古怪感覺又更上一層樓，讓我決定還是下去打海民會比較好一點。

「那、那我繼續……」才想爬下陽台，外面突然傳來很大聲的巨響。

在冰下的鯊魚好像被人狠揍一頓，整隻鼻青臉腫地被摔到冰上來……嘖嘖，那張魚臉起碼腫了一倍，不知道是怎麼打的。

五色雞頭隨後爬起，看起來完全就是他勝利了。

而在他爬起幾秒之後，第二隻鯊魚飛過來，橫向摔在第一隻的上面，身上也很多傷痕；不同的是這隻被一刀切斷了喉嚨，而五色雞頭那隻還在喘。

瑜縭和羽裡同時停在冰地上：「這樣海民很快就會散去了。」拉著略有點疲累的瑜縭往這邊走過來，羽裡這樣告訴我們。

「哈！這是本大爺全面勝利！」五色雞頭洋洋得意地踩在鯊魚上。

「我們也打贏一個。」羽裡橫了他一眼。

「你不懂什麼叫作抓活的比較新鮮嗎？」用力拍拍那隻沒死的鯊魚，五色雞頭用鼻孔看人：「丟個死海鮮上來，那玩意能吃嗎。」

基本上我看活的那隻也不能吃吧。

羽裡應該是不想和他做無謂的爭吵，連回應都沒回了。

我伸手幫忙拉他們兩個上來，一上來之後羽裡匆匆忙忙說他們要先回去底層房間，扶著瑜縭就跑掉了，速度很快，像是在趕什麼似地。

五色雞頭還在原地打量那兩隻鯊魚，就在我很害怕他會不會抓回去要廚房料理時，他突然伸出手將那隻活的給打死，然後把兩具屍體都推到了海裡。在濺起了很大的水花之後，魚屍立即被浪花捲下海底、不見了。

完全不知道他這個動作是什麼意思，我就在原地呆呆看著五色雞頭跑回來，然後他說：「我突然忘記那個有毒不能吃。」

「……」我為那兩條鯊魚默哀，真的。

「你是誰？」五色雞頭繞著阿希斯看，露出一種非常狐疑的目光：「很眼熟……」

「他是阿希斯，我們先上去學長那邊看看狀況。」拉著五色雞頭，我很想快點離開那個會讓人發毛的人。

「我跟你們上去看看吧。」站在旁邊的阿希斯很悠哉地這樣說著。

你可不可以不要跟啊……我好像可以預想到學長不爽的表情。

可能是注意到我不太樂意，他又進一步說：「既然我也是守世界來的人，如果上面有什麼事情也可以幫忙。」

他這樣說好像有點道理……看著外面真的開始散去的剩餘海民，我有點猶豫了。

「你們很囉唆耶！直接走就可以了啊！」完全不想等我猶豫完的五色雞頭猛然拽住我的手就拔腿往上面的樓梯跑。

麻煩你有時候聽完人話好不好！

反正也不用制止了，我很認命地再一次被拉著跑，然後也看見後面的阿希斯跟著上來，他的速度應該比五色雞頭快，因為從頭到尾他都維持一定的速度跟在我們後面大概幾步遠的距離，沒有太快也沒有太慢。

精準到一種詭異的地步。

不用幾分鐘，五色雞頭已經把我拽到最上層甲板去了。

甲板上與下面一樣，全都是冰霜，比剛剛還要嚴重，看起來很像在某種冰河區域。

有必要費這麼大勁嗎？

「學長？」從五色雞頭那邊掙扎出來，我左右看了一下，往剛剛學長所在的位置走去。

他還在那邊，整個人跌在地上，狀況看起來不是很好，尤其是當我注意到他的臉上手上脖子上全都出現之前好像看過的那些銀色圖騰——

「他失衡了。」站在旁邊的阿希斯挑了一下眉，馬上走過去。

失衡？

我突然想起競技賽時發生過的事。

快步地超過阿希斯旁邊，我直接蹲在學長身邊。糟糕，現在鬼娃和賽塔都不在這邊，失衡了要怎麼辦？

打一打會恢復嗎？

「信不信你打我之前我會先揍你。」冰冷的語氣像刀一樣直接切過我的腦袋上面，原來學長意識還很清楚。

「當、當我沒想。」好冷啊這裡，超級冷的。

學長收回了手，皺了眉，他身上那些圖騰比剛剛還要明顯。

是說，我到現在還不知道爲什麼他身上會有這些圖騰……

「站得起來嗎？」不知道什麼時候也來到旁邊的五色雞頭左右看了一下，很顯然他比我更知道事情嚴重性如何，一反往常，也不隨便亂搞笑了。

「可以。」學長搆了幾下旁邊的欄杆，慢慢地站起身。

「不要勉強比較好吧。」被我超過後就一直停在原地的阿希斯突然似笑非笑地丟出這句話。

學長馬上瞪過去：「我警告過你不要靠近我們！」

阿希斯聳聳肩，還是笑笑的，沒有因爲學長的不友善而生氣。

那個……學長，他剛剛救我一命……

紅色的眼睛突然整個瞪過來，大概瞪了有五秒，讓我頭皮更麻了。

「你狀況不好，要發飆還是等之後再發飆吧。」

無視於對方在瞪人，阿希斯很快地這樣說道：「要是你想驅逐我，以你現在的狀況……呵呵，你應該慶幸我是眞的來渡假的。」

等等，我怎麼好像聽過類似的話？

快點想一想，在哪邊？

「你最好先送他回房間。」還在想不出來的時候，我又聽見阿希斯的聲音，他正在叫五色雞頭扶著學長回房間。

大概失衡的影響真的很嚴重，學長沒有再做出進一步反抗動作，就這樣被五色雞頭半扶半扯地走下樓梯，我立即也跟著跑上去。

才踏了幾階，就看見湯瑪斯正要往上走，他一看到我們就停下腳步：「我聯絡上公會了，他們馬上會派維修部人員和袍級過來幫忙，另外也會向這裡的機關做連結讓船可以提早入港。」

「嗯，麻煩你和船長方面溝通。」學長很簡短地說了一下。

應該是知道他的狀況，湯瑪斯點了頭，然後轉身往船長室方向離開。

下了樓梯之後，瑜縭他們的藥物效果應該是開始減輕了，我看見躺在走廊上有好幾個人已經甦醒，不過表情看起來還呆滯呆滯的，好像沒有搞清楚自己在哪邊。

在所有人都注意到我們之前，五色雞頭已經用很快的速度衝到房間前、踹開門，把學長直接拉上床。

我突然想起房間廁所裡還有一隻球魚。

「你可以滾了。」進到房間後，學長馬上對阿希斯發出驅逐令。

「不用幫你個小忙嗎?」阿希斯勾了笑：「我可以馬上替你將失衡控制下來。」

「我不想欠你人情，滾。」

不曉得爲什麼，學長對阿希斯的敵意深到一種很奇怪的地步。

這傢伙到底是什麼人?

「我突然很想讓你欠人情。」看起來好像是故意要和學長抬槓的樣子，阿希斯笑了笑，然後靠近床邊。

五色雞頭突然很警戒地擋在學長前面：「你想幹什麼！」

連五色雞頭都這樣了，我應該相信他野性的直覺。完全不用他們講，我拿著米納斯站在後面指著阿希斯的頭。

他還在笑，完全不緊張：「放心，我不會害你們，現在我還在渡假中，暫時沒想要動手。」

既然他這樣講，我相信這人應該是敵人。

……他認識我？

我想起來第一次見面的時候，這傢伙很熟稔的態度。

認識我的敵人我想來想去只有一個，而且答案是會讓我全身發毛又起雞皮疙瘩的那一個。

我希望不是我腦袋中想的那個，畢竟他們的名字不一樣。

「那就給我離開。」學長看了我一眼，皺起眉。

學長……該不會我想到的是正確答案吧？

沒有回答我，學長只是瞪著眼前那個人。

沒有理會學長，阿希斯看了五色雞頭一下，露出微笑：「我要治療他，不會對他下手。」

五色雞頭的表情看起來很疑惑，他還搞不清楚他們的關係。

我站在後面，突然看見阿希斯的手要揚起來——

「西瑞，你先去看看褚的家人。」學長突然說了完全不相干的話。

「咦？」五色雞頭顯然也愣了好大一下，轉頭看著學長。

「沒關係，先過去，現在船上不穩定，你去確認他們的安全。」學長這樣說著，有意無意地看了我，然後轉開了視線。

看了阿希斯和學長半晌，五色雞頭才點了頭離開房間。

門關上之後，剩下我們三個人。

氣氛很緊繃，幾乎沉重到可以壓死人的地步。

我突然覺得我剛剛應該隨便找個理由和五色雞頭一起逃出這個房間才對，這裡給人的感覺很可怕。

空氣好像完全不會流動一樣。

不知道過了多久、也許才十幾秒，我看見了學長緩緩地張口，說出了讓我驚怕萬分的話——

「安地爾．阿希斯，你在玩什麼把戲！」

※

「唉呀，何必這麼快揭穿我的身分。」

房間裡的空氣就像緊張的氣球突然被彈破一樣，沒有反駁的阿希斯帶著微笑，涼涼地說著。

我倒退了一步，突然想到學長狀況不好，又趕快跑到床邊對著那名偽裝很久的鬼族舉著槍。

「放心，我已經說過很多次我只是來渡假的，暫時不會對你們出手，所以你的小玩意可以收起來。」伸出手，他將我的槍給格開，然後看向學長：「如何，你接不接受治療？」

「不用你多事。」冷漠地拒絕，學長看著他：「離開我們的視線範圍。」

阿希斯……應該說是安地爾，他的樣子開始慢慢轉變，然後變成那個連作惡夢我都還記得的眞面目。

我還是很怕他。

「可是我偶爾也滿想多事的。」

就在我注意到不對勁時，整隻手突然一麻，米納斯掉在地上，我看見一根銀色的針剛從我手腕上收走。

學長幾乎同一時間動作，不過可能是失衡的關係，他的行動比安地爾慢了一步，還來不及做出攻擊動作，一根銀針就直接插在他的手背上。

「你最好不要隨便開槍喔，不然我一個不小心直接弄斷他的手就糟糕了。」在我本來想對著他後腦開槍之前，安地爾先行說出這樣的話，讓我馬上不敢亂來。

「你到底在搞什麼鬼。」看著手上的針，學長沒有任何懼怕的表情，還是那種馬上會動手的態度。

不曉得安地爾的針是不是眞的那麼有效，學長身上的圖騰印子居然開始慢慢減退了。

他眞的要幫忙？

「說過了，偶爾想多事一下，難得我在渡假中不想跟你們動手。」繼續在學長頸子上也下了一針，安地爾用種看起來很詭異的笑容說話：「唉，有沒有突然發現原來我還能當個好人呢？」

「希望你所謂的好人不是古記憶在作祟。」學長突然說出讓我非常莫名其妙的話，而安地爾的手好像頓了一下。

古記憶是指什麼？

沒有人給我解答，就像很多時候他們都不願意說一樣。

「如果是古記憶作祟的話，現在你們兩個應該已經在比申的住所作客了。」沉默一會兒後，安地爾才把針給抽回來，同時學長身上的印也都消失了：「如何，比你們醫療班還有用吧。」

立刻抽回手，學長站起身，冷哼了聲看著他：「醫療班的叛徒。」

沒說什麼，安地爾聳聳肩讓針消失在他手上，然後看了我一眼，我馬上往學長那邊靠過去：

「看來你警戒也滿強的，換了一張臉還是邀請不到你，眞令人失望。」

說眞的我也不是警戒……單純下意識啊！

「如果你的遊戲玩完了，就離開我們的地方。」學長皺了眉，像是有點猶豫：「不要對這艘船的人出手，辦得到我就假裝沒有看過你。」

我愣了一下，看著學長。

應該沒有聽錯吧……我居然聽到學長要假裝沒看過他耶！

學長沒搭理我、甚至沒有看我，好像他剛剛沒有竊聽到我的心聲一樣。

安地爾環著手，露出有點興趣的微笑：「眞是讓人心動的提議，不過前幾天你也一直假裝沒看見我，那好吧，大家各退一步，我眞的只是來單純渡假，所以不會對船上任何一樣東西出手，除了餐廳供應的食物，這樣可以吧。」

聽著他的話，我突然理解了，學長一開始就知道他是安地爾，所以才會強烈禁止我靠近他。那直接跟我講就……我看沒直接講是正確的，不然我一開始應該會嚇到，接著後面幾天根本不是渡假，是無時無刻都想著要怎樣逃出這艘密室。

「如果你可以遵守承諾。」學長這樣告訴他。

「當然。」看了我一眼，安地爾開始往門邊移動，最後才和我講：「我想，請喝飲料的事情還是有效的，如果你改變主意了，歡迎來找我。」

我看我一輩子都不會改變主意了吧。

然後，安地爾離開了。

※

船上起了很大的騷動。

這是正常的，如果沒有騷動才叫見鬼。

從公會來的人員用很快的速度與神奇的力量在海上修補那個被撞壞的大洞，在修補完沒多久之後封住洞的冰就全退了。

前後用不到半天。

船馬上用飛快速度回航。

「漾漾！」在我走出房間把房間讓給學長休息而關上門之後，旁邊突然一個東西撲過來，差點把我撞飛出去，仔細一看原來是我老媽：「嚇死我了，你們有沒有事情啊，聽說船好像撞到石頭還什麼的，現在正在進行搶修。」

我在我老媽後面看到我老爸和冥玥，最後面是五色雞頭。

「你們沒事吧？」老爸走過來，把我上下看了一遍：「你學長呢？」

「呃、他在睡覺，剛剛晃了很大一下不是嗎……」打哈哈地混過去，我看我家人也都沒事情，不禁鬆了一口氣。

「如果不舒服的話要不要下去下面的醫務艙找船醫看看，不要硬撐著比較好。」老媽看起來好像有點想進去房間。

現在學長是銀毛不是黑毛啊，你們會嚇到的。

我馬上擋在門前：「應該只是暈船啦，睡一下就好了，我們不要吵他。」

「好吧，現在甲板上禁止上去，漾漾你們兩個不要亂跑喔。」老媽放棄了開門，跟我和五色雞頭這樣交代。

「我知道。」甲板上當然會禁止……那種活像大戰過的殘跡。

「我跟你爸要去向船上工作人員問問狀況，你們暫時乖乖待在房間裡不要到處亂玩了。」確定我們都平安無事之後，老媽這樣告訴我們。

「知道了，你們快去吧。」冥玥很快地回答，然後把他們推走。

走廊上人開始變多，大部分都滿慌張的，可能是清醒之後馬上聽見船撞石頭嚇到，很多人急著去找工作人員要釐清狀況。

「我要回房間，你們兩個不要再做一些奇怪的事情了。」送走人之後，冥玥也沒有留下聊天的打算，講了這段話之後就逕自離開了。

我才不會做奇怪的事情！那都是五色雞頭！

「沒禮貌，本大爺才沒有做過奇怪的事情。」經常在做奇怪事情的人對著我姊的背影抗議他沒做奇怪事情。

所有奇怪事情都是你在做的！

趁著人潮漸少，我正打算下去看看瑜縭他們的狀況時，旁邊的五色雞頭突然打開房門。

「學長還在休息——」來不及制止他，房門已經整個被打開了。

於是，我看見裡面多了一個人。

「嗨，兩位小朋友。」不知從哪邊蹦出來的輔長相當愉快地朝我們招手：「渡假快樂啊。」

學長坐在旁邊的床鋪上，臉色不太好地瞪了多出來的那個人一眼。

「你怎麼在這裡？」五色雞頭直接把我心中疑問給問出來了。

「當然是跟公會其他人一起過來的啊，都出現海民騷動和鬼族了，當然我這醫療人員也要來看看有沒有受傷人士。」他意有所指地看了學長一眼，笑得很開心。

「煩死了。」應該是剛睡就被吵醒的學長好像想直接把他給摔出去陽台。

說到輔長，我好像想到一件奇怪的事情。

「對了，烤肉大會那天你們玩得如何？」站在床邊幫學長診視，輔長丟過來這樣閒聊般的內容：「聽說後來鬧得眞不小啊。」

對了！我終於想起來了！

那天烤肉會我記得我有看到輔長，可是後來才剛開始要堆炭之後就不見了，我還一直以爲是我的錯覺看錯人了。

「你那天跑哪邊了？」五色雞頭打開冰箱拉出了一盒點心，坐在旁邊補充他的能源。

「你們沒注意到嗎，我後來去照料了伊多一下讓他過來，才想繼續回來烤肉時就被醫療班一通電話叫走了……居然沒有人留我的那一份還全都毀屍滅跡，眞是殘忍。」突然拉住正在診治的那隻手，輔長露出你們這些人都是壞人的表情。

那隻手的主人馬上把手抽回來，還賞他一拳。

原來如此，難怪我總覺得有看到人，還以爲是錯覺。

「一切都是命。」五色雞頭送他一個結論。

輔長哼哼了幾聲，倒是沒有繼續和五色雞頭哈啦下去，稍微把學長都檢查過之後才站開：

「你失衡是自己控制的嗎？」

學長搖搖頭。

是安地爾……

「奇怪了，幫你控制的人挺厲害的，直接把過多的冰氣放出去了，不過我建議最好不要常常這樣做，因爲身體恢復稍微慢點……不過他的技巧眞的很好、一等一的，也是醫療班的人嗎？」

輔長嘖嘖稱奇了一下，好奇地問著。

「不是，路過的。」隨便地回答了一下，學長擺明了就是不想回答。

「唉，如果他有意想加入醫療班請記得告訴我啊。」

我想你一定不會歡迎那個人加入吧，應該會馬上執行最高級殲滅動作。

五色雞頭沒講話，大概是覺得不干己事，可是我覺得他更像是不想講，因爲阿希斯給他的感覺太怪，所以他沒有講出來。

「我還要下去和船醫打個招呼，好像剛剛的騷動裡有不少人跌撞傷，會在這邊待到明天早晨，有問題的話再來找我。」輔長大概講了一下他的行蹤之後，確定學長沒問題才離開。

房間裡又重回安靜，只剩下五色雞頭還在嚼食物的聲音。

學長砰地一聲直接倒在床上，順便捲走旁邊的薄被繼續補眠。

四周很安靜，我退了退，打開了廁所，裡面的球魚還在、而且小小的眼睛是細的，好像睡著了的感覺。

抓著那隻球魚，我把牠丟出去外面海域。

這次應該不會再跑回來了吧。

學長和五色雞頭好像暫時沒有要出去的打算。

「我去找一下瑜縭他們。」

※

不曉得爲什麼，我一直很不放心。

雖然瑜縭他們本來就不太喜歡隨便和別人打交道，可是剛剛撤退得未免也太快了一點，快到好像在趕時間一樣。

外頭的人變少了些，不過在我下樓梯之後看見不少工作人員被包圍……工作人員好辛苦。

快速地往下走，下面偶爾會遇到幾個應該是公會的維修人員，大概是維修之後還有幾個留下來檢視狀況。

我不太敢打擾他們，直接溜到下層去。

底下安安靜靜的，我走到那扇門前，這次門有點開開的沒有鎖死，更讓我覺得奇怪。

「羽裡？」

輕輕地推開門，房間裡與先前一樣有點昏暗陰沉，不過馬上就可以看見瑜縭像平常一樣躺在床鋪上，站在旁邊的羽裡看見我，先向我比了個安靜的手勢，然後才走出房間。

「你又跑來這邊幹嘛？」關上門，他直接沒好氣地問道。

「我看看你們有沒有受傷……」羽裡看起來好像完全沒事，不過瑜縭狀況就不太清楚了：「公會有醫療班的人過來，如果有需要我可以幫你們找他。」

羽裡搔搔頭，呼了口氣：「你還眞是搞不清楚狀況，我們還算是敵人吧，沒事情的話你就少往這邊跑，如果被船上的工作人員看見對你們也不好，會以爲你們跟我們串成一氣。」

「他們大概會以爲我們是下來解決你們的。」比較像這個，畢竟公會的名聲還算很優良……等等，我幹嘛想到那邊去，「不是啦，瑜縭的狀況……」

我沒有繼續講下去，因爲羽裡的神色變了，他應該知道我接下來要講什麼：「就跟你們知道的一樣，我就說你們的人一定早看出來了。」

「既然是這樣的話，你應該讓瑜縭趕快到安息之地……」

「這是瑜縭的決定。」打斷了我才想講的話，羽裡看著我：「你不是壞人，公會那些人也不是，我可以很直接地告訴你，瑜縭之所以會留在這邊不全然都是因爲我們住所的關係，雖然大家都以爲是這樣，不過只有我和瑜縭自己知道。」

看著羽裡，我很想知道他們的原因，而且我覺得他應該會講。

我非常想知道。

而且我突然想到一件事情，最開始的時候他們曾說過他們的住所被盜來販賣的……也就是說這艘船的材料本身的來源就很可疑？不是統一經由工廠收購的？

羽裡曾在瑜縭對打時說過：「沒有打壞」這句話，我一開始還以爲有可能那個方向是他們以前的住所，可是現在想想，他們的住所應該早就不知道融到哪邊去了吧。

那也就是說……

我抬頭看著羽裡，他環手挑眉，似乎也是在等我自己思考：「這艘船是瑕疵品？」不知道爲什麼，我突然就是想到這個結論。

「這艘船的船體最早建造時，包商和某些地方有掛勾，所以大量收購來源不明的材料來製作，其中也包括我們的住所。不同的材料包含著不同的內容，所以打造出來的船，並沒有你們想像的那麼穩固。」羽裡頓了頓，繼續告訴我：「你以爲只被條魚撞一下，船就眞的會破這麼大的洞嗎？那個海民首領你也看過，頭又不是鋼鐵槌。」

說得也是。

等等，那就是說我們搭的這艘原來是容易壞掉的船嗎！

是誰去抽輪船遊的！

好像是我姊……算了，我也不敢對冥玥怎麼樣。

「這件事情只有我和瑜縭知道，不過我看這次海民騷動之後，你那個學長應該也猜到了吧，他看起來好像比你聰明很多。」

眞抱歉我本來就是比較不聰明，既然我都知道了，學長一定也知道了是吧！

那學長要怎麼處理這件事情？

我耳邊好像突然迴盪著那天千冬歲在電話中和我講過的話。

村守神不會危害人類的。

所以，他們還是在保護人，就算在這個地方，還是一樣。

羽裡看著我，我看著他，我們都突然不知道應該要說什麼話。

然後，他先開口：「瑜縭離開之後，我會留在這邊。」

「嗯。」我點點頭，其實大約已經猜到了，因爲羽裡特別留下來所以很好猜。

「你不用再下來這裡了，我們會把房間給封閉起來，下層船底的房間特別容易壞，你學長應該會建議船主把下層房間改掉或是加強，而我會在這邊一直到我闔眼。」他頓了頓，呼了口氣：「有時候，村守神的性子眞是該死到令人討厭。」

看著羽裡，我現在突然很能理解這句話了。

「那、那祝你們平安。」我知道，從現在開始離開之後，我就眞的不會再見到他們了。

從最早開始莫名地認識到最後莫名地離開。我突然想到，如果我能像學長他們一樣有更多力量，或許我們還可以成爲更好的朋友……

「反正你都要離開這艘船了，我最後和你講一個故事。」羽裡看著底下還有點破碎的走廊，那是剛剛打鬥過的痕跡，不過已經被維修班稍微修補了。他看了我一眼，走出了房間走廊的範圍，我跟著他走，然後我們走到了附近的休息區。

羽裡直接在地上坐下，我也跟著坐下。

「你有沒有聽過古老的傳言中，一個關於妖師的故事。」

「咦？」

我覺得，我的心臟好像漏跳了一拍。

第七話　真實與再會

地點：Taiwan
時間：中午十二點零七分

那個名詞，最早我是在我家附近聽見的。

那個時候，有一個鬼族追著我跑了很多條街。

於是，他對我說：「找到你了……妖師的後代……」

我曾經很多次試圖想要問別人，可是都沒有人給我解答。我想過要去圖書館查找，可是我心中一直告訴我圖書館很危險，不要去找。

圖書館的機關讓我害怕，可是大家避而不談的態度更讓我覺得有異。

所以我這樣告訴自己，圖書館太可怕了，反正知道那些事情也沒什麼大不了的。於是，我就這樣直到現在。

像是沒有看見我發呆，羽裡自顧自地說下去了：「曾經在古老的時間裡有這樣一個傳說，神誕生了世界，世界誕生了生命，而生命形成了種族。神的種子在世界發芽，影將邪惡的芽染黑，讓自己的使者散播世界。之後使者挑動了最大的戰爭，將世界畫分爲二，我們則稱呼兩個世界爲

『原世界』、『守世界』。」

我看著羽裡，沒有打斷他的話，任由他繼續說下去。

我知道，他的話裡有一些是我的鑰匙，那些奇怪密碼的鑰匙。

「原世界住著人類與少部分的種族，而守世界則是住著大部分的種族與些少的人類。在那之後又過了很久的時間，使者的種族流傳了下來，而守世界的人們則稱他爲：『妖師』。」

「妖師？」聽著他說的故事，我突然有點害怕，因爲之前大家都說那是不好的東西，現在羽裡的話更證實這點。

「嗯，就是妖師。他們是陰影的使者，有著強大的力量，所到之處都會引來災禍。種族居民們花了很長一段時間獵殺妖師，直到妖師一族到後來幾乎滅絕，直到所有人都能夠安心。」述說的好像是自己親眼看見的一樣，羽裡頓了頓，接下去：「在那之後，爆發了最大的精靈戰爭，耶呂惡鬼王超越了獄界違反限制在守世界建立了宮殿，消滅了附近不同種族，終於引起了最大的精靈戰爭。」

「當時主導戰爭的爲冰牙族的王子，聯合了不同的精靈貴族以及妖精、獸王族等，用了很漫長的歲月終於將耶呂鬼王消滅，而在戰爭中他們也發現了鬼王一黨中混著早就該滅絕的妖師。大戰之後，妖師不見了，所有人都流傳他死了。那之後，妖師一族眞正沒了，兩個世界中再也沒見過妖師。」

羽裡的故事好像告一段落。

其實說是故事，我覺得更像在敘述一件事實，曾經發生過的事實。

那個事實不知道爲什麼讓我開始害怕了。

我突然不想知道妖師是什麼東西了。

沉默了很長一段時間，羽裡轉過頭，用他的綠色眼睛看著我，那雙眼睛清亮得讓我覺得我好像可以看見自己的倒影。

「有沒有人曾經告訴你，你身上有妖師的味道？」

※

羽裡的話像顆炸彈，完全無預警就引爆了。

我被炸得頭暈，馬上站起來：「我不知道什麼妖師的事情。」他說得太突然，如果是滅絕的種族，怎麼會有我。

而且我不是在守世界的人啊！

他也跟著我站起來，先是很奇怪地看了我一下，然後好像在思考什麼：「不是很明顯，我碰過妖師的東西，感覺味道很像。」

我很想告訴他，那就不代表我也是吧？

如果眞的是這樣，爲什麼沒有人告訴過我？

既然是那種邪惡魔王種族，應該會有人過來消滅我才對吧，可是到現在我都還沒被消滅，可見我應該不是啊。

看著我完全不說話，羽裡過了好半晌才開口：「我不曉得有什麼原因你會不知道這件事情，你身上的味道很稀薄，到了沒有仔細辨認就難以分辨的地步。應該是有人在保護你，可是也有可能是你自己在保護自己。而我，絕對不可能會認錯。」

抿著唇，我不曉得要怎麼回答他。

妖師的事情突然來得太快，快到措手不及，我不知道應該怎樣去證實、還是不要證實。我又不想證實它……好像那不是一件可以輕易挖掘的事情。

可是，爲什麼學長不告訴我？

我打從心底覺得學長一定知道這件事、他不告訴我這件事，他只肯說那不是什麼重要的事叫我不要亂管。

一個亮光在我眼前劃過。

源頭來自於羽裡的手上，他手上有一條鍊子，鍊子上有一個像是三角錐一樣的銀色墜子，小小的，上面刻了很多我看不懂的文字。

「我的原族是從守世界來到原世界的一族，這是我們族裡相傳的東西，聽說最早最早之前，我們的祖先曾深受某一位妖師的寵愛。」

錯愕地看著羽裡，我突然覺得他一開始對我示好該不會也是這個原因吧？

「那個妖師後來在戰爭時死掉了，這是我們的祖先帶出來唯一的遺物，後來為了逃避追兵就來到原世界，直到現在我出現在這裡。」羽裡把項鍊遞給我，就放在我手上，有那麼一秒項鍊冰得讓我差點摔出去：「這是你們的東西，你可以帶走。」

看著手上的項鍊，不知道爲什麼我突然覺得眼熟，好像曾看過類似的東西。

我眞的很想反駁我應該不是妖師那麼了不起的東西。

哪有妖師會像我這麼衰……

照他們說的，妖師應該一出生就立志毀滅世界當魔王，接著不用十五歲就腥風血雨站上人間最高點，然後再依照動畫定律被勇者們討伐，最後成為流星陣亡在世界上結束了轟轟烈烈短暫的一生這樣才對吧！

我左看右看橫看豎看都不像吧？

可是很奇怪地，我連一點抗議的聲音都發不出來，我可以向羽裡說他搞錯然後把項鍊還給他，但是我沒做，我把那條項鍊收起來了。

「褚冥漾，很高興認識你。」

羽裡露出我從來沒見過的和善笑容，然後伸出手，拍拍我的肩膀：「如果有機會，眞希望能夠再見面。」

他要走了。

我希望我們眞的還能夠再見面，我想問他更多的事情。

「再見。」

然後，羽裡走了，回到那個房間。

房間的門在關上那瞬間之後突然整個消失，變成了空著的一面牆，好像那邊從來沒有門一樣。四周靜悄悄的，只有樓上偶爾還傳來有人講話的聲音。

看著手上的項鍊，我有點猶豫，不過還是把它戴到頸子上。

畢竟這是羽裡最後送我的東西，丟掉就不好了。

這樣想著，我的肚子突然餓了起來，還叫了好幾聲。放鬆之後，我才發現時間早就過了大半天了。

該吃飯了。

※

今天來餐廳的人明顯變少很多。

大概是因爲海民那件事的關係，滿多人變得有點疑神疑鬼，很怕馬上船會沉什麼的，把飯全都拿回房間吃。

「漾～」

我才剛走到餐廳門口，裡面馬上有個傢伙無視禁止喧譁那塊牌子直接很熱情地朝我猛招手，除了那個不用看也知道是誰的五色雞頭之外，我還看見湯瑪斯坐在旁邊。

「你們兩個怎麼在這邊？」我左右看了一下，沒看見學長，桌上都是從廚房裡拿出來的特別招待飯菜，比別人的好很多。

「學長在睡覺啊，大爺只好自己出來找吃的，又不能拿回去吃，不在這邊要在哪邊啊。」五色雞頭用一種我問廢話的語氣回答，然後很樂地端過桌上一大盤魚肉沙拉開始吞下肚。

說眞的，我突然覺得五色雞頭可以一直這麼歡樂眞是件好事——只要他不常把我拖下水。

我在旁邊坐下來，湯瑪斯不知道爲什麼一直盯著我看。

被他看得有點毛毛的，我連忙低下頭假裝要吃飯，拿了碗和筷子，努力地開始吃東西。

「這艘船預計明天晚上會抵達港口。」就在我吃了半碗之後，湯瑪斯突然開口說話，害我不知道要不要繼續吃下去，「到時候肯定會引起騷動。」

這個不用你講我也知道，船都破一個洞了……雖然後來有補起來，可是騷動是必然的。不過我覺得一定會和高速公路上那時一樣，被可怕的公會鎮壓下來。

你們眞是個無孔不入的組織！

我還是繼續低頭吃飯，這種太成人的問題我不知道要怎麼和他討論，向來好像都是學長或是其他人，現在跟我講反而有點怪怪的。

「那就是說本大爺要穿上最好的衣服去給他們拍到過癮囉！」五色雞頭突然殺出這句，把氣氛全部都給打飛了。

「可不可以拜託你不要！」我很怕他再穿上勇者納涼。

「沒禮貌！本大爺要拿出珍藏品都沒說啥了，你還敢嫌棄嗎！」轉過來，他用一種很詭異的目光看著我，好像我如果說敢就會看不到明天大船入港。

「不、不是啦，我是覺得說與其拿出來還不如好好收著，如果有很多人看了喜歡模仿你的招牌怎麼辦？」裝出很正經的表情，我開始亂掰。

「說的也是。」五色雞頭居然同意了。

「西瑞有很多珍藏品？」對此殺手還不完全了解的湯瑪斯很好奇地詢問。

「你想看嗎？」好像遇到同好一樣，五色雞頭整個精神都來了：「本大爺的珍藏品全部都是世界上千萬中挑一，告訴你！一般人絕對不可能弄到這種東西的！」

我看一般人也不會想用這種東西。

偏偏湯瑪斯好像聽得很有興趣，連原本好像想說什麼的話都忘光光了，開始很愉快地和五色雞頭討論他的鬼收藏品，還約定有空要去他家看看。

你會後悔的……你眞的會後悔的，當你看到一堆金光閃閃的衣服之後你一定會後悔。

我在心中爲湯瑪斯先行祈禱。

大概吃飽之後，我沒興趣聽五色雞頭一個一個分析他的收藏品，向廚房要了餐盒之後很快地往房間走去。

也不知道學長會睡到什麼時候，醒來八成都餓扁了吧……

轉過樓梯轉角，我很自然地要走回房間，卻在走廊前停了下來。

我看見安地爾站在我們房門口，他的樣子很明顯就是在等人，不知道等的是我還是學長就是了。

那一秒，我整個人又開始發毛。

沒事情你來我們房間門口幹嘛啊？不要在這邊製造恐怖啊，這兩天已經過得夠可怕了。

「我想了想，還真是不能錯過這個機會，你真的不肯賞臉去喝杯飲料嗎？」安地爾僞裝過的那張臉露出了某種詭異的笑容，讓我實在很害怕。

可不可以說不要啊？

但是我看了看他的表情，好像說不要就會發生什麼事情。

「樓下吧台，放心，我不會對你怎樣。」他接著這樣告訴我。

想了一下，我硬著頭皮忍住害怕答應下來：「我、我先回房間放東西。」他讓開，我馬上開了房門跑回房間，學長在床上睡得很沉，幾乎連我進來都沒有發現，我也不敢叫醒他告訴他安地爾的事情。

放好東西又出了房間，安地爾依舊在外面走廊等我。

我很不想隨便跟他去任何一個地方。

「就一杯飲料的時間你也不願意嗎？」意外地，他沒有直接押著我去，反而開口這樣詢問。

看了看他，我小心翼翼地點頭。

拜託，誰會跟一個敵人去喝飲料，尤其對方還是個凶狠的鬼族。

那時候伊多的事情讓我到現在還是很害怕。

「那就算了，我不勉強你。硬討的飲料都會失了風味。」聳聳肩，安地爾突然改變主意，快到讓我覺得他搞不好和女生雜誌上形容的那種風向星座很像。

「我可以回房間了嗎？」既然不用去喝了，那我應該也不用站在這邊和他面對面吧？

說眞的，安地爾給我的壓力依舊很大，當他是阿希斯的時候是，現在知道他眞面目也是。我站在他前面都不敢直視他的眼睛。

「可以。」他從上衣口袋拿出一張名片，還眞像某種商業人士一樣遞過來：「收著，你一定會有想要找我的一天。」

下意識地接過那張名片，上面整個是白的，只有一組手機號碼。

現在的鬼族已經這麼進步了？

還自己加印名片是嗎！

我根本不想要這張名片可是我又不敢丟，只好收下來，然後在他很有趣的目光中快速地打開房門、躲進去，甩上門。

他應該不會想一想又追進來了吧？

幸好我等了很久都沒有。

結果今天一直到半夜，學長都持續睡眠中。

※

就如同湯瑪斯說的，船眞的在第二天傍晚時回到了我們最初出航的地方。

岸上已經聚集了很多媒體，遠遠從窗戶就可以看見閃光燈拚命閃個不停，而且還很誇張地看到一堆機台擠來擠去，好像把其他人擠掉就贏了。

那時候的我正在命苦地收拾行李，因爲比預計的回航時間早，還拚命跑去精品區人擠人買紀念品。五色雞頭正在把冰箱裡最後一點東西吃光，睡到剛剛不久前才醒的學長拿著湯瑪斯進貢的海鮮粥窩在沙發上吃了一半。

「到了耶！」我看著窗外越來越接近的閃光，突然有種我好久沒看到地面的感動。

話說回來，因爲這次事故提早回航的關係，船公司還特別給船上所有旅客招待券，大部分都是旗下食品公司的兌換券，像是下午茶啊、蛋糕之類的。

可能是學長的關係，他們本來要給我們新的三天兩夜航程抵用券，結果被我老媽拒絕掉了。

她大概很怕下次眞的沉船。

所以航程券全部變成蛋糕店的抵用券了，可以換十二個大蛋糕或是等價的東西。

「眞是的，這樣就沒了，我還以爲會更好玩。」蹲在冰箱前的五色雞頭把最後一塊小蛋糕塞到嘴巴之後，發出了感想。

的家。

已經夠「好玩」了！

十天裡還附帶海民和鬼族，不然你還想要多好玩？

「褚，你東西收好了沒？」把空碗放在桌上，學長的聲音飄過來。

「好了好了。」連忙把背包拉上拉鍊，我環顧了一下這個住了一個多星期的地方。

說眞的，如果不要發生海民的事情，我還眞懷念這裡；不過現在我只想趕快下船回到我可愛的家。

「你脖子上那個東西是怎麼回事？」吃飽後有精神了，學長立刻就注意到我脖子上的項鍊。

「羽裡給的啊……」他說是妖師的東西。

學長皺起眉：「這種東西你也收？」

問題是對方說我是妖師啊，我又不知道怎麼反駁……學長，你到底知不知道這件事情？

很認眞地想著，我看著學長，希望他可以給一個解答。

「不知道。」他給了我一個我們都知道是說謊的答案。

然後，我也沒追問下去。

拜託，學長的嘴巴比死蚌殼還要緊，問得出來我就可以改名叫神了！

「你還可以改行去當神算如何。」冰冷的話砸過來，我馬上往後退開很大一段距離。

「不、不用了，謝謝。」聽說神算很多都……咳咳，會很衰的。我已經夠衰了，不想衰上加衰，這樣就夠了。

房間外傳來敲門聲，打斷了我們兩個的談話。

五色雞頭打開門，我家其他三口人全都站在外面，還帶好了行李：「漾漾，你們收拾好了沒？我們要先去大廳等了喔，再過十分鐘就靠岸了。」

我點頭之後拉著背包往門外走，終於要告別這好幾天來所住的大房間了。說眞的，因爲太舒適了還眞有點捨不得。

學長和五色雞頭的行李本來就沒很多……我懷疑他們在中途有用傳送法術把東西送回去，所以幾乎不用打包提了就走。

房間的門被關起來，咚地聲，自動鎖上了。

走到大廳集合處，那裡已經有很多人在等待了，工作人員維持著秩序和遞送茶水點心，不過挺多人明顯看起來很焦躁，大概是不想留在事故船上太久，有的則是乾脆到甲板上去等。

我老爸在櫃台把行程中的花費結算好了之後走回來，手上還拿著一盒船公司給的紀念品。

然後，船到港口了。

就像我們上船時一樣，我們也按照秩序下船。

不過這次多了很多媒體記者，一看見乘客下船馬上就圍在出口處，不用走近就可以聽到他們一直追問這次船上發生事故有什麼什麼感想、船公司有沒說法等等。

第一個下船的人馬上被包圍，接著是第二個人，每個下去的人都繃著臉推開媒體匆匆辦完手續之後快速離開，偶爾還有幾個媒體不識相地追上去，不過很快就又轉頭回來。

我家也是差不多狀況，因爲人比較多，差點被包住沖散。

不過學長和五色雞頭很有一套，我才剛想轉頭找他們，他們居然已經脫困站在盡頭等我們。

甩開媒體交辦手續之後，我老爸他們很快地出了大門口。

有別於海上帶著鹹味的風，雖然還是很冷，不過我感覺到陸地上的風挾在裡面吹過來。

果然還是陸地上好啊！

「我們不搭車了。」

就在老爸要帶著我們去開車時，學長突然發話了。

老爸疑惑地轉過來看他，學長露出淡淡的微笑：「謝謝褚媽媽和褚爸爸這次請我們船旅，我們家的人剛剛有來電說要直接過來這邊接我們，所以就不用麻煩褚爸爸再多載我們了。」他用很有禮貌的語氣這樣解釋。

學長，你爸媽眞的會來載你嗎？

我突然覺得這個藉口滿混的，接著我就被一記凶狠的黑眼瞪了好幾秒。

「咦？這裡回台中還滿遠的耶，你們家人特地跑這趟會不會太辛苦？還是我一起把你們載回去這樣比較方便？」我老爸愣了一下，馬上問著。

「不用了啦，我們家的人剛好要辦事情順路。」難得很配合的五色雞頭咧著嘴笑：「下次還可以去你們家玩嗎？」

「隨時歡迎。」我老媽微笑著回答：「要常常來玩喔。」

「嘿嘿，一定會。」

我突然覺得我的前途一片黑。

於是，在港口我們正式分道揚鑣。我知道學長和五色雞頭一定是用移送陣直接返回學院或是自己家了。

這幾天弄下來，大家都很累了。

在我上車馬上睡著之後，我的寒假還剩下一週又四天。

※

從郵輪回家之後，我的生活突然就好像從異星球片掉回正常人，平靜得讓我覺得好害怕。

最後那段寒假啥事也沒有發生，除了喵喵和千冬歲他們偶爾會打電話過來聊天之外，就沒有發生特別的事情了。

街道上的怪東西我也越來越麻木了。

就算我不想接受，我自己也知道我快不是正常人了，超可悲的。

在離開家之前學長和五色雞頭在我家門板上畫的那東西的功用，我終於知道是幹嘛的了。就在寒假只剩下四天時的那天晚上，我窩在房間裡打電動，看到窗戶外有偷偷摸摸的影子——我打電玩都會關小燈，大概他沒注意到房裡有人還醒著。

那時候是半夜三點半。

小偷還來不及得手就尖叫著飛出去了，有某種未知的力量把他彈飛出去，吵醒了很多戶人家，聽說他直接被彈到附近水溝裡了，然後被路過的巡警抓到，剛好他又是個通緝中的慣竊，於是此事以歡樂的收尾告一段落。

我看著瑜縭和羽裡送我的兩樣東西，毒藥和項鍊，兩種好像都會干擾到我未來的平靜生活……好吧，雖然校園裡好像不太平靜。

那幾天我真的會想，他們兩個會怎樣？

瑜縭如果死了，羽裡會不會通知我或其他人？

我想他們應該不會，反正我又不是他們什麼人，通知了也沒用。

學院的新學期資料很快就寄來了，和上學期拿到的差不多，不過沒有那本很厚的學生手冊，看來只會發一次，我要小心收著了。

裡面有著註冊單和一些收據，還有我在船上打鬼族和海民時候的酬勞，可觀的入帳在平靜的生活中讓我很害怕，這該不會是暴風雨前的寧靜吧？

我把袋子裡其他東西倒出來，第一個看見的是選課表，上面標示著上學年有的課要繼續讀另外有的可以改選別的，需要繼續讀的固定課都已經排好時間，剩下的空堂可以自由選擇。

再來就是社團表。

我還沒加入社團，還沒仔細看清楚。

接著最後一張飄下來的東西讓我足足錯愕了十分鐘之久，因爲我一直覺得我應該是眼抽筋看錯了，不然我怎麼會看見這麼可笑的文字咧？

新學期開張大吉，各位同學們要通知你們校門口改了喔，請大家務必在以下的指定地點尋找指定車號。本學期校門口改在公車前面，一天三班，逾時不候。

我靠——旁邊的咧。

這是整人嗎！

有必要新學期就整人嗎！

火車就算了，那個速度夠快而且駕駛絕對來不及煞車可以很順利衝撞。你這個公車是怎樣！萬一他突然煞車撞不進去怎麼辦！

看著上面的時間和車號，我突然很想哭了。

果然平靜生活之後就是災難的開始。

你們到底可不可以把校門口擺在正常一點的地方啊……我開始有點害怕被公車煞車撞成半殘了，這學期能不能再給我一個代導人啊？

於是，我的寒假終於宣告結束。

新的學期即將正式開始。

第八話　學院祭

地點：Atlantis
時間：上午九點十八分

寒假就這樣匆匆過去了。

在開學前一天，我把一些東西都整理回宿舍之後又好好地休息一天。

說真的公車比火車還要難撞很多，我打賭肯定有人沒撞到車就停下來了，我自己是採取移動符突然冒出來啦……大概公車司機會嚇很大就是了。

於是，正式開始上課了。

比起寒假前和寒假當中發生了一堆事情，一開始上課之後學院整個平靜下來，平靜到幾乎讓我覺得有鬼的地步。

「漾漾，我們下堂課有改教室喔。」用著非常和平校園生活語氣和我講話的喵喵在下課鐘一打之後馬上出現在我的座位旁，「上學期的符咒學這學期換到別的教室去了，以後別走錯了。」

她揹著放書的小包包，很明顯就是等著我和她一起過去。

「變到哪邊？」我立即愣愣地問。

我是知道變教室了，因為學校註冊事項上面有寫。

只不過它上面只給我簡短寫著：「變更到符咒學案發現場實習教室」這樣誰知道要怎麼去！

還有那個教室名稱為什麼會這麼詭異？什麼叫作案發現場實習教室？教導別人怎麼用符咒作案嗎？

「就是案發現場教室，那是提供很多歷史案件中的模擬現場教室，能夠實際應用各種初級符咒的地方。」往這邊走過來，一邊把厚到可以摔爆人腦的參考書收進背包裡，千冬歲一邊解釋給我聽，「從那邊可以模擬工作上會發生的各種可能，是鍛鍊的好地方。」

鍛鍊……

這兩個字給我一種那個地方應該不是人可以待的感覺，還有老兄我們剛剛明明是普通課程吧，你那本參考書是怎麼回事？

「沒錯，就是這樣。」喵喵很高興地附和，「一年級上學期都教基礎理論之類的，我等實習課等很久了！」

話說，墓陵課不就是實習課嗎？

如果它不算，那在你們眼中什麼才叫實習課啊！

我突然感到一陣暈眩，一回到學校之後我馬上又強烈地感覺到自己和外星人的不同。之前我還以為同化了，對你們真是失禮。

「對、對了，萊恩人怎麼不見了？」我故意四處張望了一下，扯開話題。這次很確定萊恩沒在座位上沒在牆壁上沒在走廊上也沒在窗台上，他是眞的不在教室裡，明明剛才上課時好像還有瞄到他的樣子？

「他先繞去預約飯糰，等等自行過去教室。」對搭檔行蹤非常了解的千冬歲推了一下眼鏡，不用一點思考時間就馬上回答我。

「喔……我知道了。」站起身提起背包，我跟著他們走出教室。

因爲是下課時間，走廊上多得是悠哉閒逛的學生。

校園下課休息時間大約有二十分鐘左右，夠讓人找到教室再休息一會兒。學校鐘聲是不可以相信的，因爲它除了會響別種聲音之外還會隨心情亂響，這是我在入學不久之後被鐘聲騙到的體驗感想。

一出教室，迎面馬上出現熟面孔。

「褚冥漾！週末來單挑。」不知道在走廊外等多久的莉莉亞指著我，這樣說。

「喔，好，有空再說。」已經很習慣她沒事就來單挑，我隨口應道。在黑館事件時我大概可以看得出來，莉莉亞其實不是什麼難相處的人，只是性子衝了一點。

「你講的不要忘記。」得到答案之後，她大小姐很滿意地離開了。

我記得我剛剛應該是回她有空再說吧？

「漾漾，看來你已經很知道怎麼跟她相處了啊。」一旁的千冬歲又推了眼鏡，倒映出銳利的精光。

「其實也還好啦，和莉莉亞熟了之後會覺得她人不錯就是了。」我摸摸鼻子，回答。她人的確是不錯，黑館的麻煩解決完之後大家都接受治療，她還偷偷到處晃來晃去觀察大家的傷勢，所以我很快就確定她應該是屬於嘴巴比腦袋快的類型。

「之前都聽人家說她很驕傲的，所以喵喵以前也不太喜歡和她打交道。」人緣向來很好的喵喵吐吐舌，一邊帶路到新教室一邊說著：「不過……嘿嘿……」她不用講我就知道了，一定是寒假時改觀了。

我們對寒假的事情都沒提太多，頂多只講了一點海民的事情，千冬歲也沒問我守神之後的發展，大概自己有猜到還是有收到情報班的資料。

總之不用描述出來讓我鬆了口氣。

話說回來，莉莉亞是很驕傲沒錯，我也很認同，「好像和她家有關吧？聽說是貴族還什麼的。」

「反正A部B部大部分人差不多都會這樣。」喵喵聳聳肩，露出了一弧可愛的微笑：「剛開始要相處都不太容易。」她講得像是很有經驗的樣子。

我只好跟著陪笑。

上兩部的人我認識的好像也不算少，好幾個，像學長他們都是A部的，人也都還不錯。是說如果一開始沒有認識學長，我應該也會覺得他很難相處就是……不，應該是眞的很難相處。

「反正只要我繼承家族，到時候就會換他們來求我了。」聽說是所有人都景仰之神諭家族的千冬歲哼了聲，發出了很黑暗的社會宣言。

穿過了幾條走道離開教學大樓之後，喵喵領著我們往另一棟長型大樓走去，這次走廊上的學生就少了一點，而且每間教室的門也都相隔非常遠，幾乎一個樓層才四扇門，看起來有點怪異。前後各一扇門的話，也才兩間教室。

一層樓兩間教室？

「到了，就是這裡。」走上三樓之後，喵喵在第一扇門前停了下來，那扇門畫著讓人有點驚艷的漂亮圖騰，有部分我看得懂，是基本的風地圖紋組合，其他就不知道了，「漾漾，這裡就是這學期的新教室喔，要記得。」

我跟著喵喵的說話抬起頭，看見門板上掛著大大的木牌。

符咒學案發現場實習教室

有那麼一秒，我突然不太想進去了。

※

三秒之後，新的符咒學教室門在我眼前被推開。

同一秒，裡面突然傳出一個非常淒厲的尖叫聲長達五秒後自行中斷，然後推門推到一半的千冬歲猛然止住動作，「哼！想跟我玩陰的，也不想想我是誰。」說著，他翻了一下手，上面出現了拇指般大的黑色水晶石，「給我滾開。」語畢，把水晶往裡頭拋後便立即將門給拉上。

就在那瞬間，我聽見教室裡突然傳來巨大的轟炸聲響。

……你剛剛丟的難不成是手榴彈？

還有，教室可以這樣炸的嗎？

炸裂聲平靜下來後，千冬歲將背包往後一甩，然後大大方方地舉腳踹開門。教室的門板猛然往後撞上發出聲響，然後又回彈了幾公分才靜止。

開門之後，我看見整間教室全都是空的，連桌子椅子黑板什麼的全都沒有，只有在我們前面出現了一個全身穿著類似牧師服、全身黑的人。

是個男的，大概三、四十歲左右的中年人，棕色髮、西方人臉的輪廓，看起來就像是個最普通不過的中年男子。

「歡迎光臨，三位準時到達教室的同學。」疑似中年牧師的男子這樣說著，然後很爽朗地笑了下，「我是你們這學期符咒學實習課的老師、翰森，你們已經做到了進教室的最低標準，不過因爲這堂是符咒課，所以麻煩下次攻擊的武器請改用符咒加以應用。」

剛、剛剛有發生什麼事情嗎？

我看著空蕩蕩的教室，詭異地發現教室裡剛剛明明爆炸過，可是連一點爆炸的痕跡都沒有出現……爆炸炸去哪邊了？

「反正只要有效率，用什麼東西還不是都一樣。」千冬歲勾起冷笑，推了推眼鏡，「不是嗎，老師？」

新老師挑起眉，「原來你就是那個特愛和老師抬槓的優等生，雪野家的小朋友。」他吹了聲口哨，用一種很有趣的表情打量千冬歲，「不錯不錯，果然看起來就是麻煩樣。」

「彼此彼此。」同樣禮尚往來地一笑，千冬歲很簡單地回他四個字。

現在，大概只有我還在狀況外。

是說剛剛……剛剛有什麼東西讓我們通過什麼最低標準那玩意嗎？

「好吧，那請三位同學先往旁邊站一會兒，我們還得歡迎尚未進教室的其他同學。」新老師把我們驅逐到教室一角之後，立即興致勃勃地走到剛剛他站著的地方，接著從口袋裡抽出一張白色的符咒，「給予試煉者的試煉，符合標準者過關、不符合者失敗，去。」

白色的符咒立即飛走，然後在前後門口五步遠的地方出現了黑色的漩渦。

就在那一秒，前門霍然被打開，完全沒有預料門後會藏著卑鄙陷阱的四名同學在發出尖叫聲之後徹底被黑色漩渦給吞噬乾淨，連一點渣渣都沒有留下來。

我突然知道剛剛尖叫聲是怎麼來的，還有千冬歲的反應。

我完全懂了！

現在我突然很慶幸我是跟喵喵和千冬歲一起走過來的，不然我百分之百也會變成那個連渣都沒有的人。

「唉，已經是第七批沒有反抗能力的學生了。」很憂鬱地嘆了口氣，新老師蹲在角落搖著頭，「最近的學生素質怎麼都這麼低落……」

我想應該是沒有人會預料到開門就會被老師打死吧？

話說回來，你是老師沒錯吧？打死學生讓他們去醫療班重新復活是你的本業嗎！

你其實是醫療班黑暗的業務員吧？

就在千冬歲打了哈欠想乾脆蹺課時，那個奇怪的老師又站起身，重新擺好了姿勢，「終於有學生來了。」他抽出了白色符紙，做了和剛剛一模一樣的事情。兩團黑色的漩渦重新在門前捲起，正等著下一批倒楣的犧牲者。

就在門被打開的那一瞬間，我發現老師的眼中出現了希望燦爛的光芒。

黑色的漩渦馬上以惡狗之姿撲了上去。

※

「靠！誰把垃圾丟在門口！」

隨著叫囂聲，我看見一隻熟悉的獸爪直接把黑色漩渦給打飛到天邊，「此路為我開、此門歸我來，想要在這混，把命留下來！」好死不死也選修這堂課的五色雞頭非常囂張地對遠去的黑色漩渦比了中指，「敢擋大爺的路，活得不耐煩了你！」

五色雞頭後面跟著萊恩，很悠哉地直接晃進來了。

「你！你什麼時候偷偷跟在本大爺後面了！」一發現有人出現在自己身後，五色雞頭連忙跟在他後頭叫囂。

「一直都在。」萊恩聳聳肩，給了很簡單的答案。

教室門再度關閉起來。

「爲什麼……爲什麼進來的學生沒一個想用符咒！」二度被破門的老師很悲慘地靠在角落，心靈受創地自我哀怨中，「符咒是如此美妙好用的東西，居然沒有一個人想要用它來對抗阻礙。」

呃……基本上對我來說我會覺得符咒最好用的地方在於逃命。

「這個唉爸叫母的大叔是誰？」甩甩手，五色雞頭一臉疑問地問我。

「呃……聽說是符咒學的新老師。」只是我覺得他好像眞的不太像個老師，有點怪怪的。

千冬歲把臉撇開，明顯不想和這個徒手摧毀障礙物的人有啥關係。

已經又自動振作起來的老師抽出一張紙條，「我看看，學生應該差不多已經來過一大半了，看來今天能上課的人不多了。」

不多應該也是被你暗算出來的吧！

「那好吧，就請各位同學就定位……」

就在老師說話的那一秒，門突然毫無預警地打開了，連讓老師布下陷阱的時間都沒有。

「嗯？我還以爲已經上課很久了，這堂課的人不多嗎？」神奇的班長大大方方地走進來，兩根手指上挾著一張白色的符紙，「誰的探測符丟在走廊上忘記帶走了？」

我看見老師愣很大，看來那張東西就是他的沒錯了。原來他是用那個知道有多少學生會進來，眞是奸險。

「最近的學生……難道都不用符咒的嗎。」三秒之後，老師又靠到角落去悲慘了，背景是一大片黑灰色的黑線以及無機的色彩。

聽見歐蘿妲剛剛說的話，我下意識地抬起手腕看了一下手錶，果然上課時間已經過了快要一半了，除去剛剛被暗算的人之外，不會眞的就只有我們幾個人吧？

「大家先來坐吧。」歐蘿妲踢了下地板，地面下立即浮上幾張白色的桌椅，剛好繞成了個圈，「來聊個天。」

喵喵很快地蹦過去了，其餘幾個男生也覺得有桌椅沒道理不坐，也都紛紛坐下了，千冬歲還挑一張離五色雞頭最遠的座位。

「哪，你們知道學院祭快到了嗎？」很喜歡活動的喵喵第一個起頭，「高中部的年度學院祭，在開學沒多久之後喔。」

學院祭？

「學校的運動會那一類的東西嗎？」我對這個不太熟悉，可是上學期不是才辦過大型競技會嗎？這麼快就有活動了？

「不是，是高中部的學院祭。」歐蘿妲微微一笑，解釋著，「我們的學院成立時其實本來沒有這麼多年級分級，隨著時間延長才逐漸擴展開來。」

「幼園部、小學部、中學部、高中部、大學部以及聯研部，每個學院部都是不同時間創立，每年都有各學院部的學院祭、個別辦理，接著每隔三年會舉辦一次學院大型慶典，大型慶典就是全學院統一的活動，也稱爲全學祭。」喵喵伸出手指數給我聽，「其實和運動會很像，每年的學院祭都會各自辦理不同活動，像是去年我們在國中部時的活動就是爲期兩天的三方運動大會，很有趣喔，而且第一名的隊伍還有獎勵。」

那就眞的和運動大會差不多了吧？

接著我的記憶回到我悲慘的國中最後一年運動會，那時候有班際拔河比賽，然後男生通通加入的情況下就這樣發生了慘案。

繩子在眾人用力一拉之下，開賽三秒就從中間斷裂，最慘的是站在第一個的我，馬上被甩到送醫，躺了三天才拖著腳步回家。

「去年三方大會時是到無人島舉行，今年高中部應該會在校園裡吧？」千冬歲推了一下眼鏡，說著。

無人島是什麼鬼！

你們不是進行運動大會嗎？運動到無人島去會不會太誇張一點啊！

「今天我有收到學校的消息，高中部學院祭會在學校舉辦，爲期三天，慶典、大會賽、舞會。」身爲班長的歐蘿妲很乾脆地說著幹部們才知道的事情，「慶典一天，大會賽一天，舞會是最後一天的晚上。慶典是採你們那世界東方國家的樣本來用，會以園遊會方式辦理，所以這個月月底每班都要提出三個商店計畫喔，到時候會開放學院讓不同的人進來參觀，所以大家要卯足全力去想。」

商、商店？

我一秒想到漫畫上的園遊會最常出現的東西，叫作鬼屋。

等等，一次一班要開到三家店？

這樣會不會死人！

「到時候每個高中部的社團也會提出一家店，年級佔了二十七個、社團佔了約二十個，零零總總算起來應該會四、五十家店面左右，如果社團提出兩個以上店面就會更多，另外包括操場也會開放一個空間給大家使用。」已經整算好的班長抽出一張單子這樣告訴我們，「大會賽是採兩方對抗，全年級會分成兩隊進行運動對決，有部分賽程會開放其他學院參加，分隊的名單第一天祭典完會發派衣服到個人住所，到時候看衣服就知道會分到哪邊囉。」

是說……那個不會是傳說中的紅白對抗紅黑對抗白黑對抗之類的東西吧……？

我有種今年運動會可能會死得很慘的感覺。

※

「老師們也會參加部分賽程和舞會喔。」

放棄在門口等人的新老師不知道什麼時候湊過來圍成一圈，很高興地忘記上課加入討論，「到時候你們就會明白符咒有多迷人。」

你應該是個老師而不是一張符咒吧？

「我們班不是還沒有決定商店的事情？」千冬歲很明顯地略過老師的發言，直接詢問。

「嗯，我剛剛才收到學校給班長的通知，打算明天早上大家一起決定，因爲今天都是選修課，全班都在的機率不大。」歐蘿妲聳聳肩，說著，「倒是你們有沒有想到什麼點子？先討論一下，明天可以一起提出來在課堂上提選。」

「格鬥台。」五色雞頭很快地搶第一發言，「打到死爲止。」

那種商店我絕對不會想去！

「像茶館、咖啡店、鬼屋還是點心屋那種地方如何？」我很小心地提出自己的看法。

「喵喵喜歡點心屋。」一聽見點心，喵喵馬上投了同意票，「鬼屋好像也很好玩，術法體驗區怎樣？可以提供不熟的客人試試感覺。」

話說，我很想知道術法怎麼試試感覺。

直接轟死是嗎！

「飯糰量販店。」無聲無息地萊恩突然蹦出五個字。

「溫泉旅館。」千冬歲提出非常匪夷所思的某種東西。

「好，就這些了嗎？」很快地在紙上寫下項目，歐蘿妲點點頭。等等！溫泉旅館眞的開得出來嗎？

「同學們，你們有沒有考慮開個夜總會什麼的。」新老師很高興地提出意見。

歐蘿妲照樣寫下去。

「喵喵覺得點心屋很好，這樣大家都可以輪流合力幫忙，而且點心的味道好香的說。」已經開始幻想商店的喵喵捧著臉說著。我幾乎可以猜到她的腦中出現整排的商店布置之類的藍圖，搞不好連菜單都已經列完了。

「根據我的了解那邊的世界高中還會擺的東西大概有丟水球、恐怖箱、撈魚等等之類的東西。」千冬歲總算說出很正常的字眼，「可以在箱子裡放下通往刺球魚棲息地的通道，保證摸到的人都會印象深刻。」

……一秒推翻所謂正常。

你確定摸到的人不會直接砸攤嗎？

「遊戲類的話就必須準備獎品對吧？」歐蘿妲停下筆，「這樣就要班上集資一起購買會比較好。」

我突然覺得食品店眞是如天堂一般的好地方。

「好，那就這些了，剩餘的明天再看看班上提出一起表決。」收起紙筆，班長點點頭說著。

「好期待這次的學院祭。」喵喵眨著大眼，開始無數的幻想。

我的眼皮突然跳了兩三下，有種很不妙的感覺。

那個……園遊會應該會很普通吧？

對不對！

❀

「結果漾漾你們班打算開茶屋和觀景屋嗎？」

週六的下午，幾個閒閒沒事的黑袍們坐在交誼廳裡閒嗑牙，本來只是要去拿茶的我不曉得爲什麼也跟著被抓入聊天一團，說的全都是學院祭的事。

桌上擺著不知道是誰貢獻出來的點心盒，裡面裝滿了蛋糕一類的東西。站在桌邊幫所有人沖著茶的是尼羅，完全不曉得是哪種花茶的茶香在整座大廳飄蕩著，連畫裡的東西都開始有點不安分騷動了起來。

我才想說拿完茶下午要去圖書館查查有沒有妖師的相關資料，開學這幾天太忙了沒時間去，看來今天又不能去了。

那種資料眞的能查到嗎？

回過神，其他人還在看我。

「呃、對啊，還有一個好像是撈金魚。」爲什麼我會說好像，那是因爲我覺得要撈的那個東西絕對不是一隻小小金魚這麼簡單。是說，我到現在還不知道觀景屋是什麼，因爲班上有人提出來就通過了，我連那是什麼鬼都不曉得。

「眞不錯，大學部要到六月才有學院祭。」坐在沙發另一邊的蘭德爾學長勾起詭異的笑，聽不出來是哪種語氣，總之、完全不像是羨慕。

「對了，學長你們班是開什麼商店？」綜觀全場，扣掉奴勒麗和安因不是學生，除了蘭德爾是大學部以外，就只剩下學長和我一樣是高中部的了。

正拿起一個繪著藍色花紋的高級瓷杯，學長紅紅的眼睛掃過來瞄了我一眼，「鬼屋。」

鬼、鬼屋……這麼正常嗎？

我突然有種落差很大的感覺，因爲我以爲學長會說出什麼驚天動地的名詞，也不過就是鬼屋……還好，不是什麼尖叫殺人屋之類的都還好。

「三間商店全部打通做成鬼屋。」學長隨後補上這句話。

三間？

等等，可以三間商店都打通做成一大間嗎？

那我們爲什麼要想到三間不同的這麼多！

我突然有種被學校騙的感覺，早知道就建議班上把三間打成一間當成大點心屋了，這樣多少還可以避免不必要的危險。

「喔喔，那一定很有看頭。」奴勒麗笑著說：「畢竟A部的人向來都很細心在準備。」

那個細心是怎樣？把鬼屋變得更像鬼屋？

我突然有種毛骨悚然的感覺，那個屋子一定不是普通鬼屋那麼簡單！

「當天我們也會去逛喔，你們兩位加油。」捧著茶杯，身爲行政人員的安因微微一笑，說著，「聽說今年商店街中有人遞交了劇院這項，是個考古研究的社團。」

劇院？

那個和溫泉可以畫上等號的東西居然真的有人開了？

「啊，那件事情我也聽說了。」奴勒麗興致勃勃地跟著討論，「不是戲劇社團卻出了戲劇商店，聽說請來學院行政人員友情贊助開演，不過不知道是請誰就是了。」

學院的行政人員？

「對了，你們要邀請函嗎？」轉眼，安因就變出一大疊設計精美的紙卡，「學生拿來的，上面有附劇照。」

劇照？

我接過其中一張，翻開來看，卡片中出現了小小的立體投影人像，是一男一女的背影，兩個人靠坐在一個很像是城牆上方的地方。

城牆是白色的，上面濺了血跡，斑斑駁駁地延展上兩人的衣襬。沒多久，投影上的兩人四周開始飄起小小的雪花，一點一點地落下然後消失。不知道爲什麼那個男生的背影我看著覺得很眼熟，不是認識的吧？

「冬城？不會是那個故事吧？」翻著卡片上的標題看，蘭德爾挑起眉。

「就是那個故事，劇本都呈遞過來了。」安因勾著笑，點點頭。

那個故事？

啥故事？

「一個很古老的故事。」學長把卡片放下，看了我一眼，「一個公主和一個王子的故事，最後兩個都掛了。」

感謝你的解說，不過我還是聽不懂。

「當天只會表演一次，在下午兩點的時候，另外早上也有一場，不過看起來應該只是很單純的秀，是由社團的學生自行表演的小劇碼。」翻看了一下邀請函，奴勒麗這樣說著。

我還是繼續在想那是什麼故事。

聽起來好像是挺悲慘的故事。

不曉得喵喵他們知不知道。

第九話　點心屋騷亂

地點：Atlantis
時間：上午十點十六分

「冬城？我知道啊。」

週日，當負責點心屋的人聚在一起討論菜單的同時，我向喵喵提出這個問題。

點心屋是由喵喵負責統整籌劃的，班長則是全班的財政顧問，每個人有搞不懂的都會跑去問她，簡直比老師還有用。

「你怎麼會突然想到要問這個故事？」一旁的千冬歲推了推眼鏡，放下正在列菜單的筆，「這個故事很久了，是這個世界類似童話故事的故事。」

童話故事？

我突然想到白雪公主或是灰姑娘那一類的故事。

將邀請函遞給他們輪流傳閱了一會兒之後，喵喵的興致馬上全來了，「好棒喔，喵喵想去看這個。下午兩點我一定要換手，換別人做點心，不給我假我就罷工。」

她露出威脅的笑容。

其餘正在做小東西的同學馬上掉下黑線。因為喵喵既是統整策劃人也是點心主廚，這點大家都有共識，全班沒有人比得上喵喵更會做點心了。

「那是怎樣的故事？」我把飄遠的話題拉回來，繼續詢問。

「嗯……大概就是說一個公主和一個王子翹掉的故事。」千冬歲給了以上如同廢話的說法。

「……請具體描述。」說這樣鬼才懂！

「哈！這個問本大爺就知道了。」應該是撈金魚組不曉得為什麼會出現在點心組的五色雞頭閃亮亮地登場，一腳踩上書桌，然後擺出標準勿忘影中人的姿勢，「很久很久以前，在……」

「很久很久以前在一個名為雪王國的國家。」馬上截斷別人發言，千冬歲直接湊到我眼前開講，「雪國有兩個王子，大王子聰慧精明，二王子驍勇善戰，兩位王子都心地善良、親切和藹，在雪國當中備受所有國民景仰。」

一把推開千冬歲，五色雞頭極度不甘心地擠過來，「然後有一天雪國傳來外地消息，是別的國家傳來的求救信號，大魔王降臨在水川的另外一端，滅了一整個國家。雪國的國王為了保全雪國的安全，決定封國隔離世界。」

「可是二王子卻不認同，在所有人反對之下帶著勇兵出征。」狠狠一拳把五色雞頭揍到旁邊去，千冬歲的臉上出現青筋，居然還在繼續講，「同時，在彼端也有個國家同樣收到了求救訊息。國王底下有一名王子一名公主，兩人同時向父親請戰，在雪國二王子打勝第一戰的同時到達且加入了二王子的兵力當中。」

砰地一聲，五色雞頭當場翻桌，本來在地上做手工的同學們抱著半成品驚慌地鳥獸散，「雪野家的小渾蛋，有種今天來單挑把所有的恩怨結清，贏的再繼續講下去。」

轟地一聲，千冬歲摔了一張椅子過去砸人，喵喵急忙把他桌上的菜單都給搶救開來，「誰怕誰，輸了就不要哭！」

「誰會哭！」

「誰輸就誰哭！」

一言不合，兩個原本就不應該湊在一起的人直接開打。

不用三十秒，教室直接被砸掉一半。

「漾漾。」旁邊的喵喵向我招手，我看見她的腳下出現了移動陣，「要換教室了。」

「喔。」我快速地跑過去，這才注意到其他同學也早就消失得差不多了。

教室裡的兩個仇敵還在互毆。

下一秒，我眼前景色一轉，換成另一間實習教室，空蕩蕩的沒人使用，我們班負責的同學則零零落落地開始出現，繼續未完的工作。

喵喵踢踢地面，馬上升出幾組課桌椅，她把手上的東西都擺上去，「真是的，還好沒打壞。」她檢視著菜單，呼了一口氣。

妳急著轉移就是想保護這些菜單嗎？

「你還要繼續聽下去嗎？」

陰森森的冷空氣突然從我後面飄來，「哇啊！」我往前跑了好幾步，轉過頭，才發現身後站的是萊恩。

他從剛剛就站在我後面了嗎？

無視於我的驚訝，萊恩逕自拉了一張椅子坐下，「剛剛說到哪……啊，對了。王子和公主加入之後，王軍又開始進攻。」

他居然眞的繼續接下去講。

後來皇天不負苦心人，二王子一行人終於打敗了大魔頭拯救了世界。所有人回去自己國家之後，公主因爲愛戀上了二王子，於是到了雪國找尋王子。但是因爲在擊敗大魔王時王子被魔王詛咒，變得如同妖怪一般奇醜無比且帶著邪氣，雪國上下的國民們都害怕他、不敢親近，所以王子爲了不讓其他人害怕已經離開了雪國。

不死心的公主開始四處尋找王子，終於在一處深谷找到他，一開始王子非常排拒公主，但由於公主的努力，王子終於突破心房與公主在一起生活。兩人過了很久一段無人打擾的幸福生活。

可是好景不常，就在他們以爲會這樣過完一生的時候，在一個寒雪紛飛的夜晚，王子的詛咒加劇，邪氣不斷侵蝕著他，同時也侵害著公主。公主急速地衰弱，開始無法起身下床，身體一日比一日虛弱。而王子也相同，面貌變得更加醜惡難堪。

就在某天夜裡，王子爲了保護公主所以選擇一個人自盡過世了。

哀傷的公主獨自一人存活了下來，將肚中的小王子生出之後送返雪國，同一天晚上，公主離開了國度，就在幾日之後被國民們發現，公主已經坐在王子的墓碑旁靜靜地睡著了，再也不會醒來。

兩個國家知道這消息之後非常難過，舉國爲公主與王子哀悼。

於是詩人將故事寫下，世世代代地吟唱直到現在。

一口氣把整個故事簡短說完，萊恩才停頓下來。

聽起來還眞是一個滿悲慘的故事。

我有點爲故事的主人翁感到可憐，擊敗魔王被詛咒就算了，還要自己一個人逃到深谷裡避人，那個王子還眞是倒楣。

「眞是一個很淒美的故事啊。」喵喵的眼睛閃閃的，握著雙手說道，「漾漾沒有看過整個繪本，裡面記載了很多當時使用的術法與歌謠，比口述的要精采很多。喵喵那裡有收集整套的精裝版本，下次帶來借你看。」

「喔……謝謝。」整套？

那個故事是有多長啊？

「對了，漾漾你覺得櫻桃派如何？」

喵喵猛然殺出一句完全不相干的話，讓我一時不曉得怎麼接上，「櫻桃可以從原世界帶來，

酸酸甜甜的派加上花茶，烤得香香的地方會有甜甜的味道，一定會有很多人喜歡的。」完全不等我發言，她已經很快樂地提筆在菜單上寫下幾個大字。

原來她是在問我菜單是嗎？

「飯糰加進去了嗎？」萊恩湊過去看菜單，試圖從上面找出熟悉的字體。

「加了，喵喵特製的三色飯糰喔，盒裝還附送茶水一杯，完全按照萊恩的要求。」喵喵抽出一張單子遞給他，笑吟吟地說著。

我看見萊恩的身後出現了陽光和小花，照亮了他飄渺的身影。

看了一下桌上的菜單，大部分都算是很常見的點心，另外像是杏仁豆腐、春捲、黑森林這類的東西也都在她的單子上，「喵喵，妳會做烤鴨？」我抽出一張單子，疑問。

烤鴨算是點心嗎？

「會啊，喵喵很擅長做各種不同國家的小吃。」她很快樂地又寫下一張烤魚。

等等，我們開的應該是點心屋而不是快餐店吧？

就在我想告訴喵喵這個事實的同時，實習教室的門突然被人用力踹開。

「做好了！」

※

我看見一群人衝進來。

「點心屋的制服樣本做好了！」負責服裝組的同學很高興地擁進來，室內一下子突然吵鬧了起來，五、六個女生手上拱著一件有點像是西點服務生穿的白色制服，「這是男生樣本，另外一件是女生樣本。」

某人突然一甩，我看見白色上衣褐色的大蓬裙在我眼前炸開。

等等，爲什麼女生制服是大蓬裙？

還有，妳們也太神了一點吧！不是前天才決定要開什麼店嗎！

「好像少了一點什麼……」喵喵看著兩件服裝樣本，微微瞇起眼睛，「這種衣服好平常喔，會不會沒有特色？」

「要不然男生女生交換穿？」服裝小組提出意見。

「不可能！」一秒翻桌的萊恩綁起頭髮變臉，全身散出源源不絕的殺氣，「士可殺不可辱，雪野家以及史凱爾家族不容尊嚴被踐踏！」

老大，事情應該沒有那麼嚴重吧……還有你又少一家了。

「我們也不要穿女裝。」正在做小物的男生也發出抗議宣言。

「奇怪，裙子又不會很難穿。」喵喵眨著眼不解地看著一群打死不從的男生，「對不對，漾漾。」

一陣浪打來，整個打在我腦袋上，我看見一堆怨恨的眼睛轉向我，這讓我百分之百肯定我如果同意就會當場曝屍在這裡，「那個……我沒有穿過所以不曉得，喵喵妳要不要考慮換別種樣式？這類衣服好像很多點心店、茶店都會使用，到時候可能會和別班撞在一起喔？」

「這樣說好像也對。」服裝小組開始看著衣服樣本沉思，「那改成原世界的唐裝或和服一類的設計如何？」

喵喵歪著頭想了半晌，「好像也可以，反正我們的點心屋本來就有點東方的感覺，這樣剛好也可以配成一套。」

我聽見很多人偷偷慶幸地呼口氣。

「好，那我們再去重新做過。」氣勢很強的服裝小組又轟地一聲撞開門往外衝走。

說眞的，我也有點慶幸。因爲白衣服如果濺到髒污就不能馬上處理了。

確定不用換女裝的萊恩拿下髮帶，一秒又消失了存在。

整理一下桌上的菜單，喵喵數了一下，「這樣子一共有二十八種點心提供，會不會太少？」她環顧著所有人，徵詢意見。

太多了我想。

一般哪個學校校慶點心屋會弄到二十八樣，見鬼了。

「茶類的話有十二種，還有沒有人想提出新的茶單？」

四周一片靜默，顯然大家全都沒有意見。

「好，那菜單就這樣決定囉。」喵喵很高興地把所有單子都整理好放進收納的袋子當中，

「當天排班有廚房組、收納組和外務組三班，每兩個小時輪值，每班只輪一次，中午會另外有人來支援可以休息一小時。」抽出另外一張單子，她這樣說著，「廚房組要一班五人，外務組一班六人，收納組一班一人，大家各自想好想去的組別之後記得來我這邊登記名字喔。」

我看見喵喵首先在廚房組上面登記名字。

「咦？這樣人夠嗎？」我突然想到一個問題，連忙向喵喵提問，「點心屋好像沒那麼多人吧？」照她這樣計算，起碼要三十幾個輪流才夠。

「夠啊。」喵喵笑笑地看著我，「現在準備人手比較少，不過學院祭當天觀景屋只要六個收納人員分三班，金魚組也只要六個人分三班，其他剩的人會通通來點心屋幫忙喔。」

「原來是這樣。」我點點頭，這樣算上來就差不多人數了。

三種商店看來是點心屋最忙了。

「漾漾，ＡＢＣ選一個。」喵喵突然莫名其妙地衝著我一問。

「Ａ、Ａ？」我一頭霧水，很本能地回答。

她想問什麼？

「Ａ就是廚房組，漾漾和喵喵排在同一班喔。」喵喵很高興地提筆寫下。

等等！

妳給我等等！

我被騙了！

「我不會做點心啦！」妳想害我變成殺人凶手嗎！

「放心，進去廚房就會了。」喵喵用一種不管他人生死的話語回答我，「反正也吃不死，死了喵喵也可以幫他復活。」

我比較怕死的是我。

被客人砍死。

「我跟千冬歲算收納組……」萊恩緩緩地舉手。

「喵喵，我真的不會做點心。」我想力挽狂瀾。

「安啦，我會做就好了。」喵喵拍拍胸脯，很豪氣地說。

那妳把我拐進去是幹嘛？

「那麼明天早上大家要提早到班上集合喔，喵喵會把所有餐點和茶的樣本都帶來學校給大家試吃，晚了就沒有了。」很高興地繼續進行下一步驟，所有事情就這樣被喵喵定下來了。

我還在想，我到底可以到廚房幹什麼。

洗盤子嗎？

不會是燒炭吧……

❋

就在我還處於一片茫然疑惑之際，學院祭很快地就在時間流逝中降臨在我們之間。

學院祭的首日，黑館的其他人都很早起。

大清早，我抱著點心屋制服正要敲學長門的時候，門猛地被人一把拉開。

我愣了一下，打開門的不是學長，是夏碎學長。

「褚？這麼早？」夏碎學長很明顯也愣了一下，然後勾起微微一笑，「對了，你們班也要提早準備對吧。」他讓開身。

「嗯，我是輪早上的第一班，九點到十一點的，所以要先提早過去做早上的準備。」十一點之後接手到一點，一點到兩點是援兵所以大家休息一小時，兩點到四點是最後一班，這是喵喵排出來的班表。

我一踏入學長的房間，迎面而來的是一種很香的味道。

「漾漾。」有個黑黑的東西猛然撲過來抓住我的大腿，低頭一看，是小亭，「有早餐。」

抬頭，看到學長房間的桌子罕見地居然堆滿了東西，而且全部都是食物。

「咦？學長呢？」我現在才注意到房間的主人好像不在。

「他在房間裡換衣服，你先去盥洗吧。」看著我手上的東西，夏碎學長大約也猜出我要幹嘛了，「我下樓去拿些茶水，待會兒上來。」說著，就走出去了。

原來他剛剛是要出房拿茶水，還眞是剛好。

我看著還抓著我的腳的活體障礙物，「小亭，我要去洗臉刷牙換衣服。」

小亭抬頭看我，「小亭有新衣服耶。」她抬起右手。

被她這樣一說，我才注意到她今天不是穿之前那種簡便的和服，而是比較華麗的那種層層又層層的高級和服，裙襬在地上拖了一圈，上面還沾上了糖渣。再仔細一看，金眼黑蛇小妹妹的髮型也變了，整個放下來前面劉海還被一刀齊。

這個樣子，讓我想起某種日本會出現的東西。

「小亭有客串鬼屋喔。」她眨著閃亮亮的金眼，嘿嘿嘿地笑著。

「……妳不會是客串座敷童子吧？」眼前的黑蛇小妹妹現在的造型給我就是這個感覺。剛好她也人矮，很適合。

小亭眨著眼睛看我，「主人只叫我站著，看到走過來的人都把他吃掉就對了。」

……走過來的人都吃掉是吧？

我打死都不去玩鬼屋！

「你玩鬼屋大概不用走進去一步就死在門口了吧。」冰冷的聲音從我後面傳來，我整個頭皮跟著發麻，僵硬地轉過去一看，果然看見學長不知道什麼時候已經站在睡房的門口了。

發麻完之後是一秒愣。

學長穿得和平常不一樣……不對，是完全不一樣，該怎麼說……他穿得好隆重啊……

「學長，你、你扮的是什麼鬼？」我看得眼睛有點發直，學長穿的是一整套非常中國古代的黑色服裝，感覺像是武將的那種華服，點綴了金線繡圖，而且還有裝飾盔甲。他整頭頭髮都是黑色的束成馬尾在腦袋後面，臉色還是和平常一樣蒼白，眼睛還是紅的。不過因爲眼睛是紅色的，所以搭上這樣的打扮顯得有點可怕。

「亂葬崗的鬼。」他語氣很不好地這樣回我。

亂葬崗的鬼需要穿成這樣嗎？

他穿這樣好像是不用殺直接用壓的也可以壓死一個人！

整個就是超級沉重。

「你可以被我壓看看。」學長的臉很臭，非常臭，臭到一個極致，「我可以告訴你，這套衣服連盔甲基本上有將近二十公斤的重量，不知道是那個負責服裝的腦殘把盔甲送去給矮人族打造而不是精靈族或妖精族！」

精靈族或妖精族打造會比較輕嗎？

我看著學長陰沉的臉色，倒退一步。

……我想應該眞的有比較輕沒錯，「學長你們之前沒有先試過服裝嗎？」像我們制服都有先試穿啊。

「沒有，除了自己班上做的以外，另一半送出去做的衣服是昨天晚上才送到我們手上。」他用力扯了一下盔甲裝飾，發出很低沉的響聲。

可是其實我覺得那個聲音還滿好聽的，除了它很重是個缺點以外。

就在四周突然沉默下來只有小亭大啃食物聲音的同時，房門又被打開，端著茶水的夏碎學長走了進來，「咦，滿好看的啊。」他看著學長，笑得很高興，「當初服裝組指定你做這造型還眞是選對了，看來古戰場的惡靈會很精采。」

古戰場的惡靈？

我突然有點想看看那是什麼景色了。

可是爲了我的生命安全著想，我覺得最好還是不要進去比較好。

「夏碎！」學長露出一種很凶惡的表情。

「好、好，我不說了。」夏碎學長難得一見地心情相當愉悅，端著茶水走到桌邊放下，「褚，你不是要盥洗嗎？」

被他這樣一說，我才驚覺我還沒去換裝跟洗臉刷牙。

衝進去廁所之後，我用最快的速度整裝完畢。

我們的點心屋制服很簡單，扣掉各組小隊長服裝比較華麗之外，工作人員全是改良的唐裝，上衣和褲子都是米色底綠圖騰，看起來很清新舒服。男生是長褲，女生則是褲裙，上衣則是在袖子跟領子的地方有點差異。

走出盥洗室之後，我看見學長正在拆他的盔甲，而夏碎學長不曉得跑哪裡去了。

「夏碎去試衣服。」學長瞪了我一眼，我完全看得出來他心情很差。

「欸……學長你不是要直接穿到教室嗎……」他把盔甲丟到旁邊的沙發上。

「誰要直接穿到教室！」紅眼殺氣騰騰地往我這邊看過來，讓我下意識倒退一步，「昨晚送來還沒試裝，結果今天一大清早就被夏碎挖起來試穿；要不是這樣你以為我會無聊到大清早在這邊穿二十公斤的衣服吃早餐嗎！」

咳咳，的確是不會。

不過沒想到夏碎學長居然會這麼熱衷學院祭的準備。

旁邊傳來一連串匡啷匡啷的聲音，不用幾分鐘，學長已經把整套衣服都拆光了，只剩下馬尾還在。他把腳邊的盔甲洩憤似地踢開，然後換上了平常穿的便裝。

就在衣服整個被拆完不久，房門再度被打開。

「噗——」

我正好接過小亭遞來的杯子喝了一口牛奶，看見出現在門口的人，當場直接噴出來。

「漾漾好髒！」

小亭發出叫聲。

※

「漾漾，為什麼你從早上到現在一直都在竊笑？」

八點多時，廚房準備已經差不多告一個段落，主廚的喵喵把餅乾和蛋糕推進去烤箱之後拉著我蹲在地上亂聊。

「沒什麼。」一想到早上看見的東西，我又開始很想笑了。

太絕了，到底是誰想出來這樣整夏碎學長的？可是他自己好像也穿得很樂……不可能是他自己要求的吧？

「你們兩個蹲在這裡講什麼？等一下就要正式開幕了喔。」千冬歲從外面走進來，推了推眼鏡。

千冬歲也是排在第一班的。

這個時候點心屋裡還很空，因爲學院祭八點有開幕儀式，除了第一班準備組員之外，其他人都必須去參加開幕儀式，所以整個教室範圍非常空蕩。

「漾漾不知道爲什麼，從早上開始就一直在偷笑。」喵喵指著我，用一種我好像撞邪的語氣說著。

「漾漾，不要太興奮了，今天一整天都夠你興奮了。」靠在旁邊的小桌，千冬歲拿了一塊沒烤好的瑕疵餅乾拋進嘴裡。

萊恩直接從他後面飄出來，一句話都沒說。

同樣是收納組的萊恩是排在最後一班，不過看這狀況他們兩個應該是協調好了兩個人一起做完兩班的樣子。

我站起身，兩手用力拍在千冬歲的肩膀上，語氣沉重地說：「千冬歲，你一定要去鬼屋一趟，保證不虛此行。」我又開始想笑了。

「？」千冬歲一臉不解看著我。

「我在想這次鬼屋最出名的一定是殺人鬼搭檔了。」按著千冬歲的肩膀，我咧著嘴很高興地告訴他。

千冬歲現在一定滿腦子都是爲什麼殺人鬼搭檔我會笑得這麼爽。

不過有時候有些事情，要本人去經歷一下比較有趣。

所以我不打算告訴他我看見了什麼，讓他去逛看看就知道了。

「聽說這次的鬼屋很恐怖，非常地恐怖，超級地恐怖，等大家下工之後一起去逛看看如何？」喵喵站起身，拍拍褲裙上的灰塵這樣說。

基本上，我覺得有學長在就一定會很恐怖了。

「我可不可以略過。」我個人覺得保命比較重要。

其他三個人轉過頭，有志一同地看著我：「不可以！」

嗚！我還不想死啊。

「時間好像也差不多了，大家先就定位吧。」好像還一臉疑惑地千冬歲看了一下時間，中斷了鬼屋的話題之後拖著還想偷飯糰的萊恩就往外走去。

我看了一下料理台上的時鐘，八點五十七分。

再過三分鐘就九點了。

「漾漾，你把這個拿出去櫃台擺一下，剛剛忘記給千冬歲他們了。」喵喵拿著一個小竹籃給我，裡面放滿了已經包裝好的小糖果包，「這是給客人帶走的小零食。」

「好。」我接過竹籃就跑出廚房。

我們班的點心屋佔了一間教室的空間。

不是普通教室，是那種特殊教室，規格大概比普通教室大了一倍，座位是採用日式的榻榻米跪坐方式，每個座位都有屏風隔開，四周裝飾著景觀花盆和小竹盆。整體設計是千冬歲提供的，因爲他說他家也是這種感覺，所以採購裝飾他都參了一腳，整個就是非常和風的東方感；和衣服居然還奇異地很搭。

因爲室內地板有挑高鋪榻榻米，所以基本上在行走時都是脫鞋只穿襪套，對我來講感覺很新鮮。

「千冬歲。」因爲沒客人，我直接用跑的跑到櫃台，「喵喵叫我把這個東西拿過來……欸？萊恩呢？」

我沒看到另外一個人。

千冬歲收下小籃子，「剛剛有一個外務組的女朋友來找他，所以萊恩和他換班，下午的櫃台換那個人做，萊恩去外務班報到了。」

「還眞剛好。」

「哈，今天還滿多人的女朋友、男朋友會來找，因爲是學校大型活動，所以你大概還會看到很多人私下換班，當然不是只有我們班才有這狀況。」千冬歲拿起櫃台裡的算盤搖了搖，發出好幾個撞擊的清脆聲響。

等等，算盤？

「你要用算盤收帳!?」現在不是應該是計算機和收銀台的時代了嗎，爲什麼我還會看見如此古老的東西？

「對啊，不行嗎？」千冬歲用一臉疑惑的表情看我，「我算盤很拿手喔。」

……我還能講什麼。

※

九點。

就在廚房準備完畢後……其實幾乎是喵喵一個人準備，我們聽見了外務組歡迎光臨的聲音。

然後，是某種類似驚呼的聲音。

有個外務組的同學衝進來，「欸欸！有外校的白袍生和學校的黑袍！」他用一種看到絕種野生動物的口氣這樣對廚房組的喊。

外校的白袍與校內黑袍？

「誰啊？第一組客人就這麼大條，記得把他們排在外面一點的位子吸引別的客人。」不知道從哪裡晃出來的班長對著那個外務組的這樣說。

班長今天和喵喵穿得一樣，都是特別華麗的隊長代表性衣服，只是在花紋上稍微有點差異。

「喔、好。」外務組的同學馬上又跑出去。

廚房裡很快也跟著騷動起來，看來大家對於黑袍都非常有興趣。

黑袍有那麼罕見嗎？

我總覺得好像沒什麼奇怪的，大概是平常看太多看到我已經麻木了吧……

「漾漾，我這邊要一個蛋糕組。」正在看單泡茶的喵喵衝著我說道，馬上把我從神遊給拉回來。

「喔、好。」

蛋糕、蛋糕……我看著已經準備好的蛋糕組，很快地端了一盤給喵喵。

廚房裡開始熱絡起來。

很明顯外面的不明黑袍白袍有達到招客效果，點心單一直從窗口被遞進來。

就在大家一片忙碌同時，我突然右眼皮跳了跳，總覺得好像會發生什麼不好的事情。根據我個人往年經驗，通常準備太順利，到後來一定會悲慘。

「打擾了，能否跟你們借一下廚房？」

好耳熟的聲音。

非常耳熟，極度耳熟。

我轉過頭去，看見最眼熟不過的人。

「尼羅？」

「褚先生。」對方很有禮貌地微微頷首。

等等，尼羅來了，那就代表外面那個黑袍……

「我想借用一下廚房，五分鐘就行了。」尼羅的手上見鬼地出現了一瓶貼著高級標籤的紅葡萄酒。

「請自己使用。」喵喵很大方地出借了。

爲什麼蘭德爾會跑過來這裡喝酒！

要喝在自家喝不是就好了！

「欸？原來臨時廚房長這樣子啊，好好玩，和黑館的完全不一樣耶。」另一個讓我頭皮更麻的聲音傳來，然後整個廚房組的人停下動作，視線往門口看去，「哈囉，可愛的漾漾，姊姊來探班了。」

我不希望妳來探班。

誰會想要看見一個掛著一條尾巴的惡魔來探班。

無視於門口的騷動，正在準備酒瓶的尼羅動作非常迅速，迅速地找出了銀盤……我們廚房組應該沒有這種東西，總之他變出來之後就放上酒瓶酒杯跟點心。

「漾漾，還有別人來探班喔。」大剌剌走進廚房，好像是她家地盤一樣完全沒有什麼客氣的感覺，奴勒麗直接搭在我的肩膀上，「出來陪一下客吧。」

「不好意思，我不下海的。」很直覺反應，我下意識就是回答這句話。

什麼陪一下客！

妳有聽過點心屋可以陪客的嗎！

「我最喜歡不下海的小朋友了，來吧。」奴勒麗勾起了可怕的笑容，直接兩手一架，力大無窮地把我從烤爐前拖走。

「不行啦我要顧烤爐……喵喵！」救人喔！

那個廚房領班居然用一種悲傷的表情看我。

「漾漾，你安息吧，我們都會記得你對班上的貢獻。」喵喵還在胸口給我畫十字架！

妳是不是朋友啊妳！

「喔呵呵，你們同學都答應了，你就死心出來吧。」

不然現在是在演哪齣戲啊！

反抗不成，我直接被奴勒麗拖出廚房，可悲的是居然沒有人來制止她。

我的人緣居然差到還往地心鑽，我應該檢討了。

外面的榻榻米上變得很熱鬧，最外面那一桌黑壓壓的，坐了好幾個穿著黑袍的人，整間屋子的視線幾乎都往那邊集中過去了。

「我抓人來坐檯了。」奴勒麗把我往座位一塞，然後就坐在我旁邊。

「漾漾不是在忙嗎？也不用強迫他出來吧。」距離奴勒麗位子最遠的是安因。

我居然看到惡魔跟天使還有吸血鬼同坐，應該去拿相機拍下來當作千古奇景才對！

「他沒有在忙啊。」

不對，我有在忙！

是說，我發現一個小小的疑問，「你們今天怎麼都穿黑袍？」我記得他們沒工作時不是會穿便服？

安因勾起了一抹微笑，湊過來很小聲地說：「我們今天要戒備校區安全，不過可以自由活動。」

喔，對喔，我想起來活動有對外開放。

「我們原本打算去鬼屋的，不過鬼屋排隊排太長，所以就先過來這邊喝茶閒聊順便待命，等人少一點再去鬼屋。」蘭德爾很悠哉地這樣說，旁邊已經回來的總管幫他倒上一杯和背景完全不搭嘎的血紅葡萄酒。

你們也打算去鬼屋是吧？

「聽說今年鬼屋和醫療班有合作，剛剛路過時看到很多殘缺不全的●●被抬出來。」奴勒麗說著讓我覺得很可怕的事情。

被抬出來是怎樣？

學長他們那個根本不是鬼屋而是屠殺場吧！

對了，說到屠殺場，我才發現好像少了什麼，「我剛剛好像聽說還有白袍……」可是現在看起來滿座都是黑袍啊？

「喔，你說的是亞里斯學院的雷多吧？剛剛他還在這邊，不過說要出去逛一下，等等會過來。」安因很快地幫我解答。

雷多來了？

我的眼皮又抽動了好幾下。

有一種非常不妙的預感。

就在我覺得今天一定不會那麼順利的同時，一個猛然爆炸的聲音從臨時廚房傳來。

「鍋爐爆炸了！」

我就知道。

第十話　羅莎林館

地點：Atlantis
時間：上午九點四十五分

「鍋爐爆炸了！」

「快點把東西移走！」

在我有藉口能快速脫離黑袍那一桌回到廚房之後，看見的就是非常混亂的景象。廚房的其中一個鍋爐不曉得爲什麼爆炸了，現在正在噴火。

一踏進廚房，就在上演烈火熊熊。

好壯觀啊！

你們在廚房裡面生起歡慶煙火嗎？

「漾漾！接好！」喵喵拋過來一整籃的麵包嚇了我一大跳，不過還好我立即接住了，不然麵包落地就好笑了，「快點滅火！」

幾個同學圍繞在火焰旁邊，環起手唸頌咒文，短短幾秒時間火焰果然逐漸被平息，只剩下燒得黑黑的鍋爐在原地。

我看了一下手上的麵包籃，滿滿都是剛出爐沒多久的新鮮麵包，香味在焦火中四溢，軟軟鬆鬆的香味害我又差點餓起肚子來。

「你們在玩什麼？外面聽得很清楚耶。」千冬歲的臉出現在送餐台邊，疑惑地往裡看。

「不曉得爲什麼剛剛鍋爐突然炸掉，已經處理好了。」指示著廚房組收拾善後，喵喵頭也沒回地這樣說著。

「拜託下次要炸先隔音一下，你們會嚇跑客人。」

問題不在這裡吧！

誰知道鍋爐什麼時候會爆炸啊！

「好啦，你去忙你的不要在這裡吵啦。」喵喵轉過頭揮手趕人，很快地把千冬歲驅逐出視線範圍。

廚房組的人手腳很快，一會兒就把鍋爐爆炸事故現場整理乾淨了，迅速得好比災害處理專家降臨，一點灰黑都沒有遺留下來。

我看著被清出來的鍋爐殘骸，上面有個大洞，不曉得是怎麼弄出來的。

現在的時間是九點五十分，炸掉鍋爐一套。

「漾漾，幫我一起整理餐點好嗎？」喵喵朝我招招手，我連忙跟過去旁邊乾淨的台子上，那裡擺了很多搶救出來的餐點，不時還有外務組的人進來端點心，招待點心屋客人的工作持續沒有中斷。

是說，鍋爐到底是怎麼爆炸的？

「靠！原來是這個東西！」正在檢查鍋爐的同學甲發出聲響，我們一起轉過頭，看到他手上出現了神祕的焦黑烏龜殼。

爲什麼廚房會有烏龜？

誰沒事把烏龜帶進來廚房的！

「火焰獸，喜歡溫暖的地方。」喵喵接過烏龜殼上下看了一會兒然後丟回去，「牠進來時沒人告訴牠鍋爐溫度會把牠變成熟的嗎？」

所有人都搖頭。

這眞是個悲傷的慘劇。

一隻喜歡火焰和溫暖的烏龜進來變成烤烏龜還轟了一個鍋爐。

眞是……

世界上有哪個地方會發生這種靈異的事情啊你告訴我！

見鬼了！

「那這隻火焰獸要怎麼辦？」同學乙拿了一個盤子把龜殼放上去，看起來好像還有那麼一回事，加上一點生菜的話老饕可能會很喜歡。

「拿去醫療班看看有沒有辦法讓牠變回生的。」喵喵把盤子推開。

對喔，聽說在我們學校是不會有死人的，不過這個原則適用於烏龜上嗎？

「好。」同學乙就這樣端著盤子衝出去了。

我打賭等等一定會有人把他攔下來問這道菜要怎麼賣。

「三號桌追加茶點組二號兩份。」送餐台上又遞進來新的點菜單。

「來了！」

接過喵喵配好的餐組我很快送到點餐台，現在我突然深深發現原來我在廚房裡最大的任務就是送菜。

點餐台外出現了萊恩的臉，「同學，快下工了，不要逃跑喔。」

不要提醒我下工之後要去鬼屋這件事情！

我現在就有想要偷跑的打算了。

「什麼！誰要逃跑？」喵喵馬上衝過來。

「沒人要逃跑啦！」我把喵喵推回去。

「十一點在休息區集合喔。」萊恩還不忘記拋下這段話。

不要再提醒我了！

※

美好的時光總是過得很快。

雖然我並不覺得一直在廚房奔來跑去很美好，可是比起去鬼屋，那就眞的是最美好不過的了。

近午的十一點，所有人都在休息室裡集合。

雖說是休息室，但不過就是班上的教室拿來給下工的人用而已。

「一、二、三、四，很好，全都到了。」千冬歲算完人頭確定沒人脫逃之後露出他很滿意在我眼中看起來應該是邪魔歪道的微笑。

我眞的很想說我不要去。

「四張票，我全買好了。」抽出四張蓋著章的票，千冬歲朝我揚了揚，「漏一個都不行。」

他在向我警告我知道。

等等！

你剛剛不是在櫃台前面算算盤，哪來的時間去買票啊？

「那我們趕快去鬼屋。」喵喵很興奮地說著，活像這個學院祭除了鬼屋之外就沒有地方可以去了。

其實我們也不一定要去鬼屋，像剛剛我有收到別班同學的傳單，去打個氣球還是射飛鏢都是很不錯的休閒啊……

「出發吧！」

居然沒有人等我！

「你們打算穿這樣去嗎！」我跑了兩步發現不對勁，急忙喊住其他三人的腳步。

我們身上全部都還穿著點心屋的制服耶！

喵喵轉回過頭，上下看了一會兒，「制服很可愛啊，而且可以打廣告，喵喵今天就穿這樣。」她轉了一個小圈，非常愉快地說著。

妳穿當然可愛。

「出發吧！」

不要又不等我！

急急忙忙地追上那三個走得很快的沒良心同學，我跟在千冬歲後面放緩了腳步。

走廊上很熱鬧，扣掉平常每個班級的教室用來當休息區以外，幾乎整排課程教室都已經開放變成商店區，一眼望過去幾乎整條走廊都是在走動的人潮。

我第一次發現我們學校裡人很多，人潮中從小孩子到大人都有，年齡層分布得很廣，還有阿公帶著小妹妹出現的夜市場景。

「探險社團的活動即將開始囉，各位小弟弟小妹妹準備好要出發了沒！」有個穿著兔子裝的人站在門口，前面圍繞著一群小鬼，兔子這樣大聲喊，下面的小鬼用一種奇怪的目光看著他。

「要開始就快點開始，好囉唆！」

兔子腦袋上當場掉下黑線。

最近的小孩也真不可愛，尤其是學院裡的。

「嗨！同學們。」就在我把視線收回來同時，一個矮矮的人影擠出人潮拿著一支黑色應該是棉花糖的東西往我們這邊跑過來。

我認出來了，是圖書館的管理員。

「里里，妳今天可以自由活動嗎？」千冬歲停下腳步向管理員寒暄。

「可以呀，圖書館今天人不多，所以中午之前回去就行了。」里里抖動了一下獸耳，上面掛著一個亮亮的飾品，看起來應該也是在教室商店裡買的，「今年學生辦的商店有很多不錯的東西，大家有空也可以到處逛逛喔。」

看見里里，我馬上想到另外一件事情：「妳認不認識一個叫作阿卡．莉絲的人？」

里里的耳朵動了一下，眨眼看著我：「認識喔，你看過她？」

我將莉絲託付的項鍊拿出來遞給她，因爲說不準什麼時候會碰上里里所以都隨身攜帶，「她要我告訴妳說她還是很好，就這樣子。」

接下了項鍊，里里低頭看了很久，然後默默把東西收起來，接著仰頭又是可愛的笑臉：「那就好了，我一直擔心她的呀，這樣就好了。」她很開心地說著，好像這消息對她來說非常好。

也跟著微笑了下，我覺得幸好我有幫忙帶過來。

「謝謝你喔，如果有要幫忙的地方儘管告訴我，我欠你人情。」里里這樣說，開心異常。

「嗯。」

之後，時間有限的管理員大致上打過招呼之後就拿著棉花糖又向我們告別了，很快就竄進去走廊裡的人潮消失不見。

就在我們要繼續往前走同時，一個混亂的騷動和尖叫聲馬上傳來。

「讓開讓開！不要擋路！」

某教室前出現了醫療班的身影。

他們從那間教室裡拖出一個只剩下一半的屍體。

我抬頭，看見那間教室上面掛著一個大大的招牌，上面寫著：鬼屋。

現在，我突然好想回家了。

※

只是這樣站遠遠的，我就感覺到那座鬼屋散發出來的可疑鬼氣。

「漾漾，快走吧，到了耶。」喵喵拉著我的手繼續往前走。

我不想去啊！

據說是被打通的三間教室外牆全部釘上了木板，看起來很像一幢要倒塌的木頭房，而且木板上還有濕氣和黑黑的污漬看起來非常眞實，感覺就好像他們眞的去拆了房子的木板來外面釘的樣子，連蜘蛛網和爬來爬去的奇怪小蟲都出現在木板一角。

按照慣例，前門有入口處後門有應該是出口的出口處不過有門關著。

入口處站著一個女人，一個打扮有點像特種行業的大姊，濃濃的妝加上一管菸，超級短裙和大鬈髮，與外牆有著很突兀的不搭感。

鬼屋前排了一條人龍，大概有幾十個，不過不是排往入口，是排往比較旁邊一點的售票口，那裡坐著一個穿得很像流浪漢的人，正在蓋印售票。

入口看進去整個都是黑的，裡面有什麼完全看不見。

「好，就直接這樣殺進去吧。」千冬歲拿著票很爽快地往前走。

我急忙一把抓住千冬歲的後領，「不先觀察一下再說嗎？」那個入口很詭異耶！

千冬歲轉過頭白了我一眼，把自己的後領扯回去，「伸頭也是一刀縮頭也是一刀，有什麼好怕的。」

全部都很可怕啊！

「對，反正進去就知道了。」萊恩猛然發言嚇了我們一跳，原來他還跟在旁邊。

就在我們拉拉扯扯之際，已經有一組購完票的人走到入口將票遞給那位大姊往裡面去了。

大姊拿了票就放在菸管上，不到半秒票整個著火然後化爲塵屑消失不見。

那組人進去之後很快地就被黑暗吞噬，短短幾秒鬼屋裡傳來很巨大的聲響，好像有什麼重物狠狠砸在地面一樣，聲音迴盪著整條走廊讓遊客短暫地安靜。

「閃開閃開！不要擋路！」

從入口處突然浮現的影子是熟悉的醫療班，兩個人一組，一個拖著一具一半的屍體往外跑，很快地腳下出現了移動陣就這樣消失了。

我倒退了一步。

再倒退一步。

你們確定你們真的要去玩嗎！

我低頭，看到入口處的地上全都是黑色可疑的痕跡，剛剛屍體的血覆蓋了一半的黑色污漬。

不要告訴我那些是什麼污漬！我完全不想知道！

抬頭，我看見的居然是千冬歲等人躍躍欲試的興奮神情。

饒了我吧……

「來吧，鬼屋向前衝！」喵喵抓住我的手，就往入口處衝。

不——————！

「我突然肚子痛，你們先去玩吧！」

千冬歲推推眼鏡看著我，「漾漾，你不是怕鬼吧？」他的眼鏡發出陰森的光芒。

對！沒錯！

「我怕鬼……」這種生死關頭絕對不可以像芭樂劇裡的男生硬要打腫臉充胖子說自己不怕，會衰的是自己，「所以你們去玩就好了……」我承認我很沒種，放過我一馬吧各位大人。

「漾漾這樣不行喔，怕鬼的話以後出任務就很困難了耶。」喵喵眨著大眼睛像是天使般地看著我。

我的未來充滿了公務員之路，不會去跟鬼打交道謝謝。

「還有你上次不是和鬼族對峙過，這有什麼可怕的。」千冬歲推推眼鏡繼續發出精光，理論求證地看著我。

那個鬼跟這個鬼不一樣啊！

「廢話少說，走。」差點又被遺忘存在的萊恩一把抓住我的衣領往前拖。

救人喔！

拿著一管菸的大姊就如同死神一樣降臨在我們面前。

「四個人。」千冬歲把票遞給她。

大姊看了我們一眼，視線停留在我身上，「欸……你不是那個代導的同學嗎？」她眼力很好，馬上就認出我了，「見過你幾次到我們教室。」大姊呼了口氣，黑色的煙霧從她嘴裡散出，看起來有點恐怖。

「嗯、對啊……」眞難得路人甲如我居然還有人認識。

將四張票券像剛剛一樣燒燬，大姊拿著菸桿盯著我，「看在同學朋友的份上，好心提醒你們一件事，進去之後要先趴下，不然就沒得玩了。」

我的眼皮跳到整個抽筋，爲什麼進去要先趴下！

「謝謝您的提醒。」千冬歲很有禮貌地道謝。

於是，大姊讓開道路，「歡迎光臨我們的鬼屋，希望各位玩得愉快。」

事情一切都成為定局，連讓我有一點時間逃跑的空隙都沒有。

「進去吧。」萊恩推了我一把，我往前踉蹌了一步，踏入鬼屋。

四周立即暗下來，就像是空間變換一樣，剛剛入口的光馬上消失。

伸手不見五指。

※

我聽見風聲。

「漾漾！快趴下！」

有人突然從背後把我撲倒，我整個人臉朝下撞到地板，有那麼一秒我腦袋無法思考整個眼睛都花花黑黑的，然後心中充滿了髒話。

痛啊！

咻咻的風聲猛然往我腦袋上颩過去，接著是很熟悉剛剛也出現過的巨大聲響，轟地聲整個耳朵都被震到耳鳴。

我感覺到臉貼著的地板正在震動。

那是什麼東西？

一個細小的聲音響起，我看見旁邊出現亮亮的小光球，上面映著喵喵的臉，「有沒有怎樣啊？鬼屋裡面禁止用全亮，先用微光湊合一下。」

還禁止全亮咧。

我覺得就算全亮也沒差，反正恐怖的地方應該一個都不會少。

轉過頭，剛剛把我撲倒的千冬歲剛好站起身，「眞危險，還好剛剛學姊有給我們忠告，不然我們也不用玩了。」他伸出手把我從地上拉起來。

站起身之後我才看見驚悚的事情。

藉著喵喵的微光，我在黑暗的另一頭看見了有柄巨大的砍頭鐮刀插在另一邊的牆壁上，牆上還有新鮮血跡，很明顯就是剛剛那組人留下來的。

我終於明白爲什麼大姊叫我們一進來就要趴下了。

沒趴的話，也不用再趴了。

「這是眞刀。」站在旁邊打量鐮刀的萊恩說出了以上的廢話。

不然你眞的以爲學長他們會善良到用假刀嗎？別傻了同學！

就在四周一片靜默之時，屋內微微亮起了暗紅色的微光，不是那種大亮光，而是勉強可以看見通路和一點點擺飾的那種微弱小光。

是的，各位如果有去過鬼屋的話，應該對這種光不陌生。

喵喵熄掉了手上的光球。

接著，出現在我們面前的是一棟廢棄古老房屋的一樓，很像日本傳統房舍的感覺，我們站在玄關前，四周與外面一樣都是破敗的木板牆和屋梁，最靠近我們的玄關擺飾是個木櫃，看得出來已經很久沒人使用了，上面積了一層厚厚的灰塵，細小的不明黑色蟲從邊緣爬過。

我轉過頭，看見剛剛進來的地方出現了一扇門，門上有著不明的家紋。

「這裡陰氣很重。」萊恩跟我一樣四處張望了一下之後這樣說著。

老兄，請不要再告訴我這裡有陰氣了……

請讓我就這樣無知無覺地走完全程吧。

我搓著全身都起來的雞皮疙瘩，不太想繼續往下走。

「歡迎各位來到羅莎林館。」

「哇啊！」

突然傳來的聲音嚇了我一大跳，旁邊的喵喵一把拉住我，躲到我後面……等等應該躲到後面的是我吧！

不曉得什麼時候出現在我們後面的是個影子，影子在門板上緩緩地浮現形體，看起來像個女人的樣子，可是看不出面貌，「這曾經是我們古老的住所，但是在最歡樂之時遭受不明屠殺，各位遠道而來的客人們，請找出屋中的祕密，否則就別想出去。」

說著，形體開始緩緩地淡去。

「等等！線索是什麼！」千冬歲快了一步伸出手要抓住女人，可是像是摸到空氣一般，手居然整個穿透過去。

「我愛的人啊，爲什麼你要這樣狠心……」

女人只留下這句奇怪的話就不見了。

四周又恢復沉靜。

我們幾個人互相看著，「該不會是情殺吧……」喵喵首先開口。

「不對，我記得羅莎林事件不是情殺。」推推眼鏡，千冬歲開始轉動他的大腦，「歷史上有過這樣一件案件，應該是百年前發生的事情。那時候東方有一處貴族之屋、羅莎林之屋，屋主是當時極負盛名的貴族羅莎林，作風豪邁且對於當時的政府具有很大的影響力，但是有一天夜晚闖入了入侵者，將屋中連同主人與僕人共計七十九條人命全都殺害了，一個活口都沒留下，這件懸案到今日都還沒有破解。」

也就是說這個鬼屋是眞人眞事囉？

我覺得我的雞皮疙瘩更加旺盛了。

「這個應該是鬼屋的主題賣點吧？我們快點走完就知道了。」奇怪了，我記得學長不是古戰場鬼嗎？爲什麼又變成羅莎林之屋？

難不成他們的鬼屋不只一個主題？

就在我想快走完快了事邁開第一步同時，我發現其他三人都在看我。

「怎、怎麼了？」愣了一下，你們是怎麼回事啊？

「漾漾。」千冬歲搭住我的肩膀，「我們一定要先解開這個謎才能繼續前進。」他用很沉重的語氣這樣告訴我。

「通常他說沒有解開祕密就別想出去，就代表沒解開會眞的出不去。」

……我不玩了！

※

四周的氣氛很詭異、詭異到了最高點。

「那時候羅莎林館有什麼線索嗎？」喵喵的聲音從旁邊傳來。

我往前踏上一步，木製的地板發出嘎嘎的聲響，好像隨時都會崩壞的樣子，也像是聲音不是從下面傳來而是別種東西傳來，我幾乎全身都起雞皮疙瘩了。

這眞的是他們假造的鬼屋嗎？

爲什麼看起來一點都不像是假造出來的東西啊！

「嗯……我印象中似乎曾看過一些記錄檔案，當時的羅莎林館雖然有著多方支持的高位，但是在命案發生之後倒是有件事情滿奇怪的。」千冬歲偏著頭想了一下才這樣說著，「當時清點屍體時明明是七十九具屍體沒錯，集合到廣場中統一焚毀也是七十九具無誤，但是在大火過後官方要收殮骸骨時愕然發現骸骨只有七十八具。」

拜託你們……可不可以不要在鬼屋裡說鬼故事。

我覺得我全身都發寒，有種不想再走進去的感覺。

等等，爲什麼會少一具屍體？

「會不會是混在一起燒的時候弄混了啊……」我抱著一絲希望問道，然後巴著萊恩後面走，

他們三個好像完全不怕這種鬼屋的樣子。

「不可能，根據資料顯示，因爲羅莎林館命案事關重大所以屍體都是分開燒與撿拾，但是唯獨主人那一方在焚燒過後什麼也沒有留下。」千冬歲猛然回過頭，推推眼鏡。

「是、是這樣嗎。」我吞了吞口水，滴下冷汗。

「通常會出現這個狀況的話只代表了一件事情。」走在前面的萊恩看了我一眼，繼續說著：

「羅莎林館的主人不是人類。」

欸？不是人類？那會是什麼東西啊？

「我也這樣覺得，應該是幻化的妖怪或者是別的種族，在遇火之後形體整個消滅歸塵才會找不到骸骨。」踩著發出異聲的地板，千冬歲十分鎮靜地說著。

原來是妖怪……

這樣應該就不是幽靈的鬼屋吧？

「欸……可是如果是妖怪死亡的話就比幽靈難處理了呀。」喵喵微微皺了眉，再度發出讓我全身更毛的話語。

妖怪死了不是就歸塵土了嗎！爲什麼還要比幽靈更難處理啊！

幾個人一邊聊著，慢慢地穿過了玄關走廊，第一個出現在我們眼前的房間是在右側，有個已經拆壞一半的紙拉門，只是拉門上的糊紙早已不見了，只剩下木框淒冷地掛在上頭。

那是一個很大的房間，其中一面牆同樣也是壞的拉門，另兩邊是實牆，上面有著灰塵與不明的黑色痕跡，有幾個像是釘痕在上面，不過也磨得幾乎快要看不出來是什麼了。

房間很暗，只有像是走廊一樣幽紅到近乎看不見天花板的燈光。

就在我們全部踏進房間的同一秒，一個搖曳的藍色火光猛地在角落已經廢棄的燈架上燃起。

「啊——！」我馬上抓著前面的萊恩往後退了一步。

拜託你們既然是妖怪就用妖怪的方式出場好不好，我討厭鬼我恨鬼！我不要這種活像會被幽靈詛咒的現場啊！

「那個只是燈。」萊恩說出了經典廢話。

我當然知道那是燈，可是那個燈亮得太不自然了你沒有注意到嗎！

「漾漾你之前不是出過很多類似妖怪幽靈的任務嗎？應該習慣了吧。」千冬歲看了我一眼，這樣說著。

「那個都看得到啊……」知道是什麼東西就沒啥好怕了，可是問題是這個連是什麼都不知道好不好！

「不都一樣嗎？」

「一點都不一樣。」別拿我跟你們這些不正常的人相提並論。

藍色的燈火將房中映得更亮了一些，但與先前的紅摻雜在一起顯得格外詭譎，好像在兩種顏色交錯之間會跑出個什麼來。

千冬歲走到房間正中央左右看了一下，「這裡沒什麼東西。」他往另一邊房間看去，更裡面的房間幾乎在同一瞬間點上了藍色的火焰，像是有什麼東西在開路一樣，「不過看起來大概我們多找一下就會找到一些東西了。」他推推眼鏡，一瞬間從靈異片升級爲傳說中的偵探片。

萊恩往前走一步，我就跟在他後面一步。

好恐怖這個地方，好像一個不注意就會出現什麼東西一樣。

就在我這樣想的同時，某個細微的聲音直接從我的腳邊啪噠一聲傳來，有個涼涼的東西貼在我的褲管邊。

……

這種時候低頭就輸了……

「漾漾，你的腳……」喵喵指著我，大大的眼睛看著下面。

所有人都回過頭看我。

半秒之後我輸了，因爲我低頭。

有隻人骨手穿破腐敗的木地板，抓在我的腳上。

「啊啊啊啊啊啊啊啊啊啊啊啊啊啊啊啊──！」

這裡有鬼啊！

※

我整個人頓了一下，差點咬舌自盡。

那隻人骨手把我的腳往下一扯，我整個人單腳踏進去那個洞裡。

好痛！

我感覺到有木屑刮在腳上。

最恐怖的還不是痛，而是有種謎樣的觸感一直在搓我的腳，而且還越來越多……我不要被幽靈性騷擾啊！

「不要掙扎！」離我最近的萊恩馬上抓住我的手往上拉。

如果換成是你我打賭你也會掙扎！

用力把我一扯，萊恩直接將我從那個木板洞扯開了好幾步的距離，我低頭一看那隻腳，整個人都毛起來。

我的腳上還掛著一隻手，不是剛剛那種人骨，而是已經爛一半的人手。

……我昏了。

我看見七彩霓虹燈在旋轉……

「漾漾！在這邊睡著會死的！」千冬歲直接衝過來抓了我的領子啪啪地呼了我兩巴掌讓我當

場順利清醒過來。

同學！你是在公報私仇嗎！

「這下面有東西。」萊恩一把將我從地上拉起，將我腳上的人手踢開，整個地板下開始有了細微的騷動，感覺好像有什麼東西正在一步一步走著。

「漾漾的腳受傷了。」醫療班的喵喵撲過來拉住我另外一隻手，職業道德馬上啓動，「讓我先消個毒吧。」

被喵喵這樣一說我才意識到我剛剛掉入破洞的那隻腳整個都在發痛，低頭，看見腳踝處斑斑駁駁都是血跡與刮傷。

萊恩鬆手，和千冬歲警戒地注視著地板。

喵喵拉著我在牆邊的角落坐下，「漾漾，你忍耐一點喔，喵喵身上沒有帶藥只有一點消毒的東西。」說著，她拿出一個小玻璃瓶子轉開了瓶蓋，將裡面的透明液體倒在我的腳傷處。

那一秒，我看見我的腳傷處冒出了白煙。

喵喵！妳不會把王水看成消毒水了吧！

我馬上把腳抓過來看，意外的是腳居然沒有腐蝕，反而是肉裡面嵌著的那些木屑灰塵什麼的一點一點地開始消失，白煙就是這樣冒出來的。

「這樣傷口就會比較乾淨了。」喵喵拿出手帕幫我把傷口擦拭乾淨，動作溫柔體貼得讓人感動，「哪，喵喵先用術幫你治療好了。」說著她騰出手覆在傷口上，我只看見一點點小小的綠色光芒，等她移開手之後，傷口已經奇異地消失不見、連一點痕跡也沒有了。

好厲害啊！

雖說之前曾看過夏碎學長他們用過類似的招式，可是這樣近看還是覺得好厲害。

「好像要來了。」千冬歲打破短暫的感動時光，讓我們全部回到現實，地板下的聲音逐漸增大，像是有人用力踩踏的樣子，「漾漾，你們快往另一個房間過去。」他指著相連的另外那間。

我立即和喵喵站起身，「走吧！」萊恩跑在前面，我們立刻跟上去。

同一秒，入口處的地面、也就是我剛剛被拖下去那裡猛然發出劇烈的聲響，整個木製地板轟然一聲被自下往上打破，一具半腐的屍體以蜘蛛般的姿勢四肢著地從底下爬出來，黑色的血液以及屍水什麼的四濺得到處都是。

一股濃濃噁心的臭味馬上傳來。

「降神，天地玄火四方起，洗淨不潔之物歸陰地。」還留在原地的千冬歲立刻反應，他抽出了三角的符紙，紙張的尖角燃起白色的火焰，「滅！」語畢，白火打上了活屍，不用半秒活屍馬上熊熊燃起巨大的火。

數秒之後，屍體再也不會動了，整個倒在地上，同時白火也跟著消失。

千冬歲走過去翻動一下殘屍，「嗯？這具屍體被詛咒過？」他老大完全沒有顧忌地就把人頭拽下來舉高給我們看。

好孩子千萬不要學習。

我看見那顆人頭的嘴被鐵線整個縫起來。

這樣子好像是某種民族獵人頭的那種感覺耶……

把人頭拋開，千冬歲走過來，「看來羅莎林館受害者的死因很有意思，爲了防止死者給予詛咒，所以才會用術法編織成的線縫住死者的嘴。」

好……討厭的做法。

就在千冬歲走回我們身邊同時，地板下又開始發出聲音。

「聽從我的命令，封門無赦。」喵喵將兩邊的木門框拉起，用了一個我好像在哪邊聽過的咒語，門上轉開了小小的光陣然後消失，下一秒剛剛那房間的聲音就淡去，「我們快點繼續走下去找其他的線索吧。」

我完全同意。

左右看了一下，這個房間和剛剛那間大同小異，只是多了不曉得放多久的擺飾桌以及倒在旁邊的木架。

「這裡也沒有可以當作線索的東西。」千冬歲左右看了一下，抬頭，前面還有新的房間和拉門。

感覺上這裡的房間就是這樣一直連過去的只是用拉門作隔間而已。

外面的走廊之後好像是庭院，很大，有幾棵沒人照顧已經死亡的枯木，其中一棵枯木下有著古井；不過幸好古井上面蓋著一塊大石板，不然我要提心吊膽的東西就又多了一個了。

就在我們大致把房間轉了一圈之後，地板下又開始發出奇怪的聲音。

有了剛剛的經驗，我覺得我們現在應該做的事情就是落跑。

「奇怪了，為什麼他們要一直攻擊我們？」千冬歲皺起眉。

當然因為這裡是鬼屋、死人不攻擊活人不然要攻擊什麼啊你告訴我！

……我覺得我可能已經有點陷入歇斯底里的狀態了。

「會不會是下面有什麼？」萊恩看了自家搭檔一眼，這樣說著。

下面只有一堆活屍啊兩位老兄。

「打開看看就知道囉。」喵喵天真無邪的笑容看起來格外燦爛，絲毫沒有她正在說著恐怖事情的自覺。

拜託你們千萬不要打開！

我往後倒退一步，現在已經十萬分後悔進來這個鬼屋了。

千冬歲蹲下用手指輕輕敲了幾下地面，同時下方也傳來像是走路一般的踩踏聲，「應該沒錯。」語畢，他取出一張三角符貼在地板上。半秒後地板整個轟然一響，被炸開了一個大洞。

一股更濃厚的臭味傳上來。

地板下出現了好幾具已經停止動作、像是剛剛一樣的活屍，四肢著地臉朝上，散著異樣光芒的眼珠翻翻轉往我們這邊看著。

……我不玩了……好可怕……

學長你們真的很變態……爲什麼好好一個鬼屋要弄成這樣……一般正常的鬼屋不是應該鬼在左右兩邊而中間一條安全路線讓參觀者平安通過的嗎？

「降神，天地玄火四方起，洗淨不潔之物歸陰地。」

在底下的活屍還沒來得及動作，千冬歲快了一步召出白火像是剛剛一般火燒地下的活屍，幾個聲音傳來，屍體紛紛倒地不動。

「這裡的屍體也一樣。」萊恩跳下地板，將幾具屍體翻開之後說著，「這想傳達什麼？」

「大概是當年羅莎林被滅館一事不是一般強盜所爲。我想……可能和高權勢力有關係。」蹲在洞旁，千冬歲這樣說著，「畢竟如果是強盜殺人不可能大費周章把屍體的嘴巴都縫起來，除非是仇殺，再來能想到的就是政府或是貴族的暗幕了。」

你們想好快啊同學……

「這底下有東西。」萊恩看著地板下的那面，伸手往木板下方抓了幾下，拋了一個長型的盒子上來。

那是一個大概二十公分長的盒子，扁扁的、木雕的盒子。不過上面有著黑色像是被火燒過的痕跡，盒子看起來非常古舊，有歷史的味道。

「應該是飾品盒。」千冬歲端詳了一下，打開了那個盒子。

木盒裡裝著一支短簪，簪上有著木花球，看起來很普通。

第十一話　真正的鬼屋

地點：Atlantis
時間：上午十二點三分

藍色的火焰在跳動。

「還有一封信。」千冬歲翻開盒子下面，取出了一張泛黃的摺紙，小心翼翼翻開之後看見上面有著幾句短短的字句，「沒有署名，不過應該是有人送給羅莎林主人的信箋。上面寫著一些讚頌容貌的語句。」

讚頌容貌是嗎？

那不就是情書！

收好木盒，千冬歲站起身，「這個應該算是線索吧，我們繼續走看看還有沒有其他東西。」

幾個人又繼續往下一個房間移動。

這個屋子很大，大得讓我快要以爲這個不像是教室改建的地方。

庭院依舊很安靜。

接下來我們連走了幾個房間都沒發現什麼東西，大部分都是空蕩蕩的，偶爾有個舊架子什麼之類的，連地板下都沒有聲音了。

走出整排房間之後，我們再度踏上了長長的走廊。

「好像到主屋範圍了。」隨著千冬歲這樣說著，出現在我們眼前的是更大的房間拉門，這次與剛剛其他地方不一樣，拉門上還有紙糊著，只是破爛的地方也不少。泛黃的門紙上有著不明的黑色痕跡。

喵喵往前一步拉開了拉門，同一秒，整間屋子兩側燃起了一整排藍色火焰。

「看來重頭戲在這裡。」

我看見出現在眼前的大房間，與別的小房間不同，這個房間的擺飾幾乎全都還在，櫃子、書畫、裝飾甚或墊子、榻榻米都有。

地面上的榻榻米幾乎是黑色的，像是有著什麼東西覆蓋在上面。

櫃子上有花盆，花盆上插著枯萎扭曲到看不出原貌的植物，牆上的書畫大部分都是傾斜的不然就是已被撕裂，有的甚至已經掉落在地板上。映著藍色的光，書畫上有著一個一個黑色的手印，看起來怵目驚心。

在我們眼前的屋子盡頭中央有著一扇屏風，一扇華麗至極、幾乎與房間格格不入的古典大屏風。

而屏風前面有張椅墊，椅墊上放著一個娃娃。

那種我在電視上看過的女兒節娃娃，不過這個娃娃大了一點，幾乎就和一般正常小孩差不多大小，靜靜地站在椅墊上，藍色的火焰映照在她白色的臉上，看起來整個很詭異。

「這是第二個線索嗎？」喵喵走過去，上下打量著娃娃，「好可愛喔，她的衣服好精緻。」說著低下頭去看衣服繡工。

這東西哪裡可愛了！

等等，爲什麼我會覺得這個娃娃好眼熟、好像在哪裡看過？

那張臉明明完全就是陌生，可是我覺得娃娃的打扮……

就在我思考的同一秒，我看見一個巨大的喉嚨出現在喵喵頭上。

「喵喵！小心！」同樣發現的萊恩大喝了一聲。

不過爲時已晚，帶著尖銳牙的嘴整個往喵喵腦袋蓋下去，連讓她回過頭反應的時間都沒有。

情況整個危急，那一秒我情急之下馬上衝著鬼娃娃大喊——

「小亭！不可以吃人！那是壞小孩會被夏碎學長討厭！」

鬼娃娃的嘴巴馬上收回去，轉出熟悉的金眼，然後舉高手，「小亭最乖沒有吃人。」

整個空氣有一秒停頓。

那瞬間我突然發現一件事情。

其實、黑蛇小妹妹妳根本不適合當鬼吧？

❀

一群人通通愣住了。

剛剛才從蛇口下逃生的喵喵馬上衝到千冬歲後面看著那隻居然意圖想吞掉她的「熟蛇」。

「赫！不對！主人明明說過看到人吞下去就對了。」後知後覺的黑蛇小妹妹叫了一聲，然後轉過頭看我，「你騙我！」

我不騙妳喵喵還活得了嗎！

「反正你也是人，我吞你就對了。」自己在腦袋裡不曉得做了什麼奇怪的折衷，黑蛇小妹妹拖著她長長的衣襬往我走過來。

我突然可以體會到什麼叫作生死一瞬間，「妳……妳吞我以後，以後妳就少了一個地方可以吃東西。」

很明顯，黑蛇小妹妹居然真的止住腳步了，而且一臉天人交戰的表情，「那、那算了……」

「吞別人也一樣！」在她把視線往另外兩人移過去之前，我搶先了一步說。

小亭的臉皺起來。

「那你們給我咬一條手臂好不好？這樣我可以跟主人說我在吃的時候你們逃跑了。」本來鬼娃娃臉正在轉回原來臉的黑蛇小妹妹開始討價還價了起來。

「妳不吃我們的話等等我請妳去點心屋吃點心。」注意到黑蛇小妹妹的弱點，喵喵很快地接腔。

「好！那你們快走，我假裝沒看到。」小亭不用思考時間半秒就同意了。妳這是怠忽職守吧小妹妹。

「等等。」千冬歲走過來，頭也不回地朝自己的搭檔伸出手，「萊恩，交出來。」

「什麼？」後面的萊恩一臉問號。

「你剛剛藏什麼不要以爲我沒看到，交出來。」推推眼鏡，千冬歲用一種不容辯駁的口氣。

萊恩用受傷的表情慢慢從口袋拿出一個竹葉包。

是說，那個東西怎麼看怎麼眼熟……等等！不就是剛剛點心屋賣的特製飯糰的其中一種嗎！

你沒事去摸一顆飯糰放在身上幹什麼！

接過飯糰之後，千冬歲靠近口水已經快流出來的黑蛇小妹妹，然後有一下沒一下地拋著手上的飯糰，傳說中應該是要吃人的座敷妖怪的眼睛也跟著一上一下地盯著，「我問妳幾個問題，妳好好回答，這個就給妳。」

我幾乎可以聽到萊恩在心中吶喊不要的聲音。

「嗯嗯嗯。」黑蛇小妹妹拚命點頭，「快問。」

「妳知道有關房子的線索嗎？」千冬歲第一個就是問相關的事情。

小亭搖搖頭，「不清楚，小亭第一次來。」

「妳之前在蓋的時候沒來過嗎？」

「這裡不是蓋出來的。」黑蛇小妹妹搖頭否認，「之前就有了。啊，對了，小亭有聽主人說過好像有什麼東西在屋頂，可是不曉得在哪邊就是了。」

「屋頂？」

我們四個人全都抬頭看著黑壓壓一片的正上方。

屋頂的範圍會不會太廣一點！

等等，我注意到黑蛇小妹妹剛剛說的話有點問題，「妳說這不是蓋的房子？不然學長他們怎麼弄出來？」幻覺組合屋嗎？

「這個房子本來就有了啊。」小亭笑得非常天真無邪可愛，「剛剛入口接過來這裡的，主人他們和這裡的主人商量，所以把通道接到這邊來。」

這麼說……

「這裡是真的羅莎林館？」我愣了，完全愣了。

「嗯，對。」小亭用力點頭。

……我們被傳到真正的鬼屋了！

學長！你們班到底都在想什麼啊！

「羅莎林館不是已經消失了？」千冬歲開始追問他的專業領域，「據說已經變成廢墟無人知曉了。」

「小亭也不曉得，反正小亭到的時候就已經是這樣子了。」黑蛇小妹妹繼續搖頭。

「好吧，拿去。」問完大概想要的資訊之後，千冬歲就把飯糰拋出，還沒落地就已經被黑蛇小妹妹跳起來一口吞掉。

說眞的，這種動作好像在餵食某種我很熟悉的寵物。

「那現在要怎麼辦？」萊恩走過來，視線還在看把他飯糰吞掉的黑蛇小妹妹，「上屋頂？」

「如果線索在上面的話，應該還是得上一趟屋頂吧。」環著手，千冬歲這樣說著，「喵喵，你們要在下面等嗎？」

我看到喵喵一秒搖頭，既然她都搖頭，我也趕緊跟著搖頭，如果都沒人要在下面我也不想跟黑蛇小妹妹作伴。

所有人一致往外面的走廊看去，還是那口井和荒涼的庭院。

外面的天空整片都是黑色的，連一顆星、一點月光都沒有，黑暗得像是墨汁一樣，讓我也有點不太想出去，尤其當在知道這裡完全就是個眞正鬼屋之後。

「那好吧，大家一起上去屋頂找看看。」

⁂

離開小亭所在的房間之後，我們一群人出了走廊走向屋外。

庭院比我剛剛想像的還要冷……不，與其說冷、還不如說是陰，有種讓人打從腳底發毛到腦頂的冰涼感覺。

「這裡陰氣好重。」千冬歲左右看了一下，抬頭看著已經快埋在黑暗裡的屋頂。

是說，鬼屋裡不是陰氣重，難不成要陽氣重嗎！

「不要浪費時間，趕快找一找再說吧。」萊恩紮好頭髮，往上一跳，攀住屋簷之後向上一翻，不用幾秒人已經上了屋頂。

整個感覺好像在看雜耍，讓我很想拍手叫好。

「漾漾，先幫你上去吧。」千冬歲走過來，拍拍我的肩膀。

千冬歲果然不愧是小型圖書館，居然連我百分之百上不去這件事都建檔在他腦袋裡，「你、你要怎麼幫？」不過已經有好幾次血淋淋的教訓，這讓我相當懷疑他們所謂的幫忙法是怎樣。

「你踏我的手，我把你托上去。」千冬歲微微半蹲著，然後手掌交疊。

喔喔，這個我有看過，就像電視上表演的翻牆嘛……

問題是就算你托我我還是翻不過去吧！

「踩上來就對了。」過了幾秒，千冬歲開始催促著。

「喔……」我小心翼翼地伸高右腳往他的手上踩，通常經驗告訴我最好閉上眼睛才不會體驗到可怕的光景。

就在踩上那一秒，千冬歲突然用力整個把我往上抛，我連閉眼睛的時間都來不及就整個人被往上抛高，還沒尖叫出來旁邊就有個拉力把我往屋頂上扯過去。

「下次上來要往裡面一點，太外面會摔回去。」出手相救的是已經上屋頂的萊恩老大，他鬆手把我放到屋頂上。

如果我可以自己要往裡面就往裡面的話……我絕對百分之百願意配合。

後面傳來一點聲響，千冬歲和喵喵前後也翻上屋頂站好，一點困難都沒有，「我們兩個兩個一組分開找比較快，單獨一人落單危險比較大。」幾乎已變成首領的千冬歲一發言馬上被通過。

「喵喵要跟漾……」

「漾漾和我一組，走吧。」萊恩直接抓住我的後領往另外一邊走。

「萊恩最討厭了！」後面傳來喵喵的直接抗議聲。

完全無視的萊恩繼續拖著我直直向前走。

說眞的，可不可以給我一點選擇權啊……

一踏出原地，我馬上就注意到這個屋頂不好走，傾斜就算了，整個屋頂有某程度的破爛，一踩下去不是發出奇怪的聲響就是有個洞、不然就是一踩就壞，隨時有種你會踩破屋頂摔回屋子裡的感覺。

相較我戰戰兢兢的走法，旁邊的萊恩走得很順，好像完全沒有障礙一樣，很快就領先我一大段路了。

說眞的，這種屋頂上也沒什麼可以藏東西的地方嘛……眞不曉得上來這邊要找什麼，連個目標物都沒有。

按照慣例劇情，應該在我們走了一段路之後馬上發生事情比較像鬼屋吧。就像剛剛在下面也一樣，不然只是在屋頂上走感覺還挺空虛的。

才剛一閃神，抬頭時我看見萊恩已經變成一小點了。

剛剛千冬歲不是才說不可以落單嗎你還走那麼快幹嘛！

正想加快速度跟上去，某種斷掉的聲音啪地一聲從下面傳到我的耳朵裡。

根據慣例，我知道這個絕對不是什麼好聲音……

硬著頭皮，我慢慢低頭往下看，看見了屋頂破洞下有個白白的東西被我踩斷……重點是，那個白白的東西好像在動。

往後退了一步，我很想當場大叫看看能不能把那個腿長不知道要走到哪裡去的傢伙叫回來。

屋頂上被我踩斷的，是一截人骨的尾指，其他四指還慢慢地從洞裡伸出來，攀著屋頂破洞。

這時候我應該怎麼辦這時候我應該怎麼辦！

把它剩下的手指全都踩斷嗎！

要是它突然衝出來找我詛咒報復怎麼辦？

就在猶豫不決之際，我看見破洞中出現了一個黑黑的洞。

要是現在我手上有眼球可以塞的話，我會告訴你那個是眼睛的黑眶……

那個東西在下面晃了幾下，黑黑的眼眶猛地出現詭異的光。

現在怎麼辦？

戳瞎它的眼嗎！

我按著手環，準備送它顆子彈先。

「漾漾！後退！」

※

我看見一柄紅色的刀直接飛過來，然後插在我的腳前面。

愣了三秒之後，第一個浮現在我腦袋的是……同學，你想藉機殺人是嗎！

那個眼熟到不行的幻武兵器一看我也知道是從誰那邊飛來的。

就在我正在想要不要算帳的時候，屋頂下被刺穿的東西發出了奇異的細微哀號，接著整個往下掉，手指骷髏什麼的都不見了，紅刀依舊還插在原地，四周起了一小圈焰火。

我連忙往後退了幾步，再不退的話等等變成火燒人的應該是我。

本來已經快消失在屋頂一角的萊恩不知道什麼時候折回來，一把抽起了紅刀，「找到了。」

找到？

「找到什麼？」

他伸出手張開，有個銀銀的掛飾出現在我眼前，有點像是女孩子的耳環那一類的東西，只有單一只。是說誰沒事會把耳環往屋頂丟啊？

「怎麼了？」大概是聽見聲音，也匆匆趕來的千冬歲和喵喵詢問著。

「有東西跑上來了，可能還有其他的。」把耳環拋給千冬歲之後，萊恩轉動了手上的紅刀，幻武兵器直接消失在空氣當中，「你們那邊找得怎樣？」

「喵喵找到盒子了。」站在一邊的喵喵拿出一個和剛剛的長盒子很像的盒子打開，裡面擺著一只手環還有一封信，「這封信的內容也是和剛剛類似的東西。」

也是情書？

「兩個盒子裡都是讚詠的書信和飾品，不過這一個的字跡跟剛剛的不同。」千冬歲這樣說著，「目前看見的都是讚詠的盒子，代表羅莎林館主人在某一時期相當受到人類的愛慕，但是如果她不是人類的話，這些東西還存在嗎？」

「她最盛是前期還是後期的事？」萊恩這樣問著。

「根據我所知道的，她活著的期間都相當受人尊敬愛戴，應該說沒有衰弱期。」環起手，千冬歲微微皺眉，「不過這樣就說不通了，如果她不是人類，怎麼可能所有的人類都會接受她……除非，沒有人知道她不是人類？」

沒有人知道嗎？

這不就跟很多傳說故事很像？

以前我也常聽到什麼狐啊蛇啊的故事，牠們也常常變成人類，不過故事到最後都被揭穿就是了。

「漾漾認爲怎樣？」喵喵突然看過來，嚇了我一大跳。

「呃……沒有特別覺得怎樣……只是覺得好像一些傳統故事，像是『白蛇傳』還是『白鶴報恩』那類的……」搔搔頭，我也不曉得要從何說起就是了。

啪地一聲嚇了我一大跳，轉過頭，我看到千冬歲擊掌的手還沒收回去，「那就對了，應該是白鶴報恩那種。」

白鶴報恩？

拔羽毛那個恐怖故事嗎？

羅莎林館的主人不可能拔羽毛來蓋房子吧！

「我大概知道答案了，我們先回到剛剛那個房間去吧。」自己知道答案不管別人完全不知道的千冬歲同學催促著。

「可能沒那麼簡單。」萊恩停下腳步，突然冒出這樣一句話。

就在他講完話的那一秒，某個聲響轟地一聲在我們後方響起，跟著出現的是一小塊被打飛的屋頂，一隻白骨手直接穿透出現在我們眼前。

四周不一地出現一樣的聲音，好幾隻人骨手像是發芽一樣長出屋頂上，然後掌貼上屋頂，一具一具的人骨像是慢動作般往上爬出來。

「第二批攻擊也過來了。」喵喵看著左右的人骨，抽出一張黑色符紙，「大家不要戀戰，我們快點到下面去。」

我百分之兩百同意。

「漾漾，先下去。」萊恩一把抓住我的領子，抽出剛剛那把紅色的刀往前面幾具骷髏揮去清開路之後，扯著我往下跳。

下去我可以自己來的啊——

咚地一聲，還沒心中吶喊完我已經著地了。

「屋頂上好像有不同的結界，那些骷髏不會下來。」抬頭看著黑色的屋頂，萊恩緩慢地這樣說著。

就和剛剛腐屍也沒上屋頂是一樣的意思嗎？

幾個聲音傳來，順利脫困的喵喵和千冬歲也紛紛下了屋頂收起手上的兵器，「時間也差不多了，再不趕快離開這邊我們今天鬼屋就玩不完了。」

對喔，這樣一說，我們進來也有好一陣子了。

不過話又說回來，怎麼到現在都還沒看到其他玩鬼屋的人？

跟一般在外面被砍死的人不一樣，剛剛不是好幾個聽說是黑袍的人也要進來玩嗎？

我就不信黑袍也會被門口的東西砍死。

※

「欸，你們有沒有覺得那口井怪怪的？」

喵喵的話讓我立刻回過神。

井？

所有人的視線馬上轉到庭院裡那口被封死的井。

「的確是有點怪。」千冬歲推推眼鏡，「一般沒用的井旁邊應該會有雜草藤蔓爬生，這口井外面倒是很乾淨，不像已經被荒廢多時的地方。」

你沒事看那麼清楚幹嘛……

就在所有人猛盯著井看的時候，某種東西緩緩地從上面垂落下來。

就好像在看鬼片一樣，有個被倒吊的人一點一點地出現在我們的視線中，倒的髮在封住井的石頭上散開，半腐爛的眼眶掉出了眼球，破碎的古老和服覆蓋了它一半的臉，那顆眼球毫不客氣地死盯著我們這邊。

往上移動視線，它不曉得被誰倒綁在枯樹上，就好像它原本就該在那裡一樣。

我吞了吞口水，很想假裝什麼都沒看見轉頭往後走。

「既然那邊都出現了，代表那邊一定有東西。」千冬歲完全無視於倒吊的那個可能是惡鬼的事實，猛地抽出白色的三角符，轉手變成匕首直接往那隻鬼射去。

倒吊的鬼整隻被射飛出去，消失在井後方。

我說……你們好歹也尊敬一下死者好嗎？

進到鬼屋看到鬼啊啊啊啊地轉頭往後跑應該是常識吧！你們怎麼可以看到一個打一個，鬼會嚇人嚇到很沒尊嚴的！

萊恩大步跨過去，非常乾脆地就拆了封住井的東西，一點也不怕下面會有手還是什麼可能把他拖下去、非常乾脆地探頭往裡面看，「裡面有東西。」說著，他伸手下去撈了一下，抽了張紙出來。

千冬歲和喵喵直接靠過去看，雖然我對井有點怕怕的，可是我更怕一個被丟在這邊，只好也跟著湊過去。

那口井其實並不深，仔細講的話應該是本來很深、不過不曉得爲什麼被塡平了，從這邊往下看只看到差不多三、四十公分的凹穴，上面貼滿了紙，萊恩手上的就是其中一張。

「這個是驅魔咒。」接過紙片端詳了一下，千冬歲這樣說著，「用來防止一切不乾淨的事物發生。」

那很顯然一定沒有用，因爲到處都很不乾淨。

「在井裡貼滿符咒是嗎？」喵喵接過那張紙片看了一眼，遞過來給我，「那麼屋子裡應該也有，大概是因爲年代久遠不見了吧？」

「應該是。」千冬歲點點頭，「符咒上看起來不像一般人家會用的東西，應該是貴族們和除靈師所有，會把井封起來又這麼大費周章只是怕被作祟。每個年代做了虧心事的人都差不多是這種樣子……」

說眞的，看他們這樣在討論我還眞怕等等他們的結論是要把井也順便挖開看看。

我們並沒有那麼多時間啊各位同學們！

不過幸好千冬歲沒有說出這個讓我害怕的答案，「既然這邊也是的話，那麼問題就解決了，我們先回到剛剛的房間再解釋吧。」

我連忙把紙丟回井裡。要是萬一不小心忘記帶走，搞不好下一個被詛咒的就是我了。是說，謎底真的在我不知不覺中被揭曉了嗎？

四周一片靜悄悄。

「漾漾，要走了喔。」喵喵拍了我一下，然後跟著其他兩人快步往屋子方向走去。

「喔喔。」我連忙追了上去，才剛跑兩步又想起一件事情。

你們不用把井封回去嗎!?

要是有●●爬出來怎麼辦！

❀

跟著那幾個人快步跑回剛剛的房間，還沒踏進去之前，迎面我就先看見一個大大的喉嚨從門口罩出來——

「住嘴！我們解開鬼屋謎題了！」動作很快的千冬歲往旁邊一閃，剛好讓小亭落空。

黑蛇小妹妹眨著無辜的眼睛看他，「可是主人說見一個吃一個，沒說解開謎題就不能吃。」

現在是這個問題嗎！

「我們剛剛說好囉，妳不吃我們待會兒我們請妳去點心屋吃點心。」喵喵馬上使出了食物誘惑攻勢；我好像可以看見萊恩剛剛失去心愛之物的怨恨目光。

「好，不吃你們。」小亭居然眞的一秒把嘴巴給閉起來了。

妳已經怠忽職守第二次了啊小妹妹。

解除吞食危機之後，千冬歲慢慢地走進房裡，萊恩就跟在他後面戒備以防還有其他東西衝出來：「我們知道謎底了。」他這樣說著，我們眼前那扇華麗的屏風突然震動了一下，後面燃起一盞燈火，有個女人正坐的影子倒映在那屏風的上面，「來自於異界的主人在首都造成了轟動，成爲最知名的交流之地，建立了偌大的住所供人來去。妳愛的人們對妳遞上讚頌，他們被異界主人迷惑，然後是身分特殊的人迷戀……」

還沒說完，屏風後突然傳出了某種像是哭泣的聲音，但是那個女人的影子卻一動也不動。

頓了頓，千冬歲微微皺了眉，不過還是繼續說下去：「從我們找到的東西來看，餽贈物品者都有一定高等的地位，是不是在那些人當中有人發現異界主人的面目，驅動了人密謀將羅莎林館毀滅。異界主人被焚燒後不會留下屍體，可是妳的精神卻還在，是爲了等待那個出賣的人嗎？」

哭泣聲變大了，然後千冬歲沒有再講話，室內沉靜得只聽到那個悲傷的聲音。

所以，這就是很單純的人類愛上了妖怪、卻毀滅妖怪的事件？

「我愛的人們……」哭泣的聲音停了，取而代之的是個女人清晰的聲音：「我愛的人啊，我爲他前來此地，拋棄了花之主的身分。我爲他建立此地，讓他掌握此地，可是爲什麼他們要如此對待我們呢？」

「羅莎林館中的其他人根本沒有任何過錯……爲什麼？」

只因爲是妖怪，所以被滅盡。

我突然感覺到這個館邸屬於過去的滄桑，地板上的黑色、牆上紙上的手印都訴說著不公平。他們可以笑、可以交好也可以在此留連相陪，但是一知道眞相了，往日不再，就好像從來沒認識過這妖怪一樣將他剷除。

這樣，太不公平了。

「倒映在河上月下的紅之華……風的聲音如此沙啞，輕輕撫上亡者的臉……」沒有回答那個女人的聲音，千冬歲低低地吟出了短句，卻是我十分熟悉好像在哪邊聽過的那種詞句。

女人的影子突然動了，緩緩地好像把臉對著我們這邊轉過來。

「拋棄了花之主身分的主人，那是蝶妖爲悲傷的您留下的歌。」看著屏風後，千冬歲這樣告訴她：「倒映在河上月下的紅之華，風的聲音如此沙啞，輕輕撫上亡者的臉。站在岸上月下的紅之華，妳的歌聲如此蒼涼，低泣著亡魂的悲傷。妳看模糊在河中的月暈光，上面有著紅花瓣，滴落河中的赤染，勾動了誰的牽掛。彼岸的花，思念的他，骸骨遺落、水淵下。」

我想起這首歌我在哪邊聽過了。

那是在蝶館聽到的歌曲。

女人的聲音停止了很久，什麼話也沒說，好像那個影子就固定在那邊了。

小亭走過來，拉了一下我的衣服：「她說你們可以過去了。」

可以過去了？

千冬歲和萊恩一聽到之後就往前走，我和喵喵馬上跟上去，黑蛇小妹妹就站在原地哼著歌。

繞過去之後，只看見屏風後什麼人也沒有，那影子還投射在屏風上，活像是被剪貼上去的人形而已。

就在我們有點弄不清楚她的用意之際，地上突然啪地一聲平空掉下來一樣東西。是一個小盒子，打開之後裡面裝著四個金銅色小鈴鐺圈。

「你們過關了。」女人的聲音這樣說著。

「這樣就可以了嗎？」千冬歲看起來有點驚訝，該不會他本來還想講解吧？

「這樣就可以過關了。」再次重複，女人的聲音已經變得很平穩：「在之前羅莎林館被解除時，另外一位黑袍先生也帶了同樣的歌來，所以您無須重新解釋一次。」

她說的人我想大概是學長吧？

「嘖。」千冬歲把鈴鐺分給我們。

「這是配合鬼屋活動而來的羅莎林館，我是這裡的館主，在此敬祝幾位順利走出鬼屋，非常高興能夠與你們見面。」

女人的聲音還沒說完，我們四周的景色就已經開始模糊了，很明顯是過關之後啓動了不知道是移動陣還是移送陣的東西。

「下一關請大家要小心，那是遺落的古代戰場。」

我看見小亭在跟我們用力地揮手——

「要記得帶小亭去吃點心喔！」

然後，景色整個轉移。

※

一股冷風突然吹過來。

「好痛！」有個東西飛到我眼睛裡，用力地閉了一下再睜開之後，四周已經變成極度荒涼的景色了。

我看見的地方……

是個很大片的墓堆，一塊一塊破敗的墓碑到處散落，雜草都比人高了，而且還不斷有冷風吹來，真是好一個風吹草低見墳場的標準景象。

「這就是第二場景啊……」千冬歲幾個人左右看了一下，露出興致勃勃的表情，與我全身發毛完全相反。

冷風又猛地吹過去，把高高的草全都給吹彎了，地上還躺著好幾尊敗壞的石神像，有地藏王之類的好幾個，躺在地上的墓碑大部分都沒名字了，有的是被磨平有的是根本看不懂。

「呃，我們趕快找到路離開這邊吧。」我實在是覺得這邊很詭異，尤其學長他們那票人很可能會在這邊出現，那種可怕的程度直接往上攀爬。

「這邊沒有像剛剛一樣有提示，我猜大概跟來的時候一樣，找到移送陣就可以出去了吧。」四處張望著，千冬歲視線固定在有點遠的墓園後面：「應該是那邊，有陣法的反應。」

果然不愧和我是不同等級的人，我猜我自己來的話應該就永遠消失在裡面了吧……

「那我們快點去吧。」喵喵拍了一下手，很高興地說著。

是說我們現在是要橫渡墳墓不是要散步耶……如果這地方眞的可以安全無恙地離開那就眞的有鬼了吧。

「好像要先活動一下。」突然從旁邊出現實體的萊恩冷不防說出了可怕的話，然後開始緩緩地將頭髮綁起來——

我根本不用猜想是不是●●出現，因爲布滿墳土和雜草的土地突然傳出了吵鬧的聲音，某種破土聲很快告訴我們……大事不妙了。

「來吧，各位。」拍出了一雙黑色的幻武兵器雙刀，綁了頭毛之後的萊恩滿臉興奮與期待，好像土裡跑出來的是他失散很久的朋友一樣。

像要對上他的話，地上砰地一聲一次猛地穿出了很多人，不是、是屍體，那種爛一半有的還是骨架的喪屍。

我只是來逛鬼屋啊！不是要來玩惡靈追殺遊戲啊！

「漾漾，準備好幻武兵器喔。」喵喵衝著我甜甜一笑，然後從她的口袋裡拿出殺人凶器……錯了，幻武兵器：「與我簽訂契約之物，讓來襲者見識你的舞姿。」我看見了那雙草原屬性的爪子。

地上浮出的屍體大多穿著盔甲一類的東西，有些變成骨頭的零散地掛著幾片殘骸，還有沒有穿上的。

雖然知道這些應該都是假扮的，但我還是打從心裡覺得異常可怕啊！

這根本就是變相的資優班學生解放壓力的屠殺活動嘛！

把米納斯握在手上，我還是很害怕地往後退一步，這些鬼都是A部的這些鬼都是A部的……

就在我想著請各位學長學姊手下留情的時候，萊恩已經猛然衝出去了。幾個兵器對決的叮噹響聲把我從恍神給召喚回來，墓園裡不知道什麼時候竄出更多的鬼，每個都拿著殺人凶器往我們這邊砍過來。

我打賭他們的規則一定是要把人砍到死才算完！

對著要砍我的鬼開了好幾槍，畢竟知道他們是學長學姊們，我也不敢真的朝人射，只是打掉他們手上的刀械。

「漾漾！直接打趴他們，不然會沒完沒了！」被一堆喪屍包圍著的千冬歲接過萊恩拋來的刀，很俐落凶狠地放倒了身邊好幾具屍體。

我不敢啊！

這些都是A班的人耶！

好像打不死的蟑螂一樣，喪屍越來越多了，很快就把我們四個給衝散在高高的草叢裡，我被幾具屍體追著跑了好一段距離，已經聽不見其他人叫我的聲音了。

這座墓園到底有多大啊……學長！你們該不會又弄一個眞的墓園吧！

「好痛！」一個沒留神，我被旁邊的雜草割到手，手臂上出現了一條血痕。

我到底是爲什麼來這裡被喪屍追啊……這裡根本不是鬼屋吧……

猛一回神，我發現四周突然安靜下來，剛剛追著我跑的喪屍已經不見了。我站在一堆高過人的雜草之間，四周靜悄悄的。

「赫！」突然發現我踩在一塊墓碑上，我馬上往後一跳。

好安靜，太安靜了。

冷風吹得呼呼響，雜草不停往我身上拍，某種詭異的味道瀰漫在四周，讓我整個跟著發毛了。就算跑有一段路了，我應該還可以聽見千冬歲他們打鬥的聲音才對吧？

握著米納斯，我發現整隻手都是手汗，有點滑。

「喵喵？」嘗試著叫了兩聲，沒人回答我。

太糟糕了現在這個狀況，比被喪屍追還糟糕。至少被喪屍追還知道他們基本是個人，但是什麼都沒有的時候反而變得可怕了。

「千冬歲？萊恩？」

突然來了好大一陣風，把全部草都吹彎了。

「漾漾！蹲下——」赫然出現在我正前方十二點鐘方向的千冬歲臉色大變地吼叫。

草在風吹完之後不用幾秒就又直回去，我反射性就是抱著頭馬上蹲下，某種詭異的冷風從我脖子後颳過去，我看見有很多草被削斷了掉在眼前。

鏘地聲某種兵器碰撞聲就在我腦袋正上方響起。

我馬上抬起頭，看見了萊恩的刀在我頭頂上格下了要命的一刀。要死了，如果剛剛沒有蹲下來，我打賭我的腦袋現在大概剩下一半了！

站在另外一邊的，是剛出土的喪屍大魔王。

幾個聲音傳來，四周高高的雜草全部都被削斷，千冬歲猛然跳出在旁邊把我拉開：「眞是的，才想說都不見了大概是解決了，沒想到跑隻大的出來。」

大的、大的……

很害怕地看著這隻穿著沉重盔甲的大魔王，我有種非常不好的預感。

能夠勝任喪屍大魔王的人我猜全天下應該也只有那麼一個，雖然他本人長得不是現在眼前這種爛一半的樣子。

「漾漾！千冬歲！找到出口了！」跟我們還差有一段距離的喵喵遠遠地揮著手大喊。

原來她是跑去找出口，難怪會沒看見她來這邊。

沒個想法出來，我突然被人一把揪著後領就往那邊衝刺。

「你們不是要打嗎！」我看跟在旁邊跑的萊恩，他剛剛的氣勢明明就是要打啊！

萊恩瞥了我一眼：「那個王一看就很難打，有路幹嘛不逃！」

很好，非常好，原來是我錯了，眞是抱歉啊！

很快地，事實就告訴我們這種想法眞是太天眞了。

砰地聲一大團黑影從上面落在我們前面，把整座墓地的地面給撞出很大一個洞，硬生生地停下我們的腳步，把我們隔絕在出口之前。

喪屍王追上來了。

第十二話　雪國的傳說

地點：Atlantis
時間：下午一點十九分

我突然在想，不知道現在認親有沒有用……

「漾漾！小心！」千冬歲的聲音竄進來，然後我感覺到自己被一把拽開，鏘然的兵器碰撞聲響直接在我眼前炸開，嗡嗡的讓人有點耳鳴。

一道火花熄滅，擋下攻擊的萊恩甩著手，他的幻武雙刀有一把從中間出現了裂痕，然後在他手上倏然消失。

「居然可以用一般兵器把幻武兵器打壞。」盯著前面的喪屍王，萊恩重新拿出新的幻武大豆，換成了另一種顏色的雙刀。

「幻武兵器被打壞沒關係嗎？」我看著旁邊扯著我往後退的千冬歲。

「沒關係，有幾天不能用而已，之後修復就行了。」戒備地看著前面的喪屍王，千冬歲連連拉著我倒退了一段距離，直到我的背撞上了後面某個硬硬的東西。

一轉頭，看見倒在地上的地藏王石像。

等等，我記得這個是——

「趴下！」反手抓住千冬歲的手，我想也不想地先把人往旁邊撞倒。

千冬歲還來不及爬起來，一個砰地巨大聲響整個捶在我們旁邊，我看見有個大石頭砸在我的腦袋旁不到五公分的地方，整個人馬上發毛起來。

沒轉頭，千冬歲猛地甩了手，一個亮亮的東西從他的手掌下面竄出來，直接朝攻擊我們的東西打過去。

乓地聲，那個東西倒退了兩步。

快速地翻起身，千冬歲直接對上了那尊地藏王的巨大石像。

「千冬歲，那個地藏王……」

「我對付，你過去喵喵那邊！」很豪氣地直接甩出風符化成的刀，千冬歲直直地瞪著眼前的古老石像。

「不是，我想跟你說——」

「快過去！」推我一把，在石像做出第二次攻擊動作之前，千冬歲揮動了風的刀，奔騰的氣流直接往地藏王石像捲過去。

我突然覺得自己好像陷入某種窘境。

為什麼不讓我把話說完啊你們這些人！

退了兩步，我才想再接再厲和千冬歲說一個可怕的事實時，兩邊同時傳來轟隆巨響一聲，各對上一個人的萊恩和千冬歲同時抽出了一樣的風符兵器，爆起的風在地上劈下深刻的痕跡，裂痕止於喪屍王和石像腳前，完全沒有傷到他們一丁點地方。

「漾漾，過來這邊。」喵喵站在出口處朝我用力招手還擺出很大的召喚動作，好像我有眼盲沒看到她一樣。

「等等！」我對著喵喵喊，他們一團打起來的聲音太大聲了，喵喵後面對我說的話我都沒聽清楚，大概也是叫我快過去之類的。

喵喵在原地跳腳給我看。

我當然也知道繼續待下去會很危險，可是明明那個地藏王……

就在猶豫之間，千冬歲已經利用風符的特性將整個人給甩上了半空中，地上的石像因爲體積有點笨重，一時之間反應比不上俐落的人迅速，眼看風刀就要直接往地藏王頭上劈下去——

「千冬歲不可以！那個是夏碎學長！」

緊急之間，我也管不得鬼屋定律是不可以隨便亂揭穿了，很大聲地直接就喊過去。

蹦到半空中的千冬歲明顯整個愣掉，刀子就高舉在空中沒有動作。

逮著機會，地藏王像猛地一拳打在他的腳上，把千冬歲整個給甩了出去。

大概是反射性的動作，被石像襲擊往後摔出去的同一時間，千冬歲猛地將手上的刀給擲了出去，就往地藏王臉上射過去。

丟出去之後他自己也傻了，「快躲開——」

地藏王石像就站在原地，不知道是避不開還是怎樣，完全沒有動作。

有時候，人多事就是容易死得快。

那天的我不知道是腦抽筋了還是怎樣，反正等我自己察覺到的時候，已經是大家都在尖叫的時候了。

一股劇痛從我的背脊貫穿而來。

腦袋中一片的空白加上空白，接著有彩色的花花在旋轉。

唉唉……終於輪到我掛了嗎……

進學校之後維持這麼久才翹掉，我突然好爲我自己感動啊……

不過被刀子插到，眞的好、痛、啊！

如果可以選擇，我希望下次可以有個比較舒服的死法。

感謝。

※

我作了一個奇怪的夢。

應該這樣說吧，自從來到這邊之後，不知道第幾次作這種怪夢了，有時間應該稍微編列一下號碼。

夢裡面，我看見羽裡在朝我揮手。

他站在一片深綠色的草原上，那裡什麼也沒有，整片是深到好像可以吞噬人的綠，讓人踏在上面會突然有種不安全的詭異感覺。

見我站在原地，羽裡自己走過來了，他手上挾著一本黑皮的厚重書本，封面上用著燙金寫著幾個我看不懂的字體。

「你要去找這本書來看。」依然語氣不怎麼好親近，他站在我身邊翻開那本書。

光看我就覺得書本有一定的年代，紙張是電影上才看得見的那種羊皮紙一類的東西，有點厚度，翻開第一頁上面是一張圖，圖上畫著一個場景。

一個戰爭般的場景，有許多人，有許多血。

「我能力有限不能久留，你一定要記得，不要找錯了。」羽裡抱著那本厚書，很認眞地再度告訴我。

我想跟他講點話，可是還來不及開口，羽裡突然就往回跑開了。

那片深綠色的草原好像玻璃一樣瞬間在我眼前整個碎掉，一下子把羽裡的背影給吞沒了。

嚇了一大跳，我猛地睜開眼睛。

映入我眼中的是一整片白色的天花板。

「醒了！」

還沒反應過來剛剛是怎麼一回事，旁邊馬上就有人喊出來：「褚小朋友，你現在還有沒有哪裡不舒服啊？」

一片黑突然遮住我的視線，我愣了一下，才看見黑色仙人掌那副招牌眼鏡跟見鬼的劉海往下垂在我臉上。

「呃……什、什麼不舒服？」完全不知道他在講什麼，我突然覺得腦袋一片模糊，昏沉沉的好像剛睡醒。

黑色仙人掌把頭往後移，我又看見剛剛那片白色天花板了，他推了一下眼鏡，視線應該是看著我：「你忘記了嗎？你在鬼屋被風符之刃劈到喔，因爲整個貫穿身體，沒當場被風撕成十塊八段的算你運氣好。」

「風、風符……」

被他這樣一說，我腦袋裡的腦子突然慢慢清醒過來了。

對喔，我好像跑去擋千冬歲那把刀，可是後來怎樣了我好像全都沒印象。

感覺好像應該是頗痛的，不過才痛一秒就沒了，連那個瞬間感覺都不怎麼眞實。

……我眞的有被劈到嗎？

那爲什麼我阿嬤這次沒有迎接我！

「你如果這麼想被迎接，我可以成全你。」冰冷的語氣來自黑色仙人掌後面，好凍人啊……

我被冷到有種顫抖的感覺。

黑色仙人掌讓開身體，我這才看見整個所在地的樣子。是間空教室，大概是沒有班級用到的，旁邊堆了一些東西，有可能是用來當儲備和休息的地方。

我躺在幾張併在一起的桌子上，身體底下還有軟墊，綿綿鬆鬆的很舒服，簡直跟躺在床上差不多了。

「這是我們班的休息區。」教室裡除了黑色仙人掌之外唯一的活人就是學長，他身上已經沒有那套盔甲了，只剩下黑色的中國式武裝，黑髮綁成馬尾在後面，坐在不遠處橫瞪了我一眼。

「喔、喔……其他人咧？」我爬起身，注意到背好像還有點熱熱的感覺，有種好像使不上力氣的感覺。

「褚小朋友，你先再躺一下，傷口起碼還要等一下才會復元。畢竟風符的創傷還帶點咒力，要等些時間。」黑色仙人掌從我肩膀拍下去，直接把我拍回去原位躺。

傷口還沒復元？可是我沒感覺到痛啊，除了有點熱跟沒力……

「傷口有麻藥當然不會痛。」學長沒好氣地直接卡斷我的思考，站起來走到旁邊，讓我覺得我好像變成砧板上的豬肉一樣，「你少給我亂想！以為受傷我不會扁你嗎！」

我知道我受傷你也會扁我……失禮了，拜託你當作沒聽見吧。

「……其他人呢？」看了一下教室裡，真的沒有任何人了，我重複了剛剛的問句。

他們不會真的把我棄置在這裡吧？

「剛剛太吵了，我把他們全都趕出去了。」學長在旁邊拿了個飲料罐插了吸管遞過來給我：「夏碎說那個冬城的節目快開演了，把他們都帶過去了。」

「咦？你們不是還在鬼屋嗎？」可以自由開跑？

「我跟夏碎的班只到兩點。」

原來如此。

「冬城那個節目開始好像也有一下了，你們兩個沒打算看嗎？」黑色仙人掌看了一下手錶。

我馬上看了下手錶，已經兩點十幾分了。

「有什麼好看。」學長冷哼了聲。

你不想看可是我很想看啊——！

我期待很久……

「煩死了！」顯然腦袋噪音攻擊很有效，學長凶狠地瞪了我一眼，轉頭看向黑色仙人掌：「我現在帶他出去會有問題嗎？」

「沒問題啊，傷口應該癒合得差不多了，小心不要碰撞敲打就行。」感覺好像是別有用意地這樣盯著學長說著這句話，黑色仙人掌爽快地笑了下。

那個碰撞敲打是怎麼回事！

還沒問，突然學長靠過來一把就把我從床上拽起來：「囉嗦！快點準備一下馬上要過去。」

被他這樣一拉，我才驚覺我的力氣好像有點恢復了，稍微可以用力。

「這是產後以及重大傷病必用的強效體力恢復劑，你可以喝一點比較好行動喔。」黑色仙人掌不知道從哪邊拿了一個詭異到帶動著四周空氣扭曲的小罐子。

那個眞的可以喝嗎？還有前面那兩個「產後」的字眼是怎樣！

「建議最好不要喝，那東西還在實驗中。」學長用鄙視的眼神看了那個飲料罐一眼，給了我良心建議。

「那我不要喝好了，謝謝。」一秒拒絕。

「嘖！」黑色仙人掌發出很可惜的聲音。

不然你剛剛是想騙我喝下去嗎？那個喝下去到底會變成怎樣？

我突然有種剛剛好像在鬼門關前走了一圈的錯覺……也有可能不是錯覺！

「你把那個喝完就行了。」指了指剛剛遞給我的飲料罐，學長這樣說道。

立即拿了飲料喝，我這才發現原來學長剛剛拿給我的居然是精靈飲料。現在這個東西已經進化到罐裝生產了嗎！科技的進步眞讓人驚歎。

「歎你個頭，那是加工裝進去的，平常不可能會有這種東西！」學長看了我一眼，哼了哼，讓我不敢問爲什麼會特別加工裝這罐。

快快把飲料喝完之後身體力氣又恢復了大半些，我跳下臨時搭成的桌子床把鞋子穿好，衣物也整理好了，很渴求地看著學長。

我想看冬城我想看冬城——

「啊、煩死了，同樣的話不要重複那麼多次。」無視於黑色仙人掌投來的好奇目光，學長直接往我後腦一呼，同時腳下出現了移送陣。

「欸！說過不要碰撞敲打！」

被轉移之前，我聽見黑色仙人掌逐漸消失的這句話。

結果學長你根本沒有把別人的話放在心上嘛！

「囉唆！」

※

四周的景色不用多久就換成另外一種。

我們停在一座很巨大的建築物前，那座建築物我完全沒看過，學校裡什麼時候有這玩意了？

那是一道縮小型的白色城牆，就和邀請函裡的影像相同，只是現在這城牆上沒有人，四周的空氣好像也跟著這片白而停頓了下來。

我看著白牆，訝異地發現上面還有淺淺的雕花。

站在城牆口外有一個像是服務員的女生走過來，她身上還穿著褂袍，感覺很像中古之前的樣式，簡單但上面有漂亮的編花。

「不好意思，我們已經開演了就禁止一般觀眾入場喔，請問兩位有邀請函嗎？」漂亮的女同學這樣詢問著，語氣相當禮貌。

禁止一般學生入場……我突然有種悲傷的感覺，看來今天是天滅我也了……

「有。」直接平空拿出兩張邀請函遞給她，學長瞥了我一眼。

「那這邊請進。」微笑著收了邀請函，女同學領著我們往另一邊門走去。

學長，爲什麼你會有兩張卡？不是一個人只有一張嗎？

我突然想到在黑館時看見的。

「有人多給我的。」沒有交代來源，學長順口只給我六個字。

……眞是謝謝你的解釋。

一踏進那扇門，四周景色馬上快速變換，這個我知道，應該又是通過某種傳送的地方。不用幾秒，眼前的空間突然整個開闊起來，轟然的聲音打破了寂靜。

出現在我們面前的是一座類似以前書上看過的那種圓形劇場，可是這座劇場非常大，往下斜去的最終點是正在演出的地方，旁邊全都是座位，整座劇場已經都坐滿人了，還有些沒有位子的人就站在最後頭擠著觀望。

「這邊有幫邀請函持有者留的位子。」領在前頭的女同學微笑著帶著我們拐到劇場的二樓處，上面也到處都是人，但是座位比較鬆、有隔開，相較於下面根本就是貴賓席了。

她帶著我們到一間隔間，裡面已經有其他人了。

「你們稍微晚了一點。」待在裡面的居然是賽塔，他微笑地向那名女同學點了下頭。

「他醒太慢了。」學長哼了一聲，撇開頭。

這是我的錯嗎！這眞的是我的錯嗎！

我錯在沒有自己控制昏迷的時間是吧？

誰可以辦得到啊你告訴我好不好！

「夏碎呢？」左右張望了一下，看見四個座位上只有賽塔，學長隨口問道。

「他和其他人在一般席位。」指了下面，順著方向看過去，我果然看見早一點來的喵喵他們全都在樓下比較前面的座位，夏碎學長也在一起，和他隔了幾個位子的千冬歲不時還會偷瞄他一、兩下：「現在正好演到對魔王開戰的地方。」

被這樣一說，我才注意到剛剛一進來那聲巨大的轟然聲響全都是劇場舞台上發出來的。

現在在二樓看得更清楚，那座舞台超大的，起碼有三、四間教室那麼大了，與其說是舞台，我覺得更像是虛擬的眞實場景。

那上面，有著一座破敗的宮殿，宮殿裡外圍滿了穿著白色武服的武士。因爲之前已經聽過喵喵他們講解過大概，我猜那應該就是雪國的軍隊。

武士們包圍著黑色的妖怪，面貌醜陋的精怪齜牙咧嘴，對著武士們咆哮威嚇。

宮殿的最上方坐著一個人，一襲黑色的衣服，冰冷的面孔無趣地看著宮殿底下的騷亂，他的腳下全都是血，倒了很多衝上去欲擊殺他卻不幸死亡的白色武士。

然後，所有人的動作都停下來了。

天空飄下了透明的雪，那些武士開始慢慢讓開身體，從後方緩緩走出了打扮不太相同的人。白色的衣飾卻顯得尊貴，銀髮像是會凍結空氣般飄逸在風中。

「咦？」看清楚走出來的那個人之後，我很訝異地瞪大了眼，然後想起來我在邀請函上看見的熟悉背影。

穿著簡單盔甲的帝出現在那些武士之中，像是天空一樣的藍色眼睛直直地對上了宮殿上坐著的那人：「魔之君，這裡並非你的世界，儘速離去！」

他的聲音應該不大，但是全場都聽得很清楚，包括我們二樓也是。

等等，帝可以演出嗎？

我記得他不方便。

「這種事情還難不倒他。」在我旁邊的空位坐下，學長瞥了一眼另邊的賽塔：「不過本來雪國王子好像是找上賽塔演的。」

聽見別人在說自己，賽塔勾起了微笑，把兩手交叉在胸前像是做了個什麼樣子的祈禱手勢：「飾演過去的人太過悲傷了，我只願靜靜地觀看。」

底下傳來的囂張笑聲打斷了我們短暫的談話，我重新把注意力放回場地上，原本坐在殿上的魔王甩動了衣袍站起身，一腳踏在血紅色的地面，那些鮮紅的液體滴滴答答地往階梯落下，像是小河般蜿蜒地四處流動。

「低下的族民，全都給吾去死吧！」

轟然的聲響，宮殿的血液開始竄動著，更多那種黑色的精怪從血液裡掙扎著爬出來，原本應該是白色的武士團佔優勢，卻在轉眼之間被層層精怪給團團包圍起來。

「多說無益。」帝從手中抽出了透明的長劍，氣勢凜凜地直指著上面的魔王：「這不是屬於你的地方，讓停止的風再度吟唱、讓枯萎的花草重新生長，就算我們都就此消逝了，也勢必讓你永遠無法對這片土地做出更多創傷！」

黑色的精怪發出了叫囂的聲音，瞬間一整群一整群地就往那些白色武士們身上撲去，混戰很快展開了，兵器撞擊的聲音迴盪在整座劇場裡，全場觀眾完全不敢有所動靜，緊張地看著眼前的戰爭對抗。

白色的武士群顯然比起精怪要厲害多了，且訓練也極爲有素，很快地就將再生的精怪重新給打得節節敗退。

揮動了長劍將撲來的精怪給斬殺，帝幾乎在瞬間就出現在宮殿上方，猛然一個鏘然的聲音，劍刃劈在魔王的手上，卻沒有傷到魔王一分一毫。

黑色的王者勾出了殘忍的笑容：「無知的族民，憑這點東西想動吾？」然後，他笑了，那種尖銳刺耳讓人不想聽下去的可怕聲音。

瞇起藍色的眼睛，帝沒有露出任何懼怕的神色，只是輕輕地哼了聲，持著劍返身又往魔王橫舉的手上一劈——

這次劍刃直直落下，砍斷了一半魔王的手臂。

原本正在狂妄地笑著，猛然被劇痛驚擾停下了笑聲，魔王不可置信地看著眼前的雪國王子，像是沒預料到對方眞的會殺傷自己。

「主神曾經垂憐過我的劍刃，精靈們為它而讚頌。」一點一點地，將劍刃往前，直到刺入了魔王的額心，雪國王子直直地看著他：「而我，則付出所有。」

魔王發出憤怒的吼聲，從他受傷之處猛然噴出了黑霧：「吾要詛咒你們！」

一道光影突然由後射出，來得讓人完全措手不及，還未吐出邪惡語言的魔王頭子被那道光一劃，頭顱突然往旁不自然地移動開了。

呈現半圓的光往後旋轉飛開，直到穩穩地落在另一端另一個人高舉的手上。

那是一名有著紅棕色長髮的女性，有著后的面孔。

「而我，將一同承擔。」

她說。

⁂

魔王被殺死之後，四周精怪失去了首領，哀號著一哄而散。

然後，第一幕就到這裡收起。

「好像簡略掉不少東西。」中場的間隔時間，我聽見學長這樣說著。

「畢竟演出時間有限，不得不只挑重點了。」微笑地告訴他，賽塔往我這邊看了一眼：「對吧。」

「呃、應該是吧？」怎麼突然問我，嚇我一跳。

學長哼了哼，也沒有特別說什麼。

在休息的幾分鐘當中，有現場服務人員過來遞了茶水，服務良好。

隨著幾個音樂聲響起，很快地第二幕場景在休息過後馬上緩緩升起。

那是一座白色的城，如同我們最早看見的一樣，白色的城中宮殿兩旁站滿了那群雪白武士，宮殿是冰凝成，透明得幾乎像是空氣一樣只折射白色的光。

大概是為了讓觀眾馬上分辨出人物地位，我看見場上的人服裝都還滿明顯的，高高坐在王位上的國王就穿得有點華麗誇張了。

帝就站在王位前，已經更換了比較素雅的衣服，不是剛剛那種武裝了：「魔王之地在主神的庇祐中已經安然除去，但是被遺留下的傷害依舊存在。」

一句話畢，武士們開始細小聲議論著。

「如果不大，就無所謂。」國王如此告訴他。

站在下方的王子搖了頭，用悲傷的神色看著宮殿裡的人：「傷害已經造成，唯有儘速離開這片寧靜之地，願我雪之族在此戰之後能平和，主神眷顧著榮耀。」

幾名武士上前慰留了，不過王子依舊搖了頭，然後離去。

過場之後沒有多久，紅棕色長髮的后從另一邊走了進來，戴著美麗的花冠，走過的人皆喊著公主，然後微微行了禮。

「我爲夕之族公主，前來會見二王子殿下。」公主極爲禮貌地拉著裙襬微笑說著目的。

「夕之族的貴客，您來晚了一步。」嘆著氣，國王一臉悲傷地告訴她：「我們的王子被魔王詛咒而受苦，爲了不牽連他人，已經動身離開雪國境內。」

公主愣住了，像是不想相信一樣，過了一會兒之後才離開。

但是她並沒有絕望，在雪之國白色的道路上走著，讓跟來的隨從離開之後往另一個方向尋找王子的下落。

這次場景變化之間很快，就沒有休息了。

我盯著前面新的場景，已經變成了像是岩窟的地方。說眞的，我總覺得我根本就像是在看小型的立體電影，小劇場用這樣根本太大手筆了吧！景色眞實得可怕，還是其實他們就是眞的弄來場景？

像學長他們班可怕的鬼屋一樣。

「你很煩，看就看腦子拚命抽是怎樣！」學長轉過來，凶狠地瞪了我一眼。

呃、麻煩請無視我自己做感想好嗎，你沒必要連感想都聽吧！

哼了聲，他把頭給撇開。

應該生氣的是我吧這位先生……

我是無人權的受害者啊！

短短的片刻時間，下面的觀眾發出了小小的呼聲，跟著看過去，公主在那裡找到了面目早已改變的王子。

如同喵喵他們告訴過我的故事一樣，王子的面貌扭曲得邪惡可怕，已經不復原本好看的樣子了。但是就算如此，公主還是留下來了。

他們在那個地方待了很久很久，而後孩子出生了。

到這邊大略帶過了王子與公主一家的溫馨生活，趁著時間空檔，我稍微翻了一下就放在旁邊的簡介本子。

幾乎在同一個時間，本來安靜坐在旁邊看劇碼的學長突然站起身，我與賽塔同時都往他那邊看過去。

「我不看了。」他這樣說，突然就走出去了。

「咦？學長？」該不會你討厭看愛情劇吧？

紅眼凶狠地瞪了我一下，也沒說什麼，直接就走出去。

「可能他原本就不喜歡這劇情了，你別太在意。」賽塔衝著我笑了笑，溫和地說著。

我很在意啊，他看到一半突然走掉了，而且好像還有點不太高興的樣子。

「我、我跟上去看看。」拿著小本子，我有點慌慌張張地站起來，希望學長不要用那種瞬間移動方式跑掉啊，不然我很難找到人。

賽塔還是微微在笑，不過也沒阻止我：「也好，不過今天人稍多了點，你可能要費點心。」

對喔，今天人超多的……

我眞的該去人海找那根隨時會戳死人的針嗎？

還沒仔細想清楚，我的頭就自己先點了：「嗯，好。」

有時候，我眞的會覺得我自己太衝動了。

⁂

離開劇場時外面的服務人員還走過來問我是不是哪邊有問題。

隨便說了一下臨時有事情之類的，我馬上倉皇逃逸。

走出劇場之後我才發現原來這裡是圖書館附近，四周原本的造景都不見了，變成很多奇奇怪怪的建築物，到處都是攤販和人，感覺上很熱鬧，與其說是園遊會還不如說像是大型戶外活動造景場。

除了高中部和社團之外，很顯然還多出很多不屬於高中部的攤位。

原來別的學部也可以來插花的嗎？

如同安因他們所說，今天學院整個對外開放，所以我到處都可以看見奇奇怪怪的人，還有很多長相奇怪、像是卡通裡看過的獸人，全身都是草的植物人……不是、植物種。

看著往來的眾多人潮，果然沒有看見學長的身影，我猜他應該已經跑到某個不會被打擾的安靜地方去了，看起來似乎暫時找不到人。那我現在要怎麼辦，再回去看接續的劇情嗎？

「你不是競技賽的那個候補選手嗎？」

就在我想要回去劇場時，人潮裡突然有人叫住我，一回頭，我看見的是不知道算不算得上是熟人的人，她穿著黑色的便衣，俐落的打扮和當初見面時的感覺依舊很像。

「……登麗？」距離我有幾步遠的，是在大競技賽時我所見過的那名選手，可是應該是兩個人才對吧：「妳一個人？」兩邊流動的人群裡我沒看見另一個。

登麗搖搖頭，左右看了一下才告訴我：「菲西兒剛剛拿了傳單，跑去看角力賽了。」

角力賽？

有那種攤位嗎？

「對了，妳們沒有去看劇場嗎？」瞄了一下我身後的那座劇場，我想起來剛剛看的是雪國的傳說，登麗她們應該會有興趣才對。

「晚了點已經不能進去了，所以就算了。」

「也對，反正妳們那邊應該更清楚這個故事吧……」

「冬城不是雪國的故事。」突然打斷我沒講完的話，登麗這樣說著：「雪國妖精沒有這種歷史故事。」

我愣了一下，可是喵喵他們明明就說是雪國的故事：「是那種類似編出來的童話故事？」

「不，冬城是別的種族流傳過來的，聽說最早是從獸王族傳過來，雪國妖精們到近年才傳唱。」大概簡略地這樣告訴我，登麗指了指旁邊正好有空位的露天休息區，我們兩個於是就一起走過去那邊坐著了。

才剛坐下沒多久，就有幾隻穿著服務生衣服用兩腳走路的白色狐狸端著茶水走過來放在桌上，招呼了一下就跑開了。

「所以妳的意思是獸王族裡也有雪國？」不太明白她的意思，既然雪國不是妖精族而是獸王族，那其實二王子是雪獸一類的東西嗎？

「獸王族裡並沒有雪國，雪國是妖精族的一支種族國家，像伊多先生所在的便是水之妖精族。相似的種類在獸王族中只有冰獸，並沒有獸族雪國這個地方。」端著茶水，登麗微微眨了眼眸，空氣在她旁邊好像是安靜的，與外頭的人潮格格不入。

「所以冬城其實是冰獸的故事？」我有點被弄混亂了，既然是冰獸的故事，幹嘛要搞成雪國。

「冰獸一族並沒有發生過這樣的事情，大概是編出來的……不過奇怪的是故事一開始就用雪國這個名稱了，這讓雪之妖精們也感到不解。」頓了頓，活像來幫我上歷史課的登麗很認眞地思考了一下：「不過聽說這個故事好像也不是從冰獸那邊來的，當大家發現時這故事就已經存在了，所以也沒人再去追究起源了，總之並非雪國妖精的故事就是了。」

原來妳講了一長串就是要撇清跟雪國妖精沒關係啊？

我搔搔臉，說了謝謝她幫我解釋。

「你不回去把剩下的看完嗎？」喝了口茶水，登麗奇怪地問我。

「呃、這樣出出入入別人也會麻煩吧，我想算了……雖然有點可惜啦。」後面應該就是悲劇吧，我也不是很喜歡看悲劇，所以這樣也好。

登麗看了我一眼，沒說話。

露天休息座一直有人在流動，四周挺熱鬧的都是說話的聲音，大部分都是在討論哪邊比較好玩還是拿到什麼有趣的東西。

我和登麗沒有共同的話題，冬城故事大概講了一下之後就突然安靜下來，她好像也不太喜歡聊天，沒打算開新話題自己很悠哉地喝茶；然後我後面都是黑線地陪她喝，想要離開也覺得怪怪的。

一整個陷入窘境啊……

「在雪國妖精流傳的冬城故事是這樣。」就在我尷尬到很想找個要上廁所的藉口離開之前，登麗突然自己開口了：「他們弒殺了魔王，在詛咒之下離開了樂園走到了不被讚頌的地方，在黑暗之處黑色的王爲他們祝福；時間飛逝，就是黑暗中雪也會融化，黑王爲幼子取了名、父母教導他。但是詛咒不會因爲這樣遠離，在冬季時奪走了王子的性命，讓公主悲傷地也跟著離去，黑王替他們舉行了葬禮、爲他們吟誦詩歌，然後將他們送回美麗的國度，直到永恆。」

我過了好一會兒才意識到登麗是在和我說下半段的故事，大概是想彌補我沒有看完的劇碼：

「啊，謝謝妳，可是故事好像跟我聽見的不太一樣……」記得萊恩他們好像是說公主他們在無人之地生活下來，王子死了公主將小孩生出才死的。

「每個地方的故事多少都會有所出入，狩人一族好像就是吟唱他們一家都葬在一起了。」登麗又倒了杯茶，口氣平穩地說著。

我看著琥珀色的茶水像是一條線一樣慢慢地把杯子填滿，突然想起來剛剛那則故事裡還有多出來的東西：「可以請問黑色的王是……？」

「據說是守護黑暗遊者的王，妖精族中傳說著即使走在鬼族的黑色道路上，黑王依舊會守護心靈純淨的人。從這點來看有可能是指某個異族或是鬼族，可是鬼族沒有必要守護外族，大概就是異族之王了。」登麗放平了茶壺，轉而倒往自己的：「其他種族好像對黑王也有不同的解釋，像是夜空之王或是鬼王、魔王等。」

聽起來好像都不是正常的王。

「那……」

「登麗，我回來了！」

還有點想追問，不過某個很歡樂的聲音直接打斷我才開口的第一個字，接著是某個人從登麗後面愉快地跑過來：「我剛剛打贏了娛樂對戰喔，有一大袋參加獎品。」她趴在登麗肩上，搖著手上蓋了店名的袋子，看起來應該是某種點心，接著她才抬起頭注意到我的存在：「啊啊，褚同學，好久不見了。」

「呃，妳好。」要死了現在學長不在這邊，她如果很高興來個願什麼什麼祝福你我就慘了，不知道要回她怎樣的話。

「你好喔，我剛剛才在角力台附近和冰炎殿下打過招呼，今天眞有緣，一下子就遇到好幾個大賽的人了。」菲西兒愉快地這樣說著。

「對啊眞是有緣……等等，妳在哪邊看見學長！」我馬上從位子上跳起來。

菲西兒可能被我嚇了一跳，有幾秒沒回話，片刻之後才開口：「那個……角力台附近啊，我才一玩完下來就遇到他了。」

「謝謝，那我先去找學長了，希望妳們玩得愉快喔！」現在不是喝茶聊天的時間，我匆匆忙忙先告別，然後立即往菲西兒指的那個方向跑。

「等等，這個請你吃。」跑了幾步，身後的菲西兒喊了聲，然後拋過來一小包東西。

我接住了，是個小點心袋，和她獎品袋上有著一樣的名字。

道過謝之後，我立即往角力台跑。

希望學長不要逛太快啊。

第十三話　三位中的第一位

地點：Atlantis
時間：下午三點八分

角力台離劇場有段小距離。

途中我在人群裡拿到了宣傳單，大概是說那裡是個類似擂台的東西……就是五色雞頭原本想做的啦，不過有分和平娛樂類跟凶猛殘暴類，娛樂類是給觀眾打好玩的還可以選擇蘿蔔人對戰，凶猛類的就是很可能會這樣打到掛。

遊戲需要參加金，參加者都有小禮物，打贏了還會視對手程度給予獎品。

所以當我到角力台附近的時候，那裡已經圍了很大一群人潮吆喝著在玩看了，台上有個像是國小生的小女孩和熊貓布偶正在對決。

只見小女孩根本不像普通紮著辮子天眞可愛的小孩一樣，一記翻身倒勾踢就把熊貓給踹出台子，舉手勝利。

見鬼了這是無年齡差別格鬥吧！你們好歹也要限制一下年齡才對啊，爲什麼連小孩子都可以上去打？這樣是推廣暴力，不可以的吧！

觀場的人很多，我被擠了好幾下，到後來被擠到中間時根本不是自己在走路了，是被左右兩邊的人給挾著推著往亂七八糟的方向移動。

這樣我要怎麼找學長啊！

一邊被挾著移動，我很緊張地左右看，現在已經完全演變成我需要個人來把我從這邊拔出來了。

「接下來，是我們來自外面的客人對抗蜘蛛王的挑戰！」

就在我陷入困境之際，台上突然傳來很大的播報聲以及台下拍手叫好聲，我才發現在不知不覺我已經被擠到角力台附近了。

「唉唉，怎麼人還是這麼多啊，我還想說高一點可以找到我家的小孩說。」一片吆喝聲中，我聽見了來自台上的某種發言，一抬頭，看見了有個穿著白底藍色蝴蝶花紋和服的女孩站在上面搖著扇，站在她對面的則是大型的蜘蛛妖怪：「難得來學校一趟不想用術力抓人，眞是麻煩。」

因爲我就站在她旁邊，所以把話聽得一清二楚。

仔細看，那個女孩應該是庚學姊她們那種年紀才對，和服有點拖襬著地，藍色的長髮隨意披在肩後，看起來不像是專程來打的，衣服甚至像累贅。

她長得很好看，那種看來像刀般銳利的精明漂亮，讓台下很多男生把視線盯在她身上不放。

那個人的氣質不太像一般人……感覺上和我認識的某人有點像……

女孩站在台上搖著扇子，環顧了整個台下，嘆了口氣：「大概又被溜了。」她很遺憾地自言自語著。

「這位客人，妳還要不要打？」站在台子另外一邊的裁判看那個女孩一直左右看不太專心，大概要弄蜘蛛王出來也很麻煩，等了一下就開始問了。

「要啊要啊，你們上面不是說最難打第一排行的就是蜘蛛王嗎。」女孩轉過頭，啪地聲收起了手上的扇子，勾了好看的笑容：「我看看現在學生的程度如何，儘管放馬過來吧。」

看學生程度？

我看了一下那個女生，她好像不太像是老師的感覺……是說我們學校奇怪的老師很多，也有可能是眞的老師吧。

「不過我看這隻蜘蛛王應該不是野生的幻獸，是去跟誰借來的吧，那好吧，我會小心一點。」甩了扇子，女孩看著前面的大蜘蛛，一臉輕鬆得好像是跟狗玩一樣。

「好，那麼、挑戰開始！」一看她已準備好了，裁判一喊，馬上跳高飄浮到半空中。

幾乎是同時間，大蜘蛛直接往女孩那邊衝去，四周可能有設結界之類的東西，蜘蛛衝到台邊馬上就迴轉，我看見大條長毛的黑腳從頭上飛過去，嚇了一大跳。

……這裡不是普通老百姓可以待的地方，我還是快走比較好。

到處都擠滿了看戲的觀眾，我開始估計著從下面鑽出去的可能性。

還正在想，兩邊的人發出很大的叫好聲，還有人在鼓掌。因爲人就是好奇，所以我又把頭抬起來，看到那隻大蜘蛛在台上衝來衝去，穿著和服的女孩好像鬼一樣，幾乎都保持在蜘蛛前面的方向，等蜘蛛衝過去之後沒打到人一轉頭，那個女孩早就已經站在另一邊搖著扇子。

她根本沒專心在打吧？

我打賭那個女生絕對只是覺得好玩，跑給蜘蛛追而已。

哪一科的老師這麼無聊啊！我以後一定不會選她的課！

沒打算繼續看下去，我不停地跟旁邊的人道歉借過，一步一腳印地艱難往外圍走去。還好現在大家都專心看打鬥了，沒有繼續移動，所以我還滿順利沒多久就走出去了。

好不容易從人群鑽出來之後，角力台已經離我有一小段距離了，那個女孩依舊在台上跑給蜘蛛追，偶爾興致一來會拿扇子敲蜘蛛的頭還是讓蜘蛛摔個八腳朝天，完全沉浸在玩樂裡。

出人群之後我左右張望了一下，果然沒看見學長的蹤影。

他現在穿著古代武服又一頭黑髮，可能沒有我想像的顯目，因為今天奇裝異服的人很多啊！

就在猶豫不決的時候，我突然聽到我後面傳來很大的「啊」一聲。

基於本能，我馬上回頭看，看見那個女孩子一臉訝異張大眼睛瞪著我，剛剛那個啊就是她喊的，然後循著她的視線，那一大群看戲的人馬上也跟著把頭轉過來。

幾十……不對，應該是幾百隻眼睛同時看過來，就算不是正常人應該也會嚇到吧！

我倒退兩步，再倒退兩步，我應該沒有又在什麼什麼時候惹到不認識的人才對啊？

「就是你！站在原地不准動！」女孩衝著我大喊，氣勢洶洶。

這個我遇過，想當初莉莉亞也是這樣衝過來的。

我再往後倒退一步，這裡有怪人。

「叫你不准動還動！給我站住！」

在她好像想跳下角力台時，我看見那隻大黑蜘蛛逮著機會，趁女孩分心時所有腳全都抬起來直接往她腦袋上插——

事情就發生在那一剎那。

完全沒有回頭，女孩只是甩開了扇子，像是跳了優美的舞蹈般將扇子往後帶著整個人一旋，還沒看清楚是怎樣，那隻大蜘蛛整個飛出去砸在別的造景攤位上，整隻掛在那邊爬不起來了。

「不小心出手太重了，不好意思。」一闔扇子，女孩匆匆道歉之後馬上跳下角力台，「不准動！給我站住！」

她擺明就是衝著我來的！

莉莉亞一個就夠嗆了，我現在不想再惹一個學姊或是老師啊！更何況她剛剛打敗大蜘蛛那手，絕對不是莉莉亞可以比擬的等級，如果是仇家我一定會非死即傷……雖然我壓根不知道我什麼時候有這種仇家。

不用思考，我確定我現在唯一可以做的事情就是——

保命要緊、拔腿開逃！

❋

我的逃命之旅只維持了短暫的時間。

「不是叫你站住了嗎，你逃啥啊。」那個奇怪的女孩子不用半秒馬上出現在我面前，白底的和服布料從我眼前飄過去，就算是對布料完全不懂的我也可以看得出來這件衣服絕對很高級，然後、她開口：「等等，該不會是那臭小子教你看到我要逃逸吧？」

臭、臭小子？

有那麼一瞬間我不太清楚她在講誰，總之絕對不是講我就是了：「呃……我想妳應該認錯人了？」近看之後，這個女生除了很漂亮之外還有一種可怕的壓迫氣勢和詭異邪氣，讓我不敢再拔腿逃了。

「誰會認錯人，這個學校裡不管是什麼東西都會印在我的腦袋裡面，包括每個人和人名。」搖著扇子，眼前的女生這樣說著，旁邊本來還有好事者想圍觀，被她給瞪走：「褚冥漾，一年級的小朋友，不久之前我家那小子還當過你的代導人……哈，說什麼他不幹，結果去趟原世界回來就改變主意了，你也挺行的。」

她家的小子？

代導人？

我往後退了一步，再退一步，她說的該不會是我認識的……

「妳是學長的誰？」看著眼前詭異的女生，我怕怕地往後又退了一下。學長，為什麼你認識的人都很奇怪？

「喔，我家那口子現在是他師父外加名義上的監護人，他以前和我們住在一起，不過可惜小孩就是叛逆嘛，才長那麼一丁點大就跑來學院了，上次小鏡鏡來的時候有看見他喔，因爲他都不回來陪我們玩，我乾脆就來找他囉。」她聳聳肩，扇子後的臉不知道是不是我的錯覺，充滿了邪惡的壞笑。

等等……她家另個人是學長的師父？

上次來看過學長的是鏡董事……也就是說……

「妳是董——」我瞪大眼睛，嚇到差點喊出來。才剛說三個字，那個女生馬上就撲過來摀住我的嘴巴，完全不顧我的掙扎就把我往人煙稀少的地方給拖去。

「噓噓噓！你吼那麼大聲要死喔！」一到沒人的地方，她才放手：「去你的要是我被認出來，我今天還要不要玩啊！」

瞠大眼睛，我非常害怕地看著眼前的女孩，她比鏡董事還要大了一點，衣服很相似，但是完全看不出來是個董事的樣子啊！

甩開了扇，女孩搖著瞇起了眼，謎樣的恐怖笑容在她嘴角彎出：「我是扇，你要尊稱我扇董事也行，不過因爲今天我是私下潛入學院要找我家那小子的，所以你直接叫我扇就可以了。」

我腦袋一片空白，完全想不出來要怎麼辦。在這種時候，我居然離奇地遇到三位董事的其中一個……不然她是吃飽太閒嗎？幹嘛僞裝成一般人潛入學院裡面啊，要是說出去包准所有學生都會嚇到吧。

想起第一次見到鏡董事到校時那種場景，我更加深深這樣認爲。

「妳、妳……」我連要講什麼都不知道，要不要先打招呼問好啊？以前讀書時好像在學校遇到校長董事還是督學都要大聲問好，現在怎麼辦？

「不用想要怎麼和我打招呼啦，我跟小鏡鏡他們不一樣，那種禮節可以省了，先幫我找到我家那小子再說。」說著，她一把扯住我的肩膀，完全不顧我的意願就又把我往人多的地方拖。

「我、我也在找學長……可是沒找到啊……」扇董事的力量太大了，我幾乎是被扯著走的，完全沒有辦法從她手中掙脫：「他好像很不喜歡冬城……」

扇董事突然停下來，轉頭看著我。

「冬城？」她漂亮的眼睛裡有點訝異，然後瞇起來：「原來是這樣啊，眞難得他會主動跑去看，他很討厭那個故事。」

「咦？」意外地聽到這消息，我突然有點理解爲什麼學長會突然中途離席了。

可是又不是什麼不好的強姦殺人犯案故事，只是普通的小傳說，有必要厭惡成這樣子嗎？

「故事的傳承已經都不是眞實，強迫自己去看曾經熟悉的故事只會有點反感吧。」微微一笑，扇董事突然鬆開手放我自由，她搖著扇子，眼睛看著的是另外一邊。

循著她的視線往旁一看，我看見了一個撈金魚的攤位，但是那個攤位絕對沒有普通撈金魚那麼善良，他擺在地上給人撈的小水池甚至是個冒著泡泡的沼澤啊！

最糟糕的是，現在正在顧攤位的人眼熟到讓我腦袋有點痛了。

「嘿！漾～你特地來光顧本大爺的攤位嗎！」

五色雞頭旁邊外加愛笑神經病一枚。

※

我看著地上，有五個小水池區域，每個區域都是沼澤般靈異的顏色，還冒著泡泡和可怕的沼氣……當初提議撈金魚的人到底有沒有搞清楚撈金魚和撈沼澤的差別？

等等……我懂了，其實這是個從沼澤裡面找出金魚屍體的新玩法吧！

「漾漾，好久不見了！」原本穿著白袍蹲在地上的雷多捧著一片烏黑的小水盆跳了起來：「雅多和伊多沒來，所以讓我來打招呼了。」

「喔、喔啊，好久不見了，伊多最近應該還好吧？」雖然我知道這樣很不禮貌，但是在和雷多講話時，我的眼睛還是不由自主地往他手上那個黑色小水盆裡飄過去。

那到底是啥鬼啊！

我居然看見有長得很像海膽的東西伸出八隻腳在沼澤泥裡翻滾，旁邊居然還有扭曲的海星在呸呸地吐著沼澤水。

「好很多了哩，他本來想出簡單的任務，不過被那群神殿的傢伙給攔住了。」雷多聳聳肩，然後往我旁邊的扇董事看了一下：「你的同學？」

「不是，這是……唔……」

我話還沒說完，那個說要來找學長的扇董事直接摀住我的嘴巴，然後把我像大型垃圾往旁邊一丟，笑哈哈地自己和別人聊天起來：「我是他朋友啦，你們在玩什麼東西啊？」說著，自己就很順手地撩了裙襬往地上的小椅子一坐。

如果現在告訴大家她就是三位董事之一，我打賭應該全部的人都會嚇傻吧。

「喔，撈金魚啊。」五色雞頭拿出一支眞的和夜市裡看見一模一樣的紙網出來：「上面有塗毒藥喔，裡面東西碰到那秒會全身麻痺，到時候撈得上來撈不上來就是個人問題了，本大爺最高紀錄是整池撈光，如果超越本大爺的傢伙還有附贈可以吃的贈品一份，現在一支只要一個硬幣，夠划算了吧！」

……這根本不是撈金魚吧！

金魚需要用到毒藥來撈嗎！

「我要玩！」那個據說是全校最大的董事非常爽快地付錢了：「漾漾，坐下來玩啊。」她居然還招呼我一起玩。

還有我和妳並不熟吧？

「漾～我打賭你會撈不到，所以免費多送你三支，不用太感謝我。」那個現在身分是老闆的人用完全瞧不起的口氣遞給我三支網。

有那麼一秒，我還眞想把網子都砸在他那些彩色毛上面：「眞是謝謝你啊！」直接奪過紙網，我把零錢丟過去。

五色雞頭聳聳肩，吆喝著旁邊的小孩不要用手下去撈，會被拖走的！

拿著紙網，我很害怕地看著下面那一框框的小型沼澤，這裡面應該不會有什麼致命的生物吧？看雷多網到的好像都是一些小型的，應該不會有危險性才對。

就在我這樣想著而勇敢地把紙網放進去沼澤裡之後，一個很明顯的「喀喳」聲從底下傳出來，我馬上把紙網抽出來……其實也不用抽了，因爲只剩下柄而已啊！

拿著柄，我抬起頭用非常認眞的目光看著五色雞頭：「你確定裡面眞的有金魚嗎？」其實是鯊魚對吧！

「有啊，本大爺的小組用一比十的比率放進去，除非被吃掉了，不然裡面一定有金魚。」五色雞頭甩著手上從雷多那邊搶來的一串糖葫蘆，咧著嘴笑。

請問你一比十的後面那個十是什麼東西啊？

旁邊坐著的雷多搖著手上的盆子，然後把盆子端過來：「你說的金魚是這個被吃掉的尾巴嗎？」

……

我順著他的盆子看進去，看見了剛剛還在吐沼澤水的海星嘴巴上有一半的金魚尾巴。

可不可以放棄不玩了。

「喔，就這個啊，金魚好像不太會逃走，今天早上到現在已經被吃了幾十隻了。」五色雞頭用一種很遺憾的語氣說話。

不會逃你就不應該把牠和別的東西放在一起才對啊！

「欸？這個也是金魚嗎？」旁邊一直很安靜在撈自己東西的扇董事突然發出聲音，三個人六隻眼睛馬上轉過去，我看見了她的紙網上有個極度眼熟的東西，眼熟到讓我覺得我會不會是眼抽筋認錯了？

在我不願意面對事實之際，那玩意自己出聲了——

「啾～」

爲什麼白色球魚會在這裡！

※

用一支紙網就把不算輕的球魚戳起來的扇董事晃著手上的紙網，那隻沾著沼澤水的白色球魚也跟著晃來晃去。

「啾～」

我看見球魚那個綠豆般大的眼睛拚命往我這邊看過來，不曉得是哪來的直覺，我總覺得這隻魚好像就是在船上遇到的那一隻。

太神了吧！

「奇怪，本大爺不記得有放這玩意下去啊。」五色雞頭瞅著那隻多出來的白色球魚，一臉疑問。

「我第一次看見白色球魚。」雷多靠了過來，眼睛裡突然綻放出驚艷的光彩：「這眞是藝術之神的傑作啊……」

脫色的球魚是傑作？

我再度懷疑起妖精的眼光是怎樣一回事了。

「你和牠認識嗎？」抓起球魚甩了甩泥水，扇董事直接遞到我面前：「這隻球魚說牠認識你喔。」

妳連球魚的話都聽得懂？

果然董事不愧是董事，連非人類的地方都高出別人一等，我打賭就算是學長也一定聽不懂球魚的話。

看著綠豆大的眼睛，我非常不想問一隻球魚這種問題：「你該不會是輪船裡那隻吧……」

「啾～！」球魚發出喜悅之叫。

果然是，那現在該怎麼辦呢？

「牠說牠可以暫時跟著你耶，怎麼辦？」好像覺得很好玩，扇董事拎著那隻球魚一晃一晃的，另一手把破掉的網子拋回給五色雞頭，抓了新的要繼續撈。

「欸……那就放生吧。」我根本不能想像我一邊走路一邊有球魚跟在後面啊！

「好吧。」看了我一眼，扇董事就把球魚往沼澤壓——

「不是放生到那裡啦！」會死！這個下去一定會馬上死掉！我馬上把球魚給搶回來，同時發現沼澤裡有個謎樣的嘴巴撲了個空，恨恨地縮回去了。

扇董事聳聳肩，愉快地繼續從裡面撈出一個不知道是啥鬼的黑色東西。

「這個可以給我嗎？」雷多眼睛很光亮地靠了過來，視線一整個盯著白色的球魚，好像看到某種寶藏一樣。

「滾！不要跟本大爺的手下搶東西。」五色雞頭直接一腳踹在他臉上。

是說、誰是你手下啊！

我聽見旁邊有媽媽牽著小孩說不要看那邊，接著快步走開了。

撈金魚的攤位人不太多，除了我們之外還有幾個學生模樣的人，不過大部分玩了一下就又跑掉了。這讓我相當懷疑這裡面到底還有什麼可怕的東西。

「我們可以商量一下啊，不然我幫你們刻雕像換這隻球魚。」對球魚異樣執著的雷多開始討價還價了。

「雕你的死人骨頭，本大爺還好好活在這裡要雕啥鬼！」五色雞頭馬上駁回。

是說，魚是扇董事給我的，你們應該直接問我還是球魚的意見才對吧。

「我可以幫你雕頭啊——」

旁邊傳來拳頭的招呼聲，我覺得我還是不要往那邊看好了。

完全沉默的扇董事突然睜大眼睛看著她手上的柄和下面的沼澤水：「漾漾，我好像撈到某種東西了，幫個忙找個大一點的盆子。」

「啊？」大一點的盆子？

旁邊五色雞頭已經開始修理雷多了，我估計他現在應該沒有空，左右看了一下，在旁邊看到一個稍微大一點的鐵盒子，把裡面的零錢全都倒在地上之後我連忙拿出來。

「這個不夠大啦！」扇董事把盒子給踢開：「算了，閃遠一點！」

就在我不懂爲啥她要這樣說的同時，扇董事已經把那支柄往上一抽——

那一秒，我看見一個根本不是可以放在撈魚池裡的巨大黑色條狀物整個被扯了出來，重點是那個黑色的條狀物讓我感覺異常眼熟。

「西瑞！爲什麼裡面會有海民！」我打斷了正在掐人的五色雞頭動作，指著那個有兩人高被啪一聲摔在地上的黑海民。撈金魚裡根本不應該會出現這種東西才對吧！

「喔，那是前兩天本大爺出海飆浪時順手抓到的，好像是走失的小鬼，反正也沒地方放，在那裡不是很好嗎。」把雷多丟開，五色雞頭用一種「啊哈哈你太大驚小怪」的語氣用力拍了一下我的肩膀。

一點都不好吧！要是一般路過民眾不小心撈到怎麼辦啊！

……等等，你去哪裡飆浪！

「這個還滿可愛的，我看在學校裡面找個地方把他養起來……啊呀……」就在旁邊的扇董事蹲在地上觀察然後對海民起了完全興趣進行以上發言的時候，一隻穿著靴子的腳突然以非常不客氣的氣勢一腳踹上她的背後，白色的和服馬上出現黑印。

「妳怎麼會在這裡！」

非常熟悉的冷氣團語氣傳來，順著那隻靴子往上看，我看見那個剛剛讓我找很久的某人。

「學、學長。」抱著球魚往旁邊一跳，我很害怕地看著那個不知道從哪邊蹦出來的學長，他的臉色非常、極度地不善，活像靠過去就會被他給喀喳掉一樣。

紅色的眼睛冷冷地掃了我一眼，讓我當場又退後很大一段距離。我應該要記得下次不要隨便蹲在學長前面才對，不然被用力一踹都不知道要滾到哪邊去了。

被踹了一腳的扇董事用非常緩慢的速度站起來，接著以某種奇異的速度轉過身來。

他們應該不會在這邊開打吧……

「很久不見了，你的膽子變大很多嘛。」甩開了扇子緩緩地搖著，扇董事勾起了詭異的笑容，居然沒有動怒地反盯著學長笑。

「爲什麼妳會在這裡？」完全不想聊天，學長又重複了一次剛剛的問句。

「嘿，你這個只巴你師父的小狗崽就是這麼不想看見我嗎？好歹我們也共同生活不少年嘛，這麼露骨的厭惡會不會太沒禮貌了一點。」

我看學長的樣子不像是厭惡，那個表情已經到了一種看到就反感的樣子。

可是沒想到學長會跟董事熟到這種程度，居然用踹的耶……一般學生應該不敢一腳就這樣下去吧，如果被終生當不就死定了嗎？

「沒錯，我就是不想看到妳，還有褚你最好給我閉腦不要亂想！」凶惡的紅色視線突然往我這邊來，我馬上不敢亂想。

「可是人家很想看見你嘛，小鏡鏡他們都來看過了，我當然也會想過來啊。」扇董事收起了手上的扇子，然後突然就往學長身上貼：「你都不來，人家會很想啊～」說著，連手都搭上去了。

我聽見四周都是下巴掉下來的聲音。

因爲學長出現在這邊，所以當然會有很多他的粉絲也偷偷圍觀過來，現在一個僞裝成學生的扇董事直接貼上去，很多人都嚇掉半魂了。

「喂喂，你們兩個不要在本大爺的攤位前面調情！」五色雞頭發出會讓人完全誤會的驅趕聲音：「給本大爺滾到沒人的地方去，到時候要怎樣都隨便你們啦！」

我看著五色雞頭，開始懷疑這句到底是哪邊學來的。

同樣也注意到旁邊還有很多人在圍觀的學長發出不耐煩的哼聲，劈手抓住了扇董事的衣領就往外走。

「啊啊，你眞是超沒禮貌的！」說著，扇董事突然伸手抓住我的衣服。

干我啥事啊！

※

於是，學長拖著扇董事，扇董事拖著我，我們就這樣擺脫人群到達風之白園。

因爲園遊會時學生都集中在攤位處了，所以這邊完全沒有半個人影，乾淨得很。

一到地點，學長馬上把扇董事給丟開，然後扇董事也把我放開。

是說，到底我是被拖來這裡幹嘛啊？

「你這小傢伙又粗魯又沒禮貌，眞的跟你師父是同個樣子出來的，早知道那時候把你帶回家就應該自己管理，教成這樣眞是一點都不討喜。」一邊整理有點凌亂的服飾，扇董事一邊抱怨著。

「免了，我並不想被妳指導。」顯然對扇董事敵意很重的學長冷笑了一下。

我看看學長，又看看扇董事，覺得我還是早點離開讓他們解決私人恩怨比較好。

就在這樣想著而要開溜的時候，那個聽說是很偉大董事的人突然整個撲過來，直接抓住我後面：「漾漾，你看這小傢伙還頂撞我，當初要不是他家的人付了銀子要我們保護他，現在他才沒有命可以在這邊囂張哩，連感恩都不會，這種人你是怎樣和他相處的啊！」

我也很想知道我是怎樣和他相處的……等等，保護學長？

轉過頭，我不曉得我的表情現在是不是很訝異，反正我就是看著扇董事，完全意外她突然說出來的話。

「唉唉，我知道他很恨我讓他家族差點破產啦，不過等值交換嘛，他的命還挺值錢的就是了。」勾起了壞笑，扇董事轉頭看著臉已經黑一半的學長：「小傢伙，年紀輕輕不要這麼容易發脾氣……是說你年紀也不小了，還不懂得敬重長輩。」

「……妳馬上給我回去，不然我就直接請師父過來一趟。」很有魄力地往我這邊走來，學長冷冷瞪著扇董事。

扇董事聳聳肩，「好吧，不開玩笑了。」說著，她拉著我原地坐了下來：「小傢伙，你也過來聽吧，這件事情和你們兩個很有關係。」

我看見學長皺起眉，不過倒是在旁邊也坐下了。

白園與我第一次來時看見的還是相同，乾淨得很美麗，空氣中幾乎可以聽見某種很像風在唱歌的聲音。

「什麼事情？」學長瞄了一下我手上的白色球魚，然後詢問著。

疑惑地，我也看著扇董事，不明白爲什麼突然跟我有關了。

「我們的限制是不能干涉所有空間發生的事情，但是因爲我已經答應過你家的人，所以不管如何還是得告訴你們一點事情。」扇董事看著學長，然後拉開了扇子一下一下地搖著：「無殿收到了消息，在近期鬼族就會有動作了。」

學長的眼睛瞇了起來：「太快了，比申以爲自己的實力足夠了嗎？」

……等等，這個話題我到底可不可以聽？我總覺得我好像聽到某種要命的事情……

「不夠，所以是小動作。」笑了笑，扇董事瞄了我一眼，繼續說著：「他們的主戰力目前都不足以與學院抗衡，但是我想最近一定會出一些事情，所以不管是小傢伙你、或者是漾漾，最好盡量都要有第二個人同行。」

「爲什麼我也要？」我連忙追問，然後自己愣了一下，因爲我突然想起了一件不應該想起的事情。

羽裡說過，我是妖師。

幾乎是在同時，學長的紅色眼睛馬上看向我這邊，我們兩個視線同時碰在一起。

那麼，我眞的是嗎？

「你不是！」

學長轉開了視線。

第十四話　囑咐

地點：Atlantis
時間：下午三點五十七分

從一開始到現在，學長都說我不是。

「先把這問題擱下，事實與否總有一日都會揭曉的。」扇董事輕巧地終止了我們的話，然後她看著停在扇骨上的白色蝴蝶：「鬼族要的是血緣與祭品，近期之內除了你們兩個之外還有幾個也都是人選，包括其他學院在內都可能會遭到攻擊，我已經聯絡上公會，所以在這段時間你們行動時要多加小心。」

我看著學長，然後收回視線。

「我沒差，妳找人盯著褚就可以了。」學長站起身，那隻蝴蝶也被驚擾又振翅飛走：「如果說符合人選，這笨蛋是最容易被得手的。」

不好意思我就是那麼容易被得手啊……我外出會盡量找人一起走的行不行啊！

「唉，眞是不可愛，你如果哭著跑來投靠我們的話，我一定會很善良地端著笑臉歡迎你回家啊。」扇董事用一種很遺憾的語氣說話。

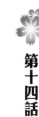

我幾乎可以看到學長的額角有青筋在跳動了。

「漾漾，你要不要看那個小傢伙以前小時候的相片啊，那時候的他說有多可愛就有多可愛啊，軟軟的眞好欺負。」這樣說著，扇董事突然從袖子裡抽出一本看起來還滿厚重的相本隨手翻開。

那秒，我只看見一張相片，上面有著一個超級漂亮可愛的小孩，大概六、七歲大……也僅只這樣而已，下一秒相簿整個突然起火燃燒，不用三秒就變成灰燼了。

「如果妳講完事情就趕快給我滾回去，不要在這裡做無意義的事情。」學長手上還有一團火焰，看起來好像已經理智要崩潰了。

我抱著球魚馬上跳起來衝開了好一段距離。

拜託我今天才差點死一次，不想馬上就體會第二次啊！

扇董事站起身，完全不受威脅地聳聳肩膀，然後呼了口氣，有段距離的學長手上的火焰直接熄滅：「我還有點事情嘛……這麼久沒來學校了，我順路去看看其他人現在過得怎樣囉。」說完，居然眞的一溜煙跑掉了。

愣愣地看著扇董事消失之後，我突然驚覺理智快燒焦的學長就站在我旁邊，然後我還笨笨地沒有跟著逃走。

「你覺得你逃走有用嗎？」紅色的眼睛詭異地看了過來，讓我打了一個冷顫。

當、當然在老大您面前不管怎樣逃都是沒用的啊……

悄悄拉開一點距離，我抱著那隻白色球魚左右看了一下，才想說點今天天氣很好之類的話，另一邊的人就已經先開口了：「你要養那隻魚是不是。」學長瞇起眼睛，盯著球魚看。

「呃、沒有啊，我想說把牠送回去那邊的海上。不曉得西瑞是怎麼弄的……把海民和球魚都放到撈金魚的水盆裡了……」我猜大概是抓海民時順道附贈上來的，不過五色雞頭自己也沒印象就是。

學長呼了口氣，然後一彈指，地上立即出現小型的移送陣法。抓緊了機會，我連忙把球魚放上去還不忘告訴牠以後要小心一點之後，球魚就跟著移送陣消失了。

接著，這裡剩下我們兩人。

偷偷瞄著學長，我有點害怕，因為他的臉色從剛剛開始就很不善，感覺一整個就是別惹他快點自動從這地方消失才對。

而在我這樣想著的同時，腳下也跟著開始偷偷地移動。

我很確信學長一定發現了，反正我的大腦對他來講根本就是不上鎖的公共場合；不過意外的是學長也沒搭理我，自己冷哼了一聲之後突然拔腿就往白園外面走了。

奇怪，他今天怎麼沒有先過來給我一巴？

一邊想著，我突然聽到外面傳來某種聲音，過了半晌之後我才意識到那是學校的鐘聲，那是代表四點到了，園遊會也應該要結束的時間。

「我要回去收拾班上的東西了。」拋下這一句話之後，學長用某種非常瀟灑的方式瞬間就消失在我前面。

……慢走啊。

※

出了白園回到園遊會上不用多久，我馬上就碰到喵喵和千冬歲他們。

「漾漾，你剛剛跑到哪邊去了啊？」喵喵眨著大眼睛好奇地左看右看，然後問道：「看劇場到一半時你突然不見了耶。」

你們居然還知道我看到一半不見喔？

「呃，我遇到朋友，出去聊了天這樣。」我打賭我就算說我遇到最不像董事的董事也一定沒有人會信的，那些董事在他們心中根本是天神吧我想，不知道如果喵喵他們看到董事被學長踹之後會有什麼反應耶？

這樣想著，我突然覺得有點好笑了。

站在旁邊的千冬歲推了推眼鏡，明顯地剛剛和夏碎學長一起看完之後他的心情還不錯：「漾漾，你身上不是才剛治療完嗎？我看你乾脆先回宿舍去吧，班上的東西我們收拾就可以了。」

「嗯啊，剛治療完不可以太勞動喔。」據說是醫療班的喵喵用可愛的語氣這樣告訴我：「反正班上的東西應該剩很少了，漾漾還是先回去休息吧。」

「我是沒關係啦。」搔搔頭，不好意思說因爲學長給了我精靈飲料所以恢復得不錯：「對了，夏碎學長也回班上整理東西了嗎？」

千冬歲點點頭。

「從現在開始到五點之前班級的布置要全部撤走喔，不然教室會立即恢復原狀，到時候會被扣分的。」左右看著已經開始迅速收攤的攤位，喵喵推著千冬歲和我剛剛沒察覺在旁邊的萊恩：「就是這樣，漾漾你不可以隨便亂跑了喔！一定要趕快回去休息，不然我打你喔！」

我猜這一定是喵喵說過最具威脅性的話。

「嗯，麻煩你們了。」既然大家都這樣講，如果我搶著去做好像也頗怪了，尤其他們撤東西不知道又會用什麼靈異手法，想一想我還是不要去礙事會比較好。

拉著另外兩人，喵喵他們很快就消失在人群的另外一邊。

因爲開始要撤園遊會了，所以來遊覽的人也開始逐漸離開，四周學生紛紛回到班級上將一些比較大型的東西開始往下卸。

我站在人群裡，有那麼一秒不知道我要做什麼，直到有人撞到我的肩膀之後我才回過神。想想，我還是回到宿舍比較不會礙事吧……是說，現在圖書館應該人也很少吧？

偏偏在這種時候，羽裡的夢很清晰地蹦出來了。

那本書不曉得圖書館裡會不會有？

一邊這樣想著，我還沒有下決定之前腳已經先幫我代勞。我走離了回宿舍的路，反過方向往圖書館走去。

越來越靠近圖書館後，我發現出乎我意料之外……原本以為圖書館裡人一定會很少，現在一到我才發現圖書館外的人居然比我想像中多，尤其是校外學生；大概是都已經到我們學校來了，就乾脆來圖書館逛逛。

畢竟，我們學校圖書館聽說好像是啥藏書前幾名的，不來倒是有點可惜這樣。

糟糕，這麼多人也很難讓我有悠閒的時間慢慢找書吧？

不過優點倒是也有，因為人多成團的關係，我隨便混在一個隊伍裡面居然就這樣平安無事地走過那個該死的迷宮了。

一進到圖書館，裡面的樣子還是與我先前來的時候完全一樣，只是人變多了，看起來位子應該也不太好找。

「哈囉，同學～」

正當我看著那棵會咬人的智慧之樹想著要怎樣找到羽裡那本書時，左後方下面突然傳來招呼聲音，一回過頭，里里就站在那裡：「妳好。」我向里里先點了頭，今天才遇過而已，沒想到馬上就又碰面了。

「現在是班級整理時間喔，你們班收這麼快啊？」里里抖著耳朵上的裝飾問著，然後拍拍她旁邊的一張原木椅子。

「呃、算是吧，我有點礙手礙腳的所以先離開，這樣大家比較好收。」在那張椅子坐下來，我看著圖書館的座位大部分都坐滿人了，看來要找個沒人的位子應該有點難度。

「原來如此，你要找什麼書嗎？現在人有點多，估計會到晚上喔，如果有特別指定的書本我可以很快地拿給你。」露出大大的笑容，里里這樣告訴我。

想一想，與其去找智慧之樹，搞不好問里里也可以快一點：「嗯，我想找一本這樣大小的書。」把夢裡那本書的尺寸大略比了一下，然後再描繪：「黑色的厚皮書，有燙金字……可是字我看不懂，不過翻開第一頁有張類似羊皮紙的圖，上面畫了戰爭圖。」大致上描述了一下我印象中的那張圖之後，我停了下來。

里里看著我，瞇了瞇眼睛，表情好像有點困惑，不過看起來又很像在腦袋裡快速搜尋什麼；過了差不多快一分鐘之後她才開口：「我大概知道你要找什麼書了，可是你說的那本書不在這座圖書館裡。」

「咦？」我愣了一下，難不成是絕版書？

「那本書的通用語版現在收藏在白袍專用的圖書館中，要有白袍資格的人才能夠翻閱喔。」里里用一種遺憾的口氣告訴我：「一般學生是不能看那種書的。」

要白袍資格？

裡面該不會記載什麼可怕的事情吧……那張首頁圖給人的感覺就是很不吉祥，我突然有點不太想要找那本書了。

「現在這座圖書館裡相近的書只有另一種的，不過是簡化版本，如果你有興趣也可以稍微看看。」里里一邊說著，一邊拍了一下手掌，我看見有本紅色封皮的書出現在她手上，不太厚、書上有著燙金文字。

這次的文字我就看得懂了，但是清晰的文字卻讓我猶豫起要不要出手借來了。那本書上的燙金字體大大地告訴我書籍名稱——「黑史紀錄」。

「這是記錄很多年代的一些古事。」幫我解釋著書本，里里將書放在我手上：「尤其是對鬼族戰爭，因爲是簡化版本，大部分都用童話和歌謠的方式寫成，不曉得這樣你用得上用不上？」

看著手上的紅色封面，我有點發愣，聽完里里的話之後才突然回過神：「啊、嗯，我明白了，那我就先借這本書好了，謝謝妳了。」

里里露出大大的笑容：「這沒什麼啦，如果你對其他書有興趣的話我也可以幫你找到喔。」

再度向里里道過謝之後，我抱著那本書走出了圖書館。

那瞬間，我突然開始緊張了。

※

等不及回到宿舍，我在圖書館附近找到一處沒人的花園小庭，然後我拿著那本書匆匆地走進去之後馬上就坐下來翻閱。

因爲學校結界的關係，照理來說書上我應該要看不懂的字體居然都奇妙地能夠明白意思，加上都是白話的版本，所以閱讀起來連一點點困難都沒有。

打開了書本，上面並沒有那張戰爭的圖片，一開始是幾首歌謠，意思大概都是在讚頌一些古代的事蹟。像是有妖精族戰勝黑暗、獸王族擺脫控制等等。

那時候的世界還未區分得像現在這麼明顯，很多種族都是混在一起居住，到處都可以見到各種不同的人，例如精靈好像就滿街跑了。

說眞的我並不明白羽裡叫我找這本書要做什麼，裡面除了很多像童話的故事以外還是那些故事，並沒有什麼特別的地方。

大約翻到中間時，某個字眼讓我停下翻書的動作——

「西之鬼王塚」。

如果我沒有記錯的話，這個應該就是我們上次去過的地方才對。於是我放慢了速度，開始仔細讀起上面記錄的故事。

就如同一開始我所知道的一樣，書本上記載的與其他人告訴我的相差不遠，大致上就是鬼王被攻陷之後埋入冰川封印在鬼王塚裡。

那場戰役死了非常多人，同時公會也有介入處理。

公會？

對了，我想起來安地爾他曾也是公會的一員，也就是說公會從一千多年前就已經存在了嗎？

歷史還眞是悠久啊……

一邊這樣想著，我一邊無意識地翻開下一頁，在戰役結束之後居然還有後續？

意外地看著接下來的故事，我想起來好像還有這回事，那時候學長還是誰曾講過……不過接下來還有什麼事情嗎？不就打仗結束之後所有人過著幸福快樂的生活？

戰爭結束之後的第二頁出現了新的接續故事，開頭寫的是變遷。

在鬼王一役之後，死傷最爲慘重的精靈族讓同伴沉睡在鬼王塚中直到時間終止、而主神會將他們迎回去。前來助戰的各個種族開始四處消滅逃出的鬼族分支，而先前經過兩次重創的冰牙一族則在燄之谷的保護之下……

等等，兩次？

沒有記錯的話我記得應該只有鬼王塚這次吧？

將書本快速往回翻，我看見的還是只有鬼王那次……這麼說應該有另外一次被截斷了？

可是爲什麼要把一般學生看的書做這麼大的刪改？

「褚冥漾！你在這裡幹什麼！」

「哇啊！」

正努力思考著可能性的時候，突然有個人無聲無息地在我身後發出一喊，我整個人馬上跳起，手上的書本飛出去直接掉在地上。

要死了摔到圖書館的書不知道會不會被怎樣！

「你怎麼在這邊偷懶，你們班不是還在整理嗎？」彎下身幫我撿起了那本書，今天穿著一身小禮服的莉莉亞還是凶凶地站在我後面。

對了，他們班聽說好像是做花園藝術什麼的……

「呃，因爲今天玩鬼屋時不小心差點被砍死，所以喵喵他們叫我先回去休息。」盯著那本書，我尷尬地笑了笑。

「嗤，你命也滿硬的，這樣都不死；二A的鬼屋聽說已經死一海票了。」不知道是不是在稱讚，莉莉亞的語氣還是一如往常的不屑。

是說沒被砍死應該跟我認識學長他們也有點關係啦，我打賭如果我們完全不相干的話，他們絕對會毫不猶豫地爽快把我亂刀剁成肉醬。

在我這樣想著的時候，莉莉亞已經自己翻起手上那本書了：「你怎麼突然對黑史有興趣啊，這種給一般學生看的書根本沒提到啥好不好，果然你程度只夠看這種書。」說著，她直接把書本拋回來給我：「正好，掏出你的兵器讓我們在這裡一決高下！」

手忙腳亂地接住書本，我馬上往後倒退了很大一步：「改天啦，我今天才差點被砍死耶！」

「……說的也是，打贏還會被說趁人之危。」莉莉亞哼了哼，算是暫時放棄了：「那麼這星期日我們在第四武術台分出勝負！」

不要擅自決定時間啊！

「我、我可能會有事情。」趕在她要更改日期之前我馬上拿著那本書改變話題：「妳說這個黑史資料沒有提到啥，意思就是妳看過更完整的版本嗎？」對了，莉莉亞是白袍，那我想她應該會知道里里說的通用版本。

莉莉亞看了我一眼，表情轉為疑惑：「當然看過，白袍專用圖書館裡有一整套通用語版本的，雖然也有經過修訂，但是絕對比一般市面流傳的還要完整，是說你為什麼會這麼感興趣？」

我評估了一下，莉莉亞和我們這邊的人比較沒那麼靠近，應該還不至於會告訴學長這件事情，稍作思考之後，我打算先暫時詢問她：「嗯……因為我想找千年前西之丘鬼王塚那一戰的相關資料，可是不曉得為什麼找不太到。」加上問人又不太有結果，「妳也知道的嘛……上學期我們去實習時鬼王突然活了，所以我想找看看那個記載。」

「這樣喔……」沒有多加懷疑，莉莉亞偏著頭想了一會兒：「袍級的資料按照規定是不可以告訴一般學生，可是你也是和鬼王那件事情有關……」她在猶豫。

「我保證一定不會外流。」希望不要腦殘被學長聽到就好了，不然我肯定怎樣死的都不知道。

莉莉亞眨眨眼睛，然後半瞇起來，講話突然有點結巴：「本、本小姐是基於尊重死敵才告訴你的，不然不知道的人還說我白袍佔便宜。」

好啦好啦，不管我現在是死敵還是活敵都隨便妳去說了：「謝謝妳。」終於找到有人願意直說了，說真的現在我還滿高興的。

不曉得是不是不習慣有人向她道謝，莉莉亞愣了很大一下，接著馬上把頭轉開：「謝、謝啥啊！被你這種人道謝才不是什麼好事。」

「嗯，我知道啦。那白袍圖書館裡的鬼王塚資料是怎樣子的？」我請她先坐下之後自己才在對面的座位坐下來，桌上中間擺著那本紅皮書本。

盯著那本紅皮書，大概過了一會兒之後莉莉亞才緩慢地開口：「在說之前，你得先保證你不會把袍級的資料外流。」

我點點頭，反正就是要外流也不知道要流去哪嘛。

是說，應該不用發毒誓吧？看她的樣子也不像要叫我發毒誓。

又過了幾秒，莉莉亞才再度開口：「關於白袍資料當中是這樣記載的：那是在西之丘所發生的噩耗，情報班收到了自西方來的警告，耶呂惡鬼王跨越了獄界降臨到精靈之地。他們將鬼族建立在此，無法離開的人們被鬼族所殘殺，鬼族的勢力日漸坐大。在當時公會制度並不全然完整，在鬼族進入守世界同時，我們也發現了醫療班之首叛變的事實。」

醫療班……我想這個指的應該就是安地爾了。

頓了頓，莉莉亞繼續說了下去：「當時公會受到了背叛者的衝擊，也因為背叛者引入了大量鬼族襲擊公會，所以在第一時間公會無法立即救援西之丘。數日後，收到了消息，精靈一族組成了聯軍正往鬼族之地出發，許多精靈貴族參與其中，另外遠從各地而來的不同種族屏棄了敵視，共同組成聯軍直指鬼族之地。」

「當時，他們發現了應該早就消失的妖師一族加入了鬼王軍隊當中。」

聽見這兩個字，我突然愣了一下，那個讓我很介意的名字……

注意到我的反應，莉莉亞同時也停下來：「你還要繼續聽下去嗎？」她眨了眨眼睛，不知道為什麼我會愣住。

「呃、好啊。」連忙回過神，我這才注意到外面的天空已經稍微有點黑了：「啊，不然還是明天繼續好嗎？」

「明天？」莉莉亞疑惑地看著我。

「嗯……如果可以的話，妳有辦法借得出來那本書嗎？」我突然非常、非常想親眼看看那個內容。

究竟妖師、鬼王與精靈的戰爭是……？

「當然借得出來，不要瞧不起人。」莉莉亞哼哼地說著，然後自己也注意到時間不早了，於是站起身：「可是明天是運動會喔，你想看的話就自己找時間過來，我明天忙得很，沒空理你。」

這句話好像是我經常在想的喔，難得莉莉亞會主動不想理我，眞希望她要決鬥時也這樣想，然後我們的世界就都會很美好。

不過話說回來，今天園遊會都搞成這樣了，我突然有點害怕明天的運動會，該不會不死也去掉半條命了吧？

「不然這樣……運動會休息時間我再去找妳看書好嗎？」如果我休息時間還活著的話。

看了我一會兒，莉莉亞才點頭：「那就約在這裡、沒有人的時候，本小姐還不想被別人看到我跟C部的人在一起。」她拉了拉頭髮，然後走出庭院：「就這樣啦，我要先回去看看我明天被編在哪一隊了。」

「咦？什麼哪一隊？」她的話突兀得讓我又愣了很大一下。

莉莉亞回過頭：「明天運動會整個高中部要分成兩大組進行對抗喔，今天晚上分組運動服就會隨機送到房間去了，別告訴我你連這件事都不知道，笨蛋。」說完，人就跑掉了，快得像風一樣直接捲走。

我根本來不及叫住她。

要分成兩大組進行對抗？

那一秒，我覺得我開始有點暈眩了。

可不可以報告說我傷勢還沒好不能出賽啊……

《新版．特殊傳說7》完

番外．兄弟之愛

地點：Atlantis

時間：晚上七點零九分

羅耶伊亞，傳說中令人聞名喪膽，就連黑道都要敬讓三百分的最高殺手家族。

西瑞．羅耶伊亞爲目前羅耶伊亞殺手家族中本支首領的第五子。上有高堂下有廚房以及一批殺不死的兄弟，外加一堆殺手分門旁支。不過大概因爲他年紀是兄弟中最小的，事情並沒有很吃重，加上家族屬性和他還滿合，所以直到目前爲止過得都還算愜意。

不過，在那一堆加上那一堆的傢伙之中，有個他最應付不過來——

「西瑞小弟，寒假玩得很愉快嘛。」

來了！果然又來了！

跟褚冥漾在輪船那邊告別之後，西瑞和黑袍學長一起回到學院，移送陣的陣圖都還來不及消失，那個讓他很棘手的人馬上就出現了。

「九瀾。」看見來人，他旁邊的黑袍學長微微點了頭，可能因爲身體還不是調節得很好，所以沒和那傢伙多聊什麼，打過招呼之後逕自回黑館了。

目送人離開之後，九瀾馬上走過來。

「這次去輪船好玩嗎？」看似好像很普通的兄弟對話，卻讓西瑞開始頻頻警戒了。

外面的人都不知道，以爲他眞的是很善良的醫療班外加只是有點怪癖好就錯了，自己與他相處了十幾年，到現在還摸不清楚這傢伙的底細。西瑞深深覺得，他比最詭異的敵人、目標都還要棘手。

「還、還好。」看著掛在長長劉海外的眼鏡，他很快地回答。

九瀾伸出手：「聽說有騷動，屍體呢？」

「沉在海底了啦！」又不能吃，帶回來幹嘛！

眼鏡下面的嘴巴彎出某種微笑的弧度：「沉了？」

「沉了。」西瑞點頭。

「那就算了，眞可惜，我還以爲這次可以拿到海民的首領。」說著，就在西瑞鬆了口氣時，站在前面的人突然出手一把扯住他的臉頰往旁邊拉：「西瑞小弟，你應該沒有吃掉吧！」

「沒有啦！那個有毒耶！他有毒耶！」誰會去吃一個有毒的東西啊！

「你不是經常號稱有毒的東西照樣奈何不了西瑞大爺你嗎？」沒管對方的掙扎，九瀾揪著他的臉，逼問。

「本大爺也不會自己無聊到去吃好不好！」被捏到火氣有點上升，西瑞直接橫了一拳過去招呼自家兄長的臉側。

閃避的動作很快，沒被他打上，九瀾鬆了手往後退開了兩步。

沒死心，一看見人退開之後西瑞馬上蹬了腳向前衝去拉近距離，要補上第二拳送他。

這次沒有躲了，空氣中擦出了啪地聲響，站穩在原地的九瀾伸出左手掌，輕輕鬆鬆就接住了他的拳頭，然後收緊自己的手指：「西瑞小弟，你還有待加強。」看來是平常讓他過得太悠閒了，下次回家應該抓他來好好練一下。

正想放開手，九瀾突然感覺到旁邊劃來一陣冷風，猛地退開兩步，長長的劉海已經被削了幾根下來，無聲無息地飄落在地面上。

「嘿！你變慢了！」差點得逞的西瑞很可惜地嘖了一聲，他原本還在想可以幫自家老三把劉海削成小丸子的髮型，就差那麼一點距離。果然有黑袍的等級就比較難得手，不過這種手腳，他家還有一堆死不了的傢伙也有。

「你程度太差了，如果是我早削斷目標物的脖子了。」推了一下有點滑掉的眼鏡，九瀾劉海下面的嘴巴笑了一下，瞥見自家老弟已經拿出一手獸爪了。

既然他要玩真的，依照家族規矩，自己也要玩真的才行，反正在學校怎樣都打不死的，就算不小心掛掉還可以馬上幫他復活。

完全不覺得自己會掛掉的九瀾動了動左手，才想認真回敬，某個管理校園的人已走出來了。

「停、兩位，給我住手。」夾著一堆資料夾好像正要出去的后一手卡在他們兩個中間，小小的個頭有著不容忽視的氣勢：「要打離開學校打，有沒有看見警衛石像已經快騷動了。」

九瀾收回手，注意到校牆的石像已經開始瀰漫著詭譎的氣氛了。

「放心，本大爺會連幫手一起打。」完全不覺得石像騷動有什麼，西瑞咧了嘴，呼呼地甩著獸爪。

「你是……」

「西瑞小弟，我看我們先去吃點東西吧。」在后還沒發飆前，九瀾猛地就出現在西瑞身後，兩手一勾直接把人給夾住，完全不給自家小弟有抵抗的時間：「乖乖喔，哥哥疼你。」

被他的語氣弄到全身起雞皮疙瘩，西瑞開始掙扎。

「校園現在才剛組合完結界，你們不要來搗蛋了，要是弄壞校舍我們還要修理，給我離開遠一點。」后夾著資料另一手扠著腰，很有「你們快給我滾蛋」的意思。

「好好，我們馬上走。」

「渾蛋！本大爺才不怕那些石像——」

聲音被拉遠了。

※

羅耶伊亞本家首領一共有五子。

西瑞排名最末端。

不過因爲本家的五個孩子大多分別爲不同母親所生，所以年齡差距相當大，就連和上一個老四，他們也相差了快四歲左右；跟老三的九瀾就差了更多歲數了。

有時候西瑞自己想想，會突然有種搞不好我是老大生的只是要避人耳目的結論。當然，這是他從電視上看來的，很多劇碼都演過這個橋段。

他還不至於眞的去問很少在家的老大，那表示會被痛毆一頓。羅耶伊亞家族最缺乏的就是愛的教育，他們比較信奉鐵的教育；所以基本上大家都是在你毆打我我暗殺你的環境之下長大。

自從懂事開始，西瑞就覺得以上的四個手足很難相處，除了年紀差太多以外，還有每個人的個性都不相同。

一開始他嘗試接近年紀比較相近的老四，然後在日日被書本和風景催眠之下好睡了一個星期，太沒挑戰性了，就懶得往那邊跑。

之後，去找了老三、也就是九瀾，還沒找到人先打開了房間，看見他滿房間吊著屍體啊人頭人骨之後，完全少了要跟這個兄弟溝通的慾望。老二是個姊姊，電視上說打女人不是好漢所以跳過。

老大實在是太可怕了，認眞到非常可怕，就像金剛石一樣與人類不合，聊過一次天之後西瑞就深深感覺到，天下只有電視才是他的好夥伴。

所以他養成了只要沒任務沒事情時就待在電視機前面的習慣，把守世界原世界的節目都給看了，接著從中學了很多世界的奧妙。

可惜沒有人能理解這種奧妙。

大概因爲他是最小的孩子，也不用太過於分擔家務，除了有時候有任務下來要去解決任務，訓練時候要到場之外，他生活得非常愜意，甚至很悠閒。

這種生活直到某一天是少年的九瀾來找他之後，直接宣告破了一個大裂縫。

他完全記得，那天他正在看著八點檔完結篇，姑姑跟大俠正要聯手打掛壞人——

一個死人頭出現在他的電視中間，臉整個是紫黑色浮腫還冒著已經僵硬的青綠色筋，上面連著屍體，整個倒掛了下來。

「九瀾先生，這是您的配送貨品，十八種毒物毒死人的屍體一具，請接收。」天花板處冒出個不知道是啥鬼的小動物，身上有著某種印記：「感謝您訂購，下次如果有最新屍體我們會馬上送過來給你。」

西瑞看著那具屍體的屍水流滿了他的電視，一滴一滴地鑽進細縫孔子裡，幾秒之後他的電視開始冒白煙，呼呼地冒，他的姑姑就在屍體的後腦勺啪地聲變成了黑螢幕。

數秒之後，那隻不知道是啥小的鬼動物被毆打了一頓，用逃的逃出羅耶伊亞本家，於是千奇百怪死屍聚會中心將殺手家族給畫上了拒絕往來戶標誌。

那時候年紀還不大的九瀾原本正搬著書本要回房間，在聽見送貨員淒厲的哀號聲之後停下腳步，轉向聲音來源。

他看見自家小弟的房門是開著的，從裡面追著送貨員打出來，房間裡還傳來一種難聞但是他很熟悉的味道。

馬上跑進去西瑞的房間裡，他很樂地看見自己排很久預約的屍體出現在電視機上面，可能是因爲被電視的熱煙熏了的關係，屍體的屍水流得更猛了；屍水呈現極度的黑色，正常人一碰到馬上就會暴斃。

「這是啥鬼東西！」把送貨員打出去之後，返回房間的西瑞正好看見自家兄長把屍體從天花板上面弄下來，而電視機早就已經被腐蝕一半，裡面的機械零件都毀了，不是四十五度角用力敲就可以恢復原狀的超慘損害。

少年時的九瀾頭毛還沒那麼長，可以說是正常人的樣式，也沒有眼鏡，看起來還算清秀。不過當他用著那張臉在拿屍體的時候，看起來就完全不可愛了。

「我的屍體。」說出了讓人覺得很詭異的話，九瀾完全不怕劇毒就把屍體給弄下來，先止住那些很珍貴的毒屍水之後，他將屍體扛上肩膀：「這是可以煉成很好東西的材料喔，你要不要看？」

「你要煉死人丸嗎！」瞪著爛掉的電視，西瑞很想撲上去打他一頓。

注意到他的視線，九瀾拉著死人手抬了抬對他招了下：「我房間有電視借你看啊，老爹不太喜歡我們看這些東西，你下一台電視要等很久才會補過來，去不去？」

西瑞腦袋中一秒就出現那間全部都是死人和死人骨的房間，然後露出嫌惡的表情。

可是想到姑姑的最後完結篇，他就猶豫了。

「真的不去嗎？為了表示我的歉意，我還可以請你吃東西喔。」繼續用死人手招著，九瀾露出了自認為很誠懇可是看起來好像某種邪惡意念化身的笑容。

「吃死人嗎？」看了一下那具屍體，西瑞打從心底覺得一定是那種東西。

「不是啊，是醫療班一個叫提爾的人送來的，有爆米花還有很多蛋糕塔和各種肉派，太多了我吃不完，你要不要？」反正不是他買的，是鳳凰族的人送來拉關係用的，對他來講沒有任何壞處。

聽見不是人肉之後，西瑞馬上心動了。

「我去！」

完全輸在電視和食物上。

※

第二次進九瀾的房間就是在這種狀況下。

原本已經做好準備會看到很多屍體的西瑞，在房門打開後卻大大出乎他的意料之外。

房間裡乾淨得見鬼，除了櫃子上擺著幾個標本筒和牆上掛著幾具人骨、屍體之外，上次看見的滿滿鬼東西都沒了。房間很清潔，地上有塊大方地毯，地毯上有小桌子，不遠處擺著電視，幾本書和疑似器官的東西丟在旁邊。

「自己看啊。」扛著屍體走進房間，九瀾沒停下直接走到房裡另一扇門前打開門，那一秒西瑞好像聞到某種靈異的味道，他完全不想猜測那裡面是啥東西，總之老三就是把屍體給丟進去，門就被關起來了。

然後他打開電視，剛好快演到後半段。

眞的如他所說的，九瀾搬來了一大堆食物飲料放在小桌子上隨便他吃喝，瞄了眼電視全無興趣之後就自己趴在旁邊的地上開始翻看書本和把玩那些好像是眞的不是假貨的器官。

不可否認，其實西瑞覺得那天過得還挺愉快的，至少東西夠多夠好吃。

在那之後，他就開始經常往九瀾的房間跑，因爲有電視還有很多食物供應。只要無視於房間裡的擺設和偶爾從那道門裡傳來的詭異聲音，基本上這裡的環境眞的很好。而且老爸好像故意要拖延他拿到新電視的時間，買得很慢很慢，慢到西瑞都以爲他是自己拿零件回來組裝了。

於是日子就這樣過了幾天。

西瑞開始發現，這個哥哥除了死人以外，對活人一律沒有什麼興趣。一開始看見他出任務時興致勃勃還眞的以爲他熱衷在工作裡，後來才發現不是，他根本只是要去拿屍體回來，只要任務沒死人的他一概都會拒絕，挑剔到一種極度奇怪的程度。

可是他看他的電視吃他的東西，兩個人完全沒有什麼衝突，喜歡的東西也沒有交集，幾乎搭不上任何話。

管他要在看電視時搬具半殘的屍體回來也好，直接在廳裡另一個角落分屍到血淋淋也好，西瑞都打算假裝沒有看到。

反正又不干他的事，而且房間本來就不是他的，隨便九瀾要幹什麼都可以。

這種還算不錯的生活大概在持續了半個月之後的某一天，正式宣告破滅。

那天西瑞在九瀾的房間裡連續看了十二個小時的影集之後因為太累了，加上連吃了十二個小時食物之後感覺到疲勞，就直接倒在電視前小睡一下。

他聽見有人進來的聲音，他知道那是誰。

放鬆了本能與戒備，他繼續睡他的，難得對方今天沒有傳來拖著屍體的聲音。他還以為這傢伙出完任務回來之後會歡樂地搬著屍體又縮進去那道門後面。

在他想要無視對方而睡得更深沉時，一股呼呼的冷風讓西瑞不用半秒就翻起身，直覺地往後翻開好一大段距離。

他看到有把短刀就插在他剛剛睡覺的地方。

「嘖。」插刀的九瀾發出了很可惜的聲音，然後把刀子從地上給抽出來。

「你幹嘛！想偷襲本大爺是不是！」當時還矮對方一個頭的西瑞甩出不怎麼大的獸爪，很有幹上一架的氣勢。

「沒啊，看你剛剛睡熟時露出來的那隻人手還滿完美的，想說切下來當作收藏品。」用一種好像只是在說「要你根頭髮」的語氣說話，九瀾完全不覺得有什麼不對地把玩著鋒利的刀子：「給我吧，放心我會幫你把手保存得很好，看我屋子裡的東西你就知道了。」

「渾蛋！想要本大爺的手先拿命來抵！」

二話不說，直接開打。

那一次打到最後幸好是羅耶伊亞家的四子路過，才驚險地把手差點被切斷的西瑞給死拖了救出來，不然大概除了手之外還有很多地方會不見。

於是西瑞對那個房間的警戒從最低級瞬間變成最高級。

生人勿入！

他很想在房間門上刻下這樣的標記。

從那天之後，他更發現了九瀾的惡習還包括會去偷襲別人，功力弱一點的傢伙們隔天就會發現自己少了一個部分——不過他的止血和止痛技巧真不是蓋的，果然有鳳凰族的資質。

長大之後，西瑞偶爾會想到這件事情，然後深深地覺得自己的反應能力搞不好就是在變態屍體魔的掌下鍛鍊出來的。

除了會偷人體或人體一部分之外，九瀾和別人應對也很奇怪，但是又可以和別人相處得很好，就連被切過的人也還是會找他幫忙。

這點西瑞就完全沒有辦法了。

那個傢伙和他不對盤，他完全這樣認知。

不幸的是，九瀾好像對他的手很執著，整整窺視了一年，確定真的切不到之後才放棄去搜尋別的目標。

他開始懷疑這個傢伙到底是遺傳到誰，整個家族裡從來沒有出現過戀屍狂人，這是第一個。不過有個好處，就是有屍體不用去處理，放著隔天就會消失了。

九瀾不是只單純收集屍體，還會拿屍體來做很多奇怪的實驗和研究，其中也開發出很多挺有用的東西，所以家族裡的人就睜隻眼閉隻眼。

直到他考過了醫療班搬出了家裡之後，羅耶伊亞家族才從需要提防被切身體的警戒中解放出來。不過每當這傢伙回來時，大家又會開始緊張戒備，不然很快自己也會遭殃。

逐漸長大的西瑞深深覺得，醫療班一定是那傢伙的天堂，分析部有大批的屍體每天都等著他處理，不然就是屍體相關的東西也很多，幸運時還可以拿到幾百、甚至幾千年前的死人骨頭，讓九瀾快樂地迅速連升了好幾級，變成了醫療班分析部的主力之一。

他還是覺得這傢伙很難應付。

比起所有的人……加上學校裡所有人、還有那個死書呆都更難應付。

因為完全摸不清楚他到底在想什麼。

※

從學院離開之後，西瑞直接被九瀾給拖到左商店街某間餐廳裡。

一到目的地九瀾才鬆手。

「渾蛋！下次再抓本大爺我就打死你！」西瑞像是被捅了馬蜂窩一樣，氣沖沖地對著他吼。

「知道了知道了，我要去吃飯，你吃不吃啊我請客。」完全不像知道的九瀾逕自推了餐廳的門，很敷衍地回答然後走進去。

門一開馬上就傳來食物的香氣，西瑞當然也跟了上去。

有人請客就要吃翻他，這是不變的定律。

餐廳裡很簡單，幾張桌椅和牆上的掛畫，更多的沒有。

九瀾和老闆像是很熟稔，直接就坐在櫃台前的座位熱絡地打了招呼，接著點了很多菜。

餐廳裡人不多，於是飯菜很快就上來了。

有得吃當然西瑞也不會去搭理他，逕自開始補充生命的能源。

管九瀾和老闆他們兩個聊天內容其實是在說哪種死法好不好處理、拿下來的●●要怎樣保存都不干他的事情，他只要用力吃吃、吃到飽然後走人就可以了。

「對了，很難得看見你帶人來啊。」老闆的視線在西瑞身上落了一下，很快就移開，隨口聊了下。

「我弟啊，以後有來麻煩多關照一點。」搖著手上的飲料杯，九瀾拿下了眼鏡，很放鬆地坐在椅子上。

很少看見他這麼休閒的態度，西瑞也覺得奇怪，不禁稍微留意了他們的對話，不過還是繼續猛吃東西。

「你不是說你家沒人和你走同道了，還帶來這邊。」說著有點曖昧不明的話，老闆聲音更小了一點，要很仔細才能全都聽清楚。

勾了笑，九瀾放下了杯子，同樣小聲地回答：「西瑞小弟不太和我保持距離，這裡讓他知道沒關係，其他人就不行了。」

「那就好，剛好最近進來一批新的……」

之後的話西瑞就沒仔細去聽，反正和自己沒啥太大關係。

他繼續吃吃吃，就算後來旁邊搬上桌子來的不是食物而是一堆屍塊他也繼續吃自己的。反正羅耶伊亞家族的人經常在看屍塊，早就麻木了。

九瀾和那個老闆開心地聊天，花了有段時間，這中間食物還是沒停過供應，讓西瑞吃得相當滿意。

出了餐廳後已經很晚了，商店街開始更換成夜晚營業模式，和白天差了相當多。

那之後西瑞才知道，這間餐廳的老闆是出了名的標本收藏家，要進他餐廳的人還要有幾分膽量。

不過現在的他還不曉得，只在想這家餐廳的菜色不錯，有空可以拎著漾來參觀參觀。

「我要回去醫療班了喔。」九瀾拍拍他的頭，馬上被他甩開：「西瑞小弟，下次有看見稀奇的屍體麻煩幫我留下來啊。」

「再說啦！」看他心情。

像是想到什麼一樣，西瑞在帶去船上的背包裡摳了摳，挖出了塊骨頭拋過去：「吃飯的謝禮。」他揍那個什麼鯊魚的海民首領時不知道從哪邊拔下來的，看起來不像是牙齒，大概是鬥毆時打穿哪邊抓出來的，想說不知道可不可以熬魚湯就塞在背包裡了。

抓著那塊骨頭，劉海後的眼睛整個閃亮了起來：「太感謝你了西瑞小弟，爲了表示我的心意，我可以在你掛掉之後幫你弄個美美的標本——」

「免了！本大爺生平浪蕩江湖從不留下痕跡，你給我滾遠一點！」

他果然和他完全不對盤。

從以前到現在，還有未來都一樣。

西瑞深深覺得，整個家族裡這傢伙最難對付。

「西瑞小弟，不會痛的你放心。」放血專用的刀子拔出來，閃閃發亮：「我可以預見那個標本一定是個完美的作品，你就別太在意其他部分了。」

不在意才有鬼，「給我滾開啦！」吃飽力量大，獸爪直接甩出來對抗死敵。

於是，深夜的左商店街正式開始營業。

「別跑啦——」

〈兄弟之愛〉完

番外．那一天的真相

地點：Atlantis
時間：晚上六點十一分

這件事情是這樣開始的。

寒假開始之後，所有學生紛紛回到了各自的家，除了部分留下來監督結界之外就沒有其他人留在學校當中。

當然，某些人是例外，例如無家的袍級們或者幾個不想返家的學生仍會待著。

「奴勒麗，您不用回去族裡嗎？」鬼族衝破校園結界告一段落之後，負責宿舍的賽塔善後的事情也跟著多了起來，在好不容易把結界補完鬆了口氣之後，他看見了某個其實算不上怎麼對盤的人在水晶塔前晃來晃去。

不過就算對方再怎樣非善類，基於種族愛好和平的習性，賽塔還是上前去打招呼了。

轉過頭來，眼前的惡魔露出了非常美艷的笑容看著他：「唉，我可不喜歡回惡魔族，沒什麼有意思的事情還要看一堆同族，不如留在這邊有趣很多。」說著，塗著鮮紅花朵彩繪的長長指甲劃過了精靈幾乎完美漂亮的臉側。

面色不改，賽塔微微避開了那隻可以算是騷擾的手，依舊保持著笑容：「那麼因爲今天是東方過節的時間，您願意順路將這點心當作慰問交給我們仍在休養的白袍嗎？」說著，他拿出了個包裝漂亮的盒子遞過去。

「沒問題啊，不過可愛的精靈老大，和惡魔打交道要付出點代價才行喔。」說著，趁著眼前精靈還來不及反應過來的時候，她直接出手抓人要偷點甜頭。

精靈嘛，這麼有趣的東西哪個惡魔不想出手呢。

一點冰涼隔在惡魔的臉邊。

「奴勒麗，妳想對一個與世無爭的精靈出手嗎？」就在精靈差點被佔便宜之前，路過的某程度天敵抽出了自己的兵器，不偏不倚剛好放在兩人嘴唇中間，完美得讓惡魔討不到半點甜頭。

往後退了一步，奴勒麗笑了笑然後聳聳肩：「唉，今天眞是虧了，還有就算我們兩個血緣上算是世仇，你也不必把兵器抽這麼快啊，要是不小心把我美麗的臉給畫破了，可是要拿靈魂來賠的喔。」長指推開了冰冷的兵器，她偏頭看著兵器的主人。

下一秒，兵器在空氣中消散了。

「不好意思，這是本能反應。」收回兵器之後，抱著一些資料的安因露出了微笑：「不過爲什麼惡魔會在這個清靜的地方出沒，我記得妳一向寧願去行政部也不想來水晶塔的。」

奴勒麗聳聳肩：「沒辦法啊，我正在陪一些小貓玩，他們都往水晶塔鑽來了，現在大概舒舒服服地在裡面睡覺吧。」

安因和賽塔當然知道她口中說的那些小貓是什麼。

除去學生與行政人員，現在會在學校中的只剩下居住在這裡的某些幻獸與小動物，而在這種時間，也經常會看見閒到無聊的行政人員陪著那些幻獸小玩一番；奴勒麗也就是其中一個。

「如果是那些小訪客的話，他們現在正在肯爾塔中熟睡著。」賽塔溫和地笑了下，這樣告訴她。

「嘖，我就知道。」聳聳肩，奴勒麗搖搖手上的盒子：「那麼我就先去醫療班探望我們那位還在休養的可愛小朋友囉。」

語畢，瞬間就消失了影子。

留在原地的兩人紛紛呼了口氣。

「說真的，剛剛她湊上去時你是真的躲不過去嗎？」看著已經沒人的地方，安因把視線收回來，轉看著旁邊的友人。

他很懷疑這件事情，如果剛剛不出手的話，不曉得會變成怎樣？

「嗯……我是真的沒反應過來。」維持著一樣的笑容，賽塔接過對方手上的資料：「謝謝您及時解圍。」

看著他的笑臉實在是太過燦爛了，安因突然覺得眼前的精靈很可能講的是反話。

「你根本有反應過來吧……」只是不知道在打什麼主意而已。

「呵呵，誰知道呢。」

※

假日開始之後，醫療班開始輕鬆不少。

至少外面沒隨時隨地排滿各種怪異死法屍體的時候就絕對會空閒很多。

悠悠哉哉地泡了一杯咖啡後，提爾享受著難得清閒的時光。要知道這種時間不會維持很久，因爲接下來醫療班一定就會叫他去哪邊哪邊支援了，所以得趕快趁能混的時候大混一下。

「提爾～輔長。」

甜甜的聲音從外面傳進來，接著是開門的聲音，然後正想要享受悠閒晚茶時光的提爾放下手上的杯子，看著那個說要回家又跑來這邊打斷他摸魚的小妹妹：「喵喵，妳不去幹自己的事情跑來這邊幹嘛？」

捧著手上的水果籃，喵喵愉快地綻開笑容：「來探病喔，莉莉亞不是受傷還在療養嘛，喵喵來探病的。」

「在第三病房，自己進去。」指了指旁邊的門，提爾哼了哼。

「也有給輔長的，今天是除夕夜喔。」從水果籃裡拿出包裝漂亮的小餅乾，喵喵心情很好地說著：「漾漾還有給我們寄來點心盒耶。」

盯著眼前的小女孩，提爾勾了勾笑：「那小鬼也寄給我了，原世界的東西不就是那樣子。」

是說那小鬼居然還用別人的法陣，要是他是法陣老師，開學一定操給他死。

話說回來，那小鬼寄點心給他幹嘛啊？

「只要是漾漾寄的喵喵都很喜歡，其他人也是。」將餅乾放在桌上，喵喵哼著歌沒繼續交談，然後轉往目前還有人在的臨時病房。

一打開門，裡面先傳來的是花香的味道，接著她看見房間裡擺著幾束不同的花朵。

最後，是病床上那個還在休養的人盯著她。

「莉莉亞，這是送給妳的喔。」在對方之前先開口，喵喵將水果籃放到旁邊的小桌上，看著四周的花束：「好多人來送花。」

莉莉亞收回視線，冷笑了一下：「妳可以拿去啊，反正又不是很重要的人送的。」語氣不算好也不算壞，但是沒什麼特別的敵意。

「等莉莉亞今天休息好明天可以回家的時候，喵喵再跟妳要。」露出大大的笑容，喵喵打開了自己放在膝蓋上的背包：「千冬歲說今天是漾漾那邊國家的除夕夜喔，所以要吃火鍋。」

「吃火鍋干我啥事啊……喂！不要在這裡把妳的爐子拿出來！」一想到那個對手，莉莉亞心情就差很多，才想多罵幾句，那個從背包裡被神奇抓出來的電爐讓她打住了話。

「大家都回家了喔，千冬歲和萊恩也都有事情，所以喵喵來找你們吃。」想來想去，自己家族並沒有這種過年習俗，而其他人也都要各忙自己的事，所以她決定來這邊找最悠閒的人一起吃火鍋。

「妳是醫療班還這麼沒常識嗎，有誰會在病房裡吃火鍋啊！還有我是傷患，這種東西能吃嗎！」看著她又從那個小小的背包裡拿出了裝滿高湯的水壺罐，莉莉亞連忙想阻止這種莫名其妙的行為。

低等班就是低等班，連動作都這麼突兀沒禮貌。

「放心啦，莉莉亞的傷早就好得差不多可以回家了，而且喵喵有準備很好的食材，可以順便補一下身體。」繼續從背包裡掏出一盒盒清洗乾淨的材料，喵喵快樂地這樣告訴她。

「真是亂七八糟——」整張床有一大半被食材佔滿了，完全看不過去的莉莉亞拍打著旁邊的醫療鈴。

不用幾秒，病房門立即被人旋開，外面還站著喝咖啡喝到一半的提爾：「妳們在裡面搞啥鬼？」

「吃火鍋，等等煮好叫你。」喵喵抬起忙碌的頭，笑著說。

「好啊，小心別把我的病房給燒掉。」說完，門關上、人離開。

莉莉亞整個傻眼了。

這樣真的可以嗎？病房應該是不能開伙才對吧……這些人是怎麼回事啊？

「等一下喔，很快就可以吃了。」打開爐子燒煮高湯，喵喵衝著她一笑，然後把熬湯底的香菇和一些蔬菜、肉骨都給倒進去，接著從包包裡拿出杓子稍微攪拌：「莉莉亞所在的妖精族也會吃火鍋嗎？」

「我才不吃這種東西。」瞪著床上半邊堆滿的材料和那個正在煮滾的湯，莉莉亞賭氣跳下床，然後坐在旁邊的椅子：「我可是妖精貴族，怎麼可能和一群人擠在一起吃這個。」

「喔，所以莉莉亞沒吃過火鍋。」倒過包包，裡面滾出好幾個調味料罐子，確定裡面沒有東西之後喵喵把包包往旁邊丟，順便幫對座的人彈兩滴眼淚：「眞可憐，沒有溫暖。」聽說除夕要全家人一起吃就會很溫暖，他們之前去水之妖精族大家也都吃得很愉快很高興，眞可憐莉莉亞沒有和大家一起吃過火鍋。

「什、什麼沒有溫暖啊！我才不想吃這種東西咧！」從椅子上跳起，莉莉亞大聲反駁回去。

「火鍋很好吃喔，快要滾了，莉莉亞要吃什麼？先吃肉好不好？」說著，喵喵打開盒子把新鮮的肉片給倒進去。

「妳有沒有在聽人講話啊——」

正想抱怨，一個開門的聲音將莉莉亞給打斷了。

「唉呀，你們在做什麼好玩的事情啊？」

※

然後，狀況就演變成更奇怪的地步了。

莉莉亞瞪著新加入的惡魔，開始考慮換房間的可能性。

「我要多一點辣。」端著碗，原本是來送慰問品現在加入火鍋行列的奴勒麗舀了一碗海鮮，接過了調味料：「天氣冷的時候吃點這東西最好了，原世界那邊聽說還有很多口味的火鍋，下回兒有空我們再一起去吃如何？」

「喵喵要去！」大大地笑著，喵喵用力點了點頭。

搞什麼啊，這個房間應該是本小姐安靜休養的地方才對吧！

一邊這樣想著，莉莉亞一邊恨恨地咬了一口肉片洩憤。

不過話說回來，其實這種東西也不是那麼難吃啦……

隨著火鍋湯賣力地大滾，病房的門又被人推開：「喵喵，不好意思我晚到了。」提著一個大袋子的庚帶著抱歉的微笑走進來。

「庚庚～」朝著好友招手，喵喵將乾淨的碗遞了過去。

「我剛剛從原世界那邊回來，順便買一點汽水給妳們。」從袋子裡抓出了幾大罐沙士，庚從外面拖了張椅子進來。

這應該是本小姐的病房才對吧，為什麼人會越來越多啊？

看著又新加入的人員，莉莉亞繼續咬了一口火鍋料。

「咦，沒有酒啊。」看著沙士，奴勒麗搖著惡魔的長尾：「值得慶祝的時候要有點酒精比較好嘛。」這種小玩意她可不喜歡。

「喵喵和莉莉亞沒喝過酒，不可以喔。」庚拍拍旁邊的喵喵，然後接過碗盛入了湯水：「新年快樂喔，莉莉亞。」

聽到有人和她講話，莉莉亞反射性先點了頭，又不知道要怎樣搭話。

妖精貴族不是在這時候過節的啊……

「唉呀，我要喝嘛。」拿出了手機，奴勒麗撥了通電話：「我叫奴隸給我買來。」

病房裡面不能有酒吧！

很想這樣告訴眼前的惡魔，但是對方又是自己敬重的黑袍，莉莉亞有一瞬間陷入了天人交戰的境界當中。

大概惡魔把手機掛掉後不用多少時間，馬上有一整箱的酒精飲料被急速傳送進來。

病房裡不能喝酒才對啊！

看著那箱酒精飲料，莉莉亞決定正色這樣告訴她最敬重的黑袍——

「對了，喵喵剛剛有看見安因也在學校裡面耶。」吃到一半的喵喵跳起來：「火鍋要人多才好吃，喵喵去找他來。」說完，人馬上消失。

這是我的休養病房吧！

莉莉亞完全無言。

大概五分鐘之後，病房裡出現了惡魔的天敵，追加附贈的精靈一枚。

「謝謝妳們的邀請。」很優雅地在房間落坐，安因接過庚遞來的碗筷：「聽說上回兒妳們也是在水之妖精族吃過這個原世界的東西，好像很不錯。」

「當然不錯啊，小喵喵的手藝是一流的嘛。」剛剛在外面打混的人移了進來，房間的門被打開通風，因為擠進不少人讓整個空間略感狹小了。

看著房間裡一次出現的兩個黑袍，莉莉亞突然感動起來了。眞的是黑袍耶……而且還有平常很少看見的精靈負責人。

注意到目光，賽塔回以一笑：「這次結界事情眞是麻煩您了，希望大氣精靈能祝福您的傷勢痊癒。」

「啊……不、不用客氣。」整張臉發燙起來，莉莉亞連忙禮貌地回禮。

啊、天啊，如果煮火鍋可以看見這麼多黑袍的話，那下次喵喵要煮多少都隨便她了。

一邊這樣想著，莉莉亞滿懷感激地接過天使幫她盛滿的碗，那個火鍋在黑袍和精靈的襯托之下，好像也變得高級了起來。

在這種大家都很高興的氣氛之下，奴勒麗打開了第一瓶酒精飲料，接著是提爾。

庚只倒給大家汽水，然後招呼著大家多吃點東西。

事情開始不對勁是從安因咚地一聲往後倒開始。

※

「唉呀呀，原來天使不能喝酒啊。」

趁著桌上混亂把杯子盜走，將汽水換成酒飲的奴勒麗很新鮮地看著一杯倒的天使，考慮要不要先揩個油補貼今天被打斷的。

不過一杯就放平了，天使的酒量還眞差啊。

莉莉亞錯愕地看著被放倒的其中一名黑袍：「安、安因先生不要緊吧？」天啊，有黑袍倒在她面前。如果這是在任務中應該會死掉吧！

「沒關係，讓他睡一下就會清醒了。」賽塔微笑著，然後扶著安因讓他躺到外面的床鋪去。要是把人放在惡魔前面，不曉得會不會因此失身……

安置好人之後才一走回房間，馬上被另外一個喝酒的人給逮住：「今天眞是値得慶祝的日子啊，我們也來喝一杯吧。」提爾掛在精靈的肩上，很滿意這個美麗的生物。

「不好意思，我也不太習慣這飲料……」

「唉呀，喝嘛，那個天使也都喝了。」一起起鬨的奴勒麗乾脆把汽水給丟出去窗戶外面。

於是灌酒行動就這樣開始了。

「不行不行，喵喵和莉莉亞不能喝。」搶過惡魔全換的杯子，庚非常堅持原世界未成年不能喝酒的守則。

「都說今天是節慶了，當然要喝一點啊。」惡魔愉快地又搶回杯子，往兩個小的手中塞。

「不行，小孩子不能喝！」

「喵喵已經不是小孩子了。」有人開始爲了自己的年齡辯駁。

「我也不是！」雖然不知道為什麼自己要加入這種無意義的戰局，不過莉莉亞也跟著反駁。

「啊哈，既然大家都不是就不用客氣了。」抓住最靠近的喵喵，打從心底覺得天下應該大亂的惡魔在庚來不及阻止之前，就拿著自己的杯子往手上小貓的嘴巴裡灌下去。

「奴勒麗！」沒好氣地把自家學妹給搶回來，庚白了對方一眼。

「喵喵有喝了，不是小孩子的話莉莉亞也要。」整張臉馬上紅了起來，喵喵拿著滿滿的杯子掙脫庚的手往旁邊的莉莉亞靠過去。

聞到一股酒味，莉莉亞反射性地皺起眉：「我才不喝這種低等便宜飲料，給我拿走開一點……喂！妳們幹什麼啊！」

不曉得什麼時候摸到她後面的惡魔抓住她的手：「小喵喵，上吧！」

「妳們這些沒禮貌的人不要動手動腳——唔——」已經無視於身後抓她的是她敬重的黑袍，莉莉亞踢著腳反抗，然後慘遭毒手。

「不要讓未成年的人喝酒啦！」抗議不及，庚一臉黑線地看著二對一的慘案發生。

「喵喵不是小孩子喔～」丟開了莉莉亞，逕自又倒了一杯酒的喵喵快樂地躲開旁邊的人蹦到另外一張椅子上猛喝起來。

「喵喵，不要喝了。」然後，庚起身開始滿房間追著完全醉昏的喵喵。

「大家多喝一點，我再叫些過來。」說著，奴勒麗撥了電話給自家奴隸，吩咐要再多來幾箱。

「別鬧了！」抓住喵喵搶走酒杯，庚對著那個正在收貨的友人喊著。

一邊沒加入女生戰局的提爾和賽塔持續互相敬酒中。

整個病房裡開始一片鬧哄哄的。

「這是本小姐的病房啊你們在這裡吵什麼！」被惡魔壓著灌酒過了幾分鐘之後，莉莉亞掙脫了某惡魔的手一腳踩上椅子開始宣告房間的擁有權。

「新年要放鞭炮～」喵喵從口袋裡抓出了一串煙火點燃，旁邊的庚幾乎是瞬間撲上去搶走煙火丟出窗戶外。

幾秒之後，外面傳來巨大的聲響衝上天空，炸開了燦爛的煙花。

「眞是漂亮的顏色。」奴勒麗愉快地看著窗外連連炸出的花火，朝對坐兩個成人敬酒。

「妖精族的才更美，這個不算什麼……」站在椅子上看窗外，莉莉亞口齒不清地哼著，然後被庚一邊說太危險了一邊拉下來。

煙火熄滅之後，喵喵縮在窗下，然後抓出了手機開始撥通，對方很快就接通了：「漾漾，新年快樂。」頓了頓，她笑哈哈地接著下去：「你很美滿嗎？」

電話那頭整個愣掉了。

一聽見某個對手的名字，莉莉亞馬上撲過去搶電話，幾秒之後順利到手：「褚冥漾……來決鬥……」打嗝截斷了未竟的話。

「決鬥！不准在這裡打架！」還記得這裡是保健室的喵喵喊著。

「給我滾過來……」衝著電話那端大喊，然後手機被奪走了。

「嘿嘿，新年快樂。」喵喵傻笑著對著另邊的好友講。

「唉，妳們不要打電話吵漾漾啊。」

瞄了時間，不知不覺已經相當晚了，庚馬上把手機給拿了起來，兩個小的還想搶手機，她立即閃開了一段距離：「漾漾？不好意思，米可蕥跟莉莉亞剛剛被奴勒麗灌酒了。」停了一下，她再度避開搶奪：「打擾你了，新年快樂喔。」

手機另端的學弟雖然有所疑惑，不過也回應了。

正想切斷手機沒收，一隻手突然從庚後面伸出來將手機給拿走：「哈囉，可愛的小朋友，要不要過來一起玩啊？」對方不用幾秒就拒絕了，她聳聳肩：「那好吧，新年快樂，我們開學見囉。」講完，無視於還要搶電話的兩隻小的馬上切斷通話。

收回手機沒收，一轉過頭正要壓制吵鬧的庚意外地發現喵喵與莉莉亞兩個已經結伴睡倒在地板上了。

「提爾，借我一間乾淨的房間……提爾？」拖著兩個女孩，庚一抬頭才發現剛剛還跟精靈喝酒的輔長已經倒地不起了，旁邊還散著好幾箱的空瓶子。

她放棄了。

拖著兩個女孩，庚很認命地自己去尋找病房放人。

「我也要睡一下了，這次拿的是超高濃度的酒……」打了一個哈欠，奴勒麗搖著尾巴走出房間直接爬上有天使的床鋪就倒下去呼呼大睡了。

於是，整個房間只剩下唯一清醒的某精靈與還在熱滾的火鍋。

「嗯……這意思就是清潔工作交給我了嗎？」看著滿房間的凌亂，精靈微笑著將最後一瓶標著注意高濃度的惡魔之酒給喝完。

眞是個美麗的夜晚啊。

據說，那個火鍋夜之後的隔天，所有碰酒的人全得了劇烈的宿醉頭痛。

唯一沒有碰酒逃過一劫的庚沒好氣地照顧著兩個滿床滾的女孩。

從天使那邊聽來有個飲酒過量的精靈昏睡三天被照顧三天才清醒是更之後一點的事情了。

於是，這件事在開學之後幾個好友湊在一起時被講了出來。

而本書的主角褚冥漾在終於搞清楚那通電話是怎麼回事之後，也在心中深深地做下了重大的決定——

「以後聚會絕對不准帶有酒精的東西！」

〈那一天的眞相〉完

特傳篇後茶會

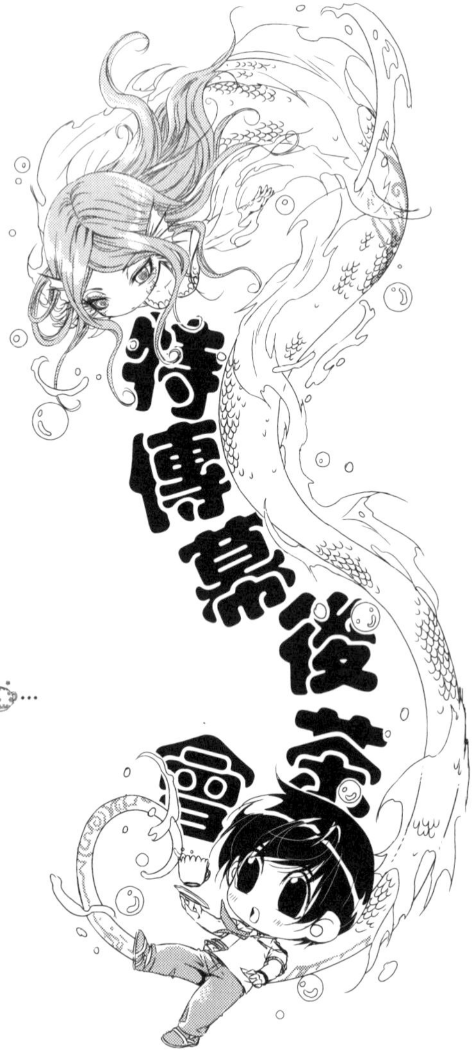

又到了書末茶會的時候了。
趁著先前過年大家都在各自忙各自族中事務時，主持人也走了趟原世界散心，順便也趕上了原世界的草莓季呢。
不過季節很短暫，就像主持人要逃避現實回來面對命運一樣……

喵喵：說到草莓季，草莓真的很好吃呢。

主持人B：沒錯沒錯，有點酸酸甜甜的，不管是單吃水果還是沾東西都很撫慰心靈。

喵喵：對啊，喵喵最喜歡拿來做成果醬了，做成果醬之後還可以加到很多點心和料理上呢，混合優格來做沙拉也很好喔！

主持人B：現在也有不少人把草莓入菜，味道也滿奇特的。

喵喵：真有意思，喵喵下次也要去吃看看。

漾漾：果然還是季節水果最好啊……

學長：你們要在這邊討論菜單到結束嗎？

主持人B：不不不，當然不是，那麼就開始我們本次的書上茶會了。

本次來賓名單：安因、奴勒麗、提爾、漾漾、喵喵、學長、夏碎、西瑞、千冬歲、萊恩

請問學長，收到主角的限量手工兔子的感想？

學長：起碼是有用的東西。

B：所以不會想要拿來砸……咳咳……就是那樣。

學長：有用的東西為什麼要砸。

還滿多人好奇的，學長的長髮不會妨礙出任務、或者是對戰等等各種活動嗎？

學長：不會，會妨礙到的人立刻給我脫下黑袍。

B：說起來，不少位黑袍都有蓄長髮就是，看來大家都沒有這方面問題。

漾漾：嘖嘖，袍級都是鬼啊、是鬼啊！

輔長：能當一名賞心悅目的袍級才是好袍啊。

喵喵：不管是哪位黑袍，長髮都好美啊，喵喵都好喜歡，有些閃閃發光很像寶石呢。

說到可以聽心聲，請問學長對於主角用內心給大家取綽號有什麼感想呢？

漾漾：啊、啊啊啊啊啊——

學長：沒什麼感想。

漾漾：（學長拜託不要告訴別人啊啊啊啊啊）

學長：……

漾漾：（學長你不要冷笑，好可怕啊啊啊啊）

西瑞：什麼綽號啊？本大爺也有嗎？

漾漾：你沒有！絕對沒有！快點去喝你的茶和吃點心！

B：不足以為外人道啊嘖嘖。

喵喵：我有嗎？有嗎？是很可愛的綽號嗎？

漾漾：……喵喵不就是妳的綽號嗎。

喵喵：那不一樣啊，可以幫喵喵取很多很可愛的喔。

西瑞：大爺的呢！身為好的手下應該要用崇敬的心幫大爺來一個吧，本大爺江湖來去一陣風，總要有個合搭的名字！

漾漾：下一題！拜託下一題！

請問在郵輪上睡覺的時候，三個男生的睡覺位置？

B：有固定的位置嗎？畢竟睡了不短的時間。

漾漾：我是盡量想固定啦……

西瑞：大爺爽睡哪裡就睡哪裡，沒變化就不叫來人生一趟。

學長：有什麼差別嗎？

B：看來每日睡覺位置應該是取決於第一個躺上去的人。

請問安因如何制止教室或校舍鬥毆呢？

安因：技術上來說，制止教室或校舍並非我的工作。

B：啊啊，是校舍管理人的才對。

輔長：說起來我是聽過這樣的傳說啦，安因在剛到學院時發動過聖戰，之後不管是死的建築還是活的建築，都沒人敢惹他了

（拇指）

漾漾：聖……聖戰……（抖）

安因：說笑了，並沒有這樣的事呢，況且神之聖戰並非隨意可以發起的。

奴勒麗：那轟掉一半的校內建築叫什麼呢？

安因：對於制止或導正邪惡所使用的尋常手段，希望在神的強大力量與愛護之下，洗去污穢回歸世界正軌。

奴勒麗：呦呦呦，真不愧是天使的回答啊。

安因：過獎了。

在交換禮物的時候，西瑞的金牌是純金的嗎？以及主角有把金牌給兌現掉嗎？

西瑞：廢話，本大爺當然是給純金的！即使是要給死敵，也是純金扔死他！

漾漾：……我怎麼敢兌現，如果跑出來什麼東西，會很可怕……想都不敢想啊啊啊啊……

千冬歲：哼，也不過就是個沒有用處的金牌。

西瑞：你個愚民！本大爺給的免死金牌上天下地，免死就是免死！比起你個死老百姓給的東西有用多了！

千冬歲：你也就只能拿出暴發戶般的東西。

西瑞：哼哼哼哼，本大爺不和你抬槓，你總有一天會羨慕漾的好運！哈！

漾漾：（到底是哪裡好羨慕啊……）

尼羅抽到的禮物美羅拉後來去哪了？

輔長：似乎養著呢，前不久才看到他向情報班詢問美羅拉最佳的飼養方式。

夏碎在爆學長的料時為什麼最多就是被瞪，不會遭到其他攻擊？

夏碎：為什麼會被攻擊呢，並沒有什麼太大的問題，對吧。

學長：哼。
漾漾：（差別待遇啊差別待遇。）
學長：褚，你欠揍嗎！

西瑞的服裝都去哪裡買的？

西瑞：哈哈哈哈！此乃國家機密！本大爺之寶藏！怎可能隨隨便便告訴你們。
漾漾：我猜八成就是路邊看到喜歡隨手就買吧……有一些超面熟啊！
B：我也這樣覺得，去逛一趟原世界就有很多了。
西瑞：你們真是一堆無趣的傢伙，當然本大爺也有訂做的啦。
漾漾：（你的衣服不管有沒有訂做，根本都看不出來啊！）
千冬歲：……
西瑞：你個四眼田雞有什麼意見！

萊恩一天到晚吃飯糰不會厭煩嗎？

萊恩：……為什麼會？
千冬歲：你們太小看學生餐廳了，廚房開發的菜色起碼有上千種，加上原世界的就更多了。我很少看到萊恩拿一樣的飯糰在吃，不管是不是限量版都有變化。
萊恩：飯糰的世界是無窮的。
漾漾：不過說起來好像真的是這樣，餐廳的菜單每天都不一樣啊，學校只有這個是好事吧……
喵喵：而且很注重營養喔！學生餐廳有邀請醫療班當顧問，只有惹毛他們才會吃到死掉。
漾漾：等等，我很介意那個吃到死掉的部分！餐廳真的會吃死人嗎？

喵喵：一般吃不死啊。

千冬歲：（推眼鏡）吃死人是有一些，但是起源通常都是有人先冒犯餐廳，才會被毒死。

輔長：說起餐廳毒死人的歷史還真悠久啊，全盛期每天都要推進來幾個。

漾漾：……

B：總之不要得罪做飯的，這個道理不管走到哪裡都通用。

漾漾：我、我大概懂了。

萊恩：……所以為什麼會吃厭煩？

千冬歲：你繼續吃你的吧。

承上，在吃飯糰的時候怎麼不把頭髮紮起來吃呢？

萊恩：……為什麼要？

B：為什麼不要？

萊恩：很麻煩。

再承上，請問飯糰和千冬歲哪個比較重要？

千冬歲：萊恩．史凱爾，注意你的回答。

萊恩：千冬歲。

B：……因為會給你飯糰嗎？

萊恩：嗯。

B：好吧，用大家都耳熟能詳的比較性問題：如果千冬歲跟飯糰掉到海裡，你會先救哪一個？

萊恩：千冬歲。

B：哇喔！回答好快，不用思考嗎？

萊恩：……不用，千冬歲會幫我弄一樣的飯糰來。雖然很可惜，但是先救飯糰的話，事後會慘很久，各方面。

B：心靈精神跟外殼嗎……

萊恩：嗯，而且會沒有高階符咒和法術可用。

漾漾：（這隱隱蘊含悲情的回答究竟!?）

千冬歲：算你識時務。

請問水妖精聖地的草長回來了嗎？

漾漾：聽說長回來了。

除了學長之外，請問主角覺得誰的微笑殺氣最強？

漾漾：這個問題是要讓我下地獄嗎？

B：我也這樣覺得，你要試著回答看看嗎？

漾漾：絕不。

請問本書的主角到底是褚冥漾還是學長？

漾漾：當然是我啊！是我啊我啊我啊！不要忽視我！

學長：嗤。

西瑞：你們這些平民百姓都錯了！當然是本大爺！本大爺行走江湖數十載，春斬雜魚冬殺萬千！所謂主角絕對是本大爺！

漾漾：你湊什麼熱鬧啊啊啊——

除了家人之外，西瑞最喜歡的女性是誰呢？

千冬歲：會有那種存在嗎？

西瑞：你個四眼田雞去砸掉眼鏡吧！本大爺當然有喜歡的！

漾漾：噗——（被茶燙到）

西瑞：商店街大鍋飯的女人超棒，田野百燴大鍋飯、美味、便宜、吃到爽！

B：原來是廚師啊！

西瑞：是女的。

B：不、不，我想問題比較想問的是心靈層面的喜歡。

西瑞：啊？吃飽不就是心靈滿足又喜歡嗎？搞不懂你們這些複雜的彎彎角角人類。

輔長：說起來，那家真的很好吃喔，燴飯的食材每日也都會變化，料好飯多肉大塊。

安因：的確有滿多學生提過這家店。

萊恩：燴飯糰很好。

喵喵：真的嗎？下次大家一起去一起去。

西瑞：看吧，本大爺喜歡的女人不是簡單的角色！

B：你喜歡的只是飯吧。

主角有想過要留長頭髮嗎？

漾漾：我維持這樣就好了……逃命比較方便。

喵喵：真的不試試看嗎？

漾漾：不用了，感謝。

除了學長和鬼族之外，請問主角認識的朋友中，個性最可怕的是哪一位？

漾漾：最近的題目都在陷害人嗎？

B：所以真的不回答看看？

漾漾：不不，我還想好好活下去（重點是個性可怕的人太多了，我才不想找死。）

學長：把我和鬼族放在一起嗎？

漾漾：這絕對跟我無關！我從來沒有覺得學長和鬼族是一樣的喔喔喔！（學長的等級根本不是鬼族可以比的……啊！）

學長：……褚。

漾漾：對不起我閉腦了。

身為默契極佳搭檔的學長和夏碎有發生過爭吵之類的事情嗎？

夏碎：到目前為止還沒有。

學長：……

B：這還真是好搭檔。

夏碎：看起來的確如此。

學長：……

B：所以完全沒做過會讓對方生氣的事情？

夏碎：只要我的搭檔不要自行決定單獨做什麼危險的事情，基本上我們處得非常愉快。

B：呃、懂了。

學長：……

請問主角有特別尊敬哪位嗎？

漾漾：還滿多的，不管是學長還是賽塔、伊多、夏碎學長……很多人都很尊敬。

西瑞：漾～你有尊敬本大爺嗎？

漾漾：同、同輩的應該是友好比較多！

西瑞：那就是有囉？

漾漾：你說有就有吧……

奴勒麗：那麼我呢？

漾漾：（為什麼惡魔也要來參一腳啊啊啊啊）

奴勒麗：呵，從你懼怕的心來看，勉強接受你也尊敬我。

漾漾：……大王明鑑。

主角目前還認為自己是地球人嗎？

漾漾：我當然是！我絕對是！

喵喵：喵喵也是地球人喔！

萊恩：……（舉手）

漾漾：（你們才不是！）

B：是說主角入學到現在，有追過教室嗎？

漾漾：沒有，為了不追教室，我都提早進教室……還有努力地熟練移動符……

喵喵：說起來漾漾真的都很早到教室。

千冬歲：其實只要抓好教室進出的規律，就不難。

漾漾：那規律是什麼鬼……

千冬歲：根據計算，不同的教室有不同的喜好與規律，只要看透這一點，就能抓在他要出去之前踏入教室，我可以用公式算給你看……

漾漾：不用了謝謝，我覺得只要提早進去就沒問題了！

阿因何時會從學校畢業？

B：阿因……等等這封信寄錯地點了。

信差：啊啊抱歉，他跟你們世界的信寫在一起，這就轉運。

漾漾：怎麼了？

B：有些別的世界的信被寄來這邊了，因為寫在一起所以信差沒有分離出來。

漾漾：哇，真的，其他世界有主持人嗎？

B：目前沒有固定，主持人們也是住在另一個不同的世界，調派之後才會出勤……這樣好了，E你帶個搭檔和信差一起過去吧。

E：收到。

C：大哥大哥，我也可以過去喔！

B：你別想，以為那邊就沒有殺傷力嗎，那裡也有會一腳踹斷樹的人，給我乖乖地待在這裡。

C：嗚！打擊（流淚）

D：大哥那我能去嗎？

B：別想。

C、D：推翻大哥！推翻暴政！

B：好啊，快推，這裡就交給你們了，打從心底感謝你們。

C、D：對不起我們錯了，大哥拜託不要走。

E：那麼我去報到了。

請問作者什麼時候才要把○○○（太多了所以用代號）寫完？

天降謎聲：作者說他人在宇宙飄蕩不回答這一題。

主持人B：以上就是本集的茶會內容。

喵喵：下一次我們來開草莓點心的派對吧，喵喵知道有一家茶館有很多水果點心喔！

奴勒麗：真是有意思啊。

主持人B：不過下一次應該已經夏季了吧，夏季時候應該也有很多水果可吃。

漾漾：夏天的話，台灣有很多好吃的喔，芒果、西瓜……芒果冰超棒！

喵喵：喵喵也喜歡芒果跟西瓜，那下次開芒果冰的茶會吧！

漾漾：呃……

學長：那就提議的人準備吧。

喵喵：漾漾加油！

漾漾：等等，什麼時候變成我提議的！我也就只有講芒果跟西瓜啊！

學長：所以就是你。

漾漾：（學長別開玩笑了，你知道那個準備數量多大嗎……啊！不要把頭轉開假裝沒你的事啊啊啊啊——！）

喵喵：那就拜託你了喔，喵喵也很期待！

主持人B：既然都決定好了……

漾漾：沒有決定啊喂！

奴勒麗：按照慣例就是抽一封吧，抽好了，給你。

主持人B：呃喔，好的，感謝，那麼……

第三屆書上茶會抽出

致贈第七集簽名書一本：蕭◯勤（彰化縣）

新書將在上市之後寄出。

主持人B：本次也感謝大家的參與，大家下次見。

~END~

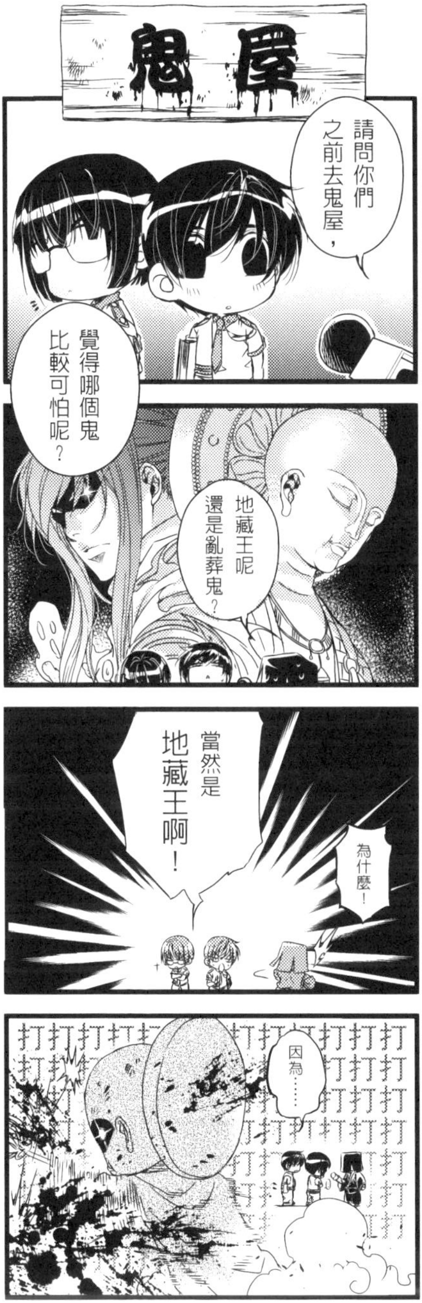

他會用法杖打到你死為止……

by 紅麟

【特殊傳說】原世界公會分部信箱**長期設立**！！

您有許多話想告訴角色嗎？
您想將信件寄往守世界嗎？
歡迎各位將困擾心中已久有關特傳角色的種種疑問寄到
原世界公會分部信箱：
（103台北市大同區承德路二段75巷35號1樓）
我們將會特派茶會主持人前往訪問收件者對於信件的
心得感想～～
訪談內容將開始連載附錄於《特殊傳說》卷末之後。
當然……不一定都能問到啦……請大家祈禱茶會主持
人可以勇猛地活到最後一集……

【信封範例】

From：12345
你家隔壁電線桿上的3號電線
分歧後第八條14號 小麻帽（寄件人地址）

郵票

To 103台北市大同區承德路二段75巷35號1樓
蓋亞文化　原世界辦事處
學長　收（你要寄信的對象）

下集預告

新版 特殊傳說 THE UNIQUE LEGEND VOL.8

學院祭DAY2，START！
高中部的紅白對抗賽火熱進行中！
沒想到分組結果如此慘烈，
最佳拍檔更要痛下殺手？

在莉莉亞的幫助下，漾漾終於得見那本禁忌之書。
傳說中的黑史，逐漸曝光……

內心OS：
這哪是○○賽呀！
你們把原世界的東西給搞錯了對不對！

國家圖書館出版品預行編目資料

特殊傳說／護玄 著.
——初版.——台北市：蓋亞文化，2013.04
冊；公分. ——

ISBN 978-986-319-043-1（卷7：平裝）

857.7 101005845

悅讀館 RE277

新版 特殊傳說 THE UNIQUE LEGEND 7

作者／護玄
插畫／紅麟　封面設計／克里斯
出版／蓋亞文化有限公司
地址◎台北市103承德路二段75巷35號1樓
電話◎（02）25585438　傳真◎（02）25585439
部落格◎gaeabooks.pixnet.net/blog
臉書◎www.facebook.com/Gaeabooks
電子信箱◎gaea@gaeabooks.com.tw
投稿信箱◎editor@gaeabooks.com.tw
郵撥帳號◎19769541　戶名：蓋亞文化有限公司
法律顧問／宇達經貿法律事務所
總經銷／聯合發行股份有限公司
地址◎新北市新店區寶橋路235巷6弄6號2樓
電話◎（02）29178022　傳真◎（02）29156275
港澳地區／一代匯集
地址◎九龍旺角塘尾道64號龍駒企業大廈10樓B&D室
電話◎（852）27838102　傳真◎（852）23960050
初版八刷／2023年3月
定價／新台幣 250 元
Printed in Taiwan

GAEA ISBN／978-986-319-043-1

Gaea

Gaea